古典文獻研究輯刊

二 編

曾永義 主編

第 25 冊

中國風水故事資料類編（上）

唐蕙韻 著

國家圖書館出版品預行編目資料

中國風水故事資料類編（上）／唐蕙韻 著 — 初版 — 新北市：
花木蘭文化出版社，2011〔民 100〕
目 4+178 面；19×26 公分
（古典文學研究輯刊　二編；第 25 冊）
ISBN：978-986-254-512-6（精裝）
1. 堪輿 2. 民間故事 3. 民間文學 4. 文獻分析
820.8　　　　　　　　　　　　　　　　100001162

ISBN-978-986-254-512-6

9 789862 545126

古典文學研究輯刊
二 編　第二五冊　　　　　　ISBN：978-986-254-512-6

中國風水故事資料類編（上）

作　　者　唐蕙韻
主　　編　曾永義
總 編 輯　杜潔祥
出　　版　花木蘭文化出版社
發 行 所　花木蘭文化出版社
發 行 人　高小娟
聯絡地址　新北市永和區中正路五九五號七樓之三
　　　　　電話：02-2923-1455／傳真：02-2923-1452
網　　址　http://www.huamulan.tw 信箱 sut81518@ms59.hinet.net
印　　刷　普羅文化出版廣告事業
初　　版　2011 年 3 月
定　　價　二編 30 冊（精裝）新台幣 48,000 元

中國風水故事資料類編（上）

唐蕙韻　著

作者簡介

唐蕙韻，1972 年生，福建金門人。台北中國文化大學中國文學博士（2004 年 6 月），本書為作者博士學位論文。2006 年起任教於金門大學（原金門技術學院）閩南文化研究所。已出版著作有《金門民間傳說》（1996 年）、《金門民間文學集——傳說故事卷》（2006 年）、《金門縣寺廟裝飾故事調查研究》（與王怡超合著，2009 年）。即將出版有《金門民間契書調查研究》、《金門縣金門城非物質文化調查》。

提　要

　　本文以風水故事為研究題材，分析風水故事反映的文化內容，同時藉中國風水故事的分類實驗，探索現行的各種民間文學分類方法與研究理論，對中國民間故事資料整理與研究的適用方向與啟示。

　　風水文化是中國社會最普遍而且歷史久遠的流行文化之一。多數與風水有關的學術研究，大都著重於風水術或風水哲學的探討，本文則從文學與社會的角度，分析風水故事的內容及其流傳現象，從風水故事反映的價值觀念與思想意識，說明其文學特色與社會意義。全文共分六章，各章內容提要如下：

　　第壹章緒論，概述風水觀念在中國文化與社會中形成的某些現象與影響，以及本文的研究動機和目的，希望從古今流傳的風水故事中，理解中國社會中最通俗的風水文化與風水觀念。次及說明風水名稱的由來、概念及故事的定義，以確立取材方向。

　　第貳章中國風水故事的記錄，就第壹章所界定的風水故事定義及選材原則，說明本文收錄的風水故事資料來源，包括歷代筆記、史傳方志，以及近現代搜集整理的民間文學記錄等古今文獻。

　　第參章風水故事的內容，根據收集所得的風水故事資料，以兩項原則分類並同時進行內容分析：一是以故事為單位，就故事內容主題最多相同相近者集為一類，以見風水故事所集中的主旨和內容題材之大概，本文以此輯得八大類風水故事主題項目。一是以情節為單位，分析出每一則故事所包含的情節單元，並先後以兩種情節單元分類方式進行歸納和分類。先是以通行於國際，然無風水文化背景的湯普森情節單元分類系統分類，後續以風水信仰中所意識的風水情節單元主題分類，從兩種分類結果中，可以對照出不同文化背景下，風水故事可能被普遍接納或理解的一般情節，以及可能僅限於風水信仰的社會中流行的特殊情節。某些在風水文化背景下難以察覺的事件本質和情節特色，可以在異文化角度的分析對照中顯現出來。

　　第肆章中國風水故事的敘事形態，指出風水故事在中國傳統敘事環境中呈現的傳說化的敘事特徵，以及某些風水故事在流傳變化中形成和正在發展的類型化現象。就這些敘事現象及其發展，根據前人成就及相關文獻，討論民間文學分類理論及和研究方法中，可以借鑑以整理和分析中國風水故事的方法，進而歸納風水故事的故事類型及情節模式。

　　第伍章綜合前二章的分析結果，概論中國風水故事反映的文化內容，主要著重於風水故事主題中呈現的風水觀念，及風水故事的情節特色中反映的思考模式與社會形態，終論風水故事與風水文化的關係。

　　第陸章結論各章所述，認為本文主要成果在於對中國風水故事情節單元與故事類型的整理，在研究層面的開發上，例如風水故事的流傳區域與區域特色等，則有待增補各區域全面搜集整理的民間文學材料，以在後續研究中加強。

目次

第一編　中國風水故事主題類編

壹、風水的作用

一、風水致吉

甲、葬地或宅相佳致富貴丁壽

1、許遜祖墓

許遜少孤，不識祖墓，傾心所感，忽見祖語曰：「我死三十餘年，於今得正葬，是汝孝悌之至。」因舉標牓曰：「可以此下求我。」於是迎喪，葬者曰：「此墓中當出一侯及小縣長。」御覽五百十九（《幽明錄》第 114 條）

。祖靈現身與人言【壹一甲 1】（《御覽》《幽明錄》）

。。風水吉作用：葬地佳者福子孫：致官 公侯及縣長【壹一甲 1】（《御覽》《幽明錄》）

2、魏舒外家

魏舒字陽元，任城樊人也。少孤，爲外家甯氏所養。甯氏起宅，相宅者云：「當出貴甥。」外祖父母以魏氏甥小而慧，意謂應之舒，曰：「當爲外氏，成此宅相。」……舒嘗詣野王，主人妻夜產，俄而聞車馬之聲，相問曰：「男也？女也？」曰：「男。書之：十五以兵死。」復問：「寢者爲誰？」曰：「魏公。」舒後十五載詣主人，問所生兒何在，曰：「因條桑爲斧傷而死。」舒自知當爲公矣。（《晉書·魏舒傳》卷四十一）（《太平御覽》卷一百八十·居處部八·宅）

。卜者預言應驗：宅相當出貴甥【壹一甲2】(《晉書》《御覽》)

。。風水吉作用：宅相預兆出貴甥：甥爲公侯【壹一甲2】(《晉書》《御覽》)

。言語無徵事後驗：某人聞無形人語，己爲某公，後果然爲公【壹一甲2】(《晉書》《御覽》)

3、陶侃尋牛得地

初，陶侃微時，丁艱將葬，家中忽失牛而不知所在。遇一老父謂曰：「前崗見一牛眠山污中，其地若葬，位極人臣矣。」又指一山云：「此亦其次，當世出二千石。」言訖不見。侃尋牛得之，因葬其處，以所指別山與訪。訪父死葬焉，果爲刺史。(《晉書‧周訪附周光傳》卷五十八) (宋‧《錦繡萬花谷‧前集》卷二十七‧墳墓(本傳))

。卜者(神秘老人)預言應驗：葬某地當出某官【壹一甲3】(《晉書》)《錦繡萬花谷》

。神爲人指示吉地【壹一甲3】(《晉書》)《錦繡萬花谷》

。。取得風水的方法：吉地取於物擇：牛眠之地【壹一甲3】(《晉書》)《錦繡萬花谷》

。。風水吉作用：葬地佳者福子孫：位極人臣【壹一甲3】(《晉書》)《錦繡萬花谷》

。。風水吉作用：葬地佳者福子孫：當世出二千石(刺史)【壹一甲3】(《晉書》)《錦繡萬花谷》

陶侃微時，遭大喪，家貧，親自營墣，有班特牛，專以載致，忽然失去，便自尋覓。道中逢一老公，便舉手指云：「向於崗上，見一牛眠山湾中，必是君牛眠處，便好可作墓，安墳則致極，位極人臣，世爲方嶽。」侃指一山，云：「此好，但不如下，當世有刺史。」言訖，便不復見。太尉之葬如其言，侃指別山與周訪家，則并世刺史矣。〈志怪集〉(《太平御覽》卷五百五十八‧禮儀部三七‧冢墓二)

。卜者(神秘老人)預言應驗：葬某地當出某官【壹一甲3】(《志怪集》《御覽》)

。神爲人指示吉地【壹一甲3】(《志怪集》《御覽》)

。。取得風水的方法：吉地取於物擇：牛眠之地【壹一甲3】(《志怪集》

　　　《御覽》)

　　。。風水吉作用：葬地佳者福子孫：世爲方嶽【壹一甲 3】(《志怪集》
《御覽》)

　　。。風水吉作用：葬地佳者福子孫：并世刺史【壹一甲 3】(《志怪集》
《御覽》)

4、張裕祖墓

　　初，裕曾祖澄當葬父，郭璞爲占墓地，曰：「葬某處，年過百歲，位至三司，而子孫不蕃。某處年幾減半，位裁卿校，而累世貴顯。」澄乃葬其劣處。位光祿，年六十四而亡，其子孫遂昌云。(《南史·張裕傳》卷三十一，《太平御覽》卷五百五十八·禮儀部三七·冢墓二，《古今圖書集成·坤輿典》第一百三十八卷·冢墓部紀事一)

　　。卜者(郭璞)預言應驗：葬某處年幾減半，位裁卿校，而累世貴顯【壹一甲 4】《南史》《御覽》《古今圖書集成》

　　。。風水的效果：一穴兩局：葬某處，年過百歲，位至三司，而子孫不蕃；某處年幾減半，位裁卿校，而累世貴顯。【壹一甲 4】《南史》《御覽》《古今圖書集成》

　　。。風水吉作用：葬地佳者福子孫：致仕宦【壹一甲 4】《南史》《御覽》《古今圖書集成》

　　。。風水吉作用：葬地佳者福子孫：子孫蕃昌【壹一甲 4】《南史》《御覽》《古今圖書集成》

5、〈王智興〉

　　唐王智興始微時，嘗爲徐州門子。有道士寓居門側。智興每旦起持帚，因屛穢于道，必掃其道士之門，道士深感之。後智興母終，辭焉。道士謂智興曰：「吾善審墓地，若議葬，當爲子卜之。」智興他日引道士出視地，道士以智興所執竹策，表一處，道士曰：「必窆此，君當壽，而兩世位至方伯。」及智興再往理穴，其竹策有枝葉叢生，心甚異之，遂葬焉。智興又曾自郡齎事赴上都，宿偃城逆旅。遇店婦將產，見二人入智興所寢之舍，驚曰：「徐州王侍中在此。」又曰：「所生子後五歲，當以金瘡死。」智興志之。及期，復過店，問婦所生子，云：「近因斧傷，已卒矣。」〈出唐年補錄紀傳〉(宋·《太平廣記》卷一百三十八·徵應四，頁 992，明·王圻纂《稗史彙編》卷一百六

十三·徵兆門·前知類，頁 2566）

　　。。風水異徵：竹杖插地能生葉【壹一甲 5】（《唐年補錄紀傳》《廣記》
　　《稗史彙編》）

　　。言語無徵事後驗：某人聞無形人語，呼己爲某公，後果然爲公【壹一
　　甲 5】（《唐年補錄紀傳》《廣記》《稗史彙編》）

　　。。風水吉作用：葬地佳者福子孫：得壽及封侯【壹一甲 5】（《唐年補
　　錄紀傳》《廣記》《稗史彙編》）

　　。卜者（道士）預言應驗：葬某處當得壽，而兩世方伯）【壹一甲 5】（《唐
　　年補錄紀傳》《廣記》《稗史彙編》）

　6、〈韋安石〉

　　神龍中，相地者僧泓師，與韋安石善，嘗語安石曰：「貧道近於鳳棲原見
一地，可二十餘畝，有龍起伏形勢。葬於此地者，必累世爲台座。」安石曰：
「老夫有別業，在城南，待閒時，陪師往詣地所，問其價幾何，同遊林泉，
又是高興。」安石妻聞，謂曰：「公爲天子大臣，泓師通陰陽術數，奈何一旦
潛遊郊野，又買墓地，恐禍生不測矣。」安石懼，遂止。泓歎曰：「國夫人識
達先見，非貧道之所及。公若要買地，不必躬親。」夫人曰：「欲得了義，兼
地不要買。」安石曰：「舍弟紹，有中殤男未葬，便與買此地。」泓曰：「如
賢弟得此地，即不得將相，位止列卿。」已而紹竟買其地，葬中殤男。紹後
爲太常卿禮儀使，卒官。（〈出戎幕閒談〉宋·《太平廣記》卷三百八十九，塚
墓一，第 24 條）

　　。。舍棄（不得）吉地的原因：公侯卜地，恐遭天子忌【壹一甲 6】（《戎
　　幕閒談》《廣記》）

　　。。風水吉作用：葬地佳者福親人（父母）：葬殤子於吉地，父得列位
　　卿【壹一甲 6】（《戎幕閒談》《廣記》）

　7、〈陳思膺〉

　　陳思膺，本名聿修，福州龍平人也。少居鄉里，以博學爲志。開元中，
有客求宿，聿修奇其客，厚待之。明日將去，乃曰：「吾識地理，思有以報。
遙見此州上里地形，貴不可言，葬之必福昆嗣。」聿修欣然，同詣其處視之，
客曰：「若葬此，可世世爲郡守。」又指一處曰：「若用此，可一世爲都督。」
聿修謝之。居數載，喪親，遂以所指都督地葬焉。他日拜墓，忽見其地生金

筍甚衆，遂採而歸。再至，金筍又生，及服闋，所獲多矣。因攜入京，以計行賄，以所業繼之，頗致聞達。後有宗人名思顒者，以前任詭牒與，因易名干執政。久之，除桂洲都督。今壁記具列其名，亦有子孫仕本郡者。（〈出桂林風土記〉宋・《太平廣記》卷三百八十九，塚墓一，第28條）

　　。。風水異徵：地生金筍【壹一甲7】（《桂林風土記》《廣記》）

　　。受惠者爲施惠者（厚待求宿者）指風水佳地以爲報答【壹一甲7】（《桂林風土記》《廣記》）

　　。卜者（求宿之客）預言以令人意外的結果應驗：卜葬可得官之地，後人果以葬地所生異物（金筍）賄賂得官【壹一甲7】（《桂林風土記》《廣記》）

　　。。風水的效果：一穴兩局：世世爲郡守，或一世爲都督【壹一甲7】（《桂林風土記》《廣記》）

　　。。風水吉作用：葬地佳者福子孫：冒名得官【壹一甲7】（《桂林風土記》《廣記》）

8、〈韓建〉

韓建喪母，卜葬地，有術云：「祇有一穴，可置大錢，而不久即散。若華州境內，莫加於此也。」建乃於此葬母。明年，大駕來幸，四海之人，罔不臻湊，建乃廣收商稅，二載之後，有錢九百萬貫。復三年，爲朱梁所有。（〈出中朝故事〉宋《太平廣記》卷三百九十・塚墓二，第17條）

　　。卜者預言應驗：葬某處可置大錢，而不久即散【壹一甲8】（《中朝故事》《廣記》）

　　。卜者預言以令人意外的事實應驗：葬某地可置大錢：因皇帝巡視當地帶來人潮，廣收商稅而致富【壹一甲8】（《中朝故事》《廣記》）

9、种放往見陳希夷卜葬

种放往見陳希夷。希夷曰：「君當貴，名聞天下。」又希夷嘗爲卜卜世葬地於豹林谷下，卜定穴。既葬，希夷見之，云：「地固佳，安而稍後，世世當出名將。」其姪世衡至令爲將帥，有聲。（〈邵氏錄〉《錦繡萬花谷・前集》卷二十七・墳墓）

　　。卜者（陳希夷）預言應驗：某人將爲貴人並名聞天下【壹一甲9】（《邵氏錄》《錦繡萬花谷》）

。卜者（陳希夷）預言應驗：葬某地將世世出名將【壹一甲9】(《邵氏
錄》)《錦繡萬花谷》)

。。風水吉作用：葬地佳者福子孫：出將帥【壹一甲9】(《邵氏錄》)《錦
繡萬花谷》)

10、〈丑年試科第〉

先友提學張公大亨字嘉甫，霅川人，先墓在弁山之麓，相墓者云：「公家
遇丑年有赴舉者，必登高第。」初未之信。熙寧癸丑，嘉輔之父通直公著登
第；元豐乙丑，嘉輔登乙科；大觀己丑，嘉甫之兄大成中甲科；重和辛丑，
嘉甫之弟大受復中乙科。此亦人事地理相符之異也。（宋‧何薳《春渚紀聞》
卷一）

。卜者預言應驗：相墓知未來事：墓主家人丑年赴試必登第【壹一甲
10】《春渚紀聞》

。。風水吉作用：葬地佳者福子孫：登科第【壹一甲10】《春渚紀聞》

11、〈烏程三魁〉

余拂君厚，霅川人也，其居在漢銅官廟後，溪山環合，有相宅者言：「此
地當出大魁。」君厚之父朝奉君云：「與其善之於一家，不若推之於一郡。」
即遷其居於後，以其前地為烏程縣學。不二、三年，君厚為南宮魁，而莫儔、
賈安宅繼魁天下，則相宅之言為不妄。然君厚之家不十年而朝奉君歿，君厚
兄弟亦繼殂謝，今無主祀者。則上天報施之理又未易知也。（宋‧何薳《春渚
紀聞》卷一）

。。風水的效果：吉宅能出大魁【壹一甲11】(《春渚紀聞》)

。W10.吉宅風水能出魁，捐作學堂以惠眾【壹一甲11】(《春渚紀聞》)

。。風水吉作用：吉宅作學堂，學子皆登科甲【壹一甲 11】(《春渚紀
聞》)

12、穴內有水

穴在水中有之，而不知穴內有水。涇縣九都查氏祖墳美女撒尿形，穴前
流水不止，其家富貴不絕。近一族人盜葬祖墳之側，其人驟富。族眾知而起
去，棺中淋淋水出。未久，其人即窮。由此觀之，穴中有水，不妨發福也。（宋‧
李思聰《堪輿雜著‧覆驗》六三葉左中）

＃風水名稱：美女撒尿形【壹一甲12】《堪輿雜著》

。。風水吉作用：葬地佳者福子孫：穴前流水不止，其家富貴不絕【壹一甲12】《堪輿雜著》

。。風水的作用：盜葬風水佳地，其人驟富；起棺出地，其人即窮【壹一甲12】《堪輿雜著》

13、貴者少富，富者少貴

探花公之祖，官縣佐，精堪輿學，愛蘭邑山水秀麗，自衢遷蘭。二妻各卜一地，一貴一富。貴者乃飛鳳沖霄形，課云「一木沖天勢挺然，文章四海有名傳。雖然衣紫腰金貴，畢竟家無二頃田」。其富者乃仰天湖形，課云「分明一穴仰天湖，倉在重重又秀孤。粟陳貫朽房屋有，若要求官半個無」。另二房子孫貴者少富，富者少貴，果皆如其言。（明・徐善繼、徐善述《地理人子須知》卷一下・龍法，頁十四，傳奇，p.56）

#風水名稱：飛鳳沖霄形【壹一甲13】（《人子須知》）

#風水名稱：仰天湖形【壹一甲13】（《人子須知》）

。。風水的作用：貴者少富，富者少貴【壹一甲13】（《人子須知》）

14、泉有翰墨香

樂平洪士良，同師吳景鸞至官坑嶺下，士良偶渴，探泉飲之，走謂師曰：「此泉甚異，當有至貴之地。」國師亦往索泉，嘗之，曰：「是泉有翰墨香，豈但貴也，當產人賢。」因至山巔觀之，果見其穴，呀曰：「秀鍾於此，以報朱氏。然其地自山下至穴所約七里許，而送龍兩水，右出石檢（土名），前水直流五店（土名），穴高水遠，不利初代。窆葵畢，用巨石壓而封之。後果以不利，欲遷焉，竟得石壓而止。又云初獻地者，謂有天子氣象，未決，往邀其師，係一僧，來觀曰：「當出夫子。」（明・徐善繼、徐善述《地理人子須知》卷二下・龍法，頁二十一，傳疑，p.107）

。。風水異徵：泉有翰墨香【壹一甲14】（《人子須知》）

。。風水的效果：泉有翰墨香，當產大賢【壹一甲14】（《人子須知》）

。。卜者的判斷：人外有人，一見精於一見：獻地者云是地有天子氣象，觀地者云是地當出夫子（果出大儒朱夫子）【壹一甲14】（《人子須知》）

。。風水的作用：穴高水遠，不利初代【壹一甲14】（《人子須知》）

。。卜者的判斷：卜者預知葬地應貴然不利其初代，而以巨石封葬地以防遷葬，後果以不利欲遷而未果【壹一甲14】（《人子須知》）

15、范文正公宅

范文正公得一宅基，堪輿家相之曰：「此當世出卿相。」公曰：「誠有之，不敢以私一家。」捐其基建學，今蘇州府學是也。風水家言，尚有繫公念者乎！（明・鄭瑄輯《昨非庵日纂》卷十八）

　。。風水的效果：吉宅能出卿相【壹一甲 15】（《昨非庵日纂》）

　。W10. 吉宅風水能出魁，捐作學堂以惠眾【壹一甲 15】（《昨非庵日纂》）

16、〈僧時蔚〉

……蔚素精堪輿家學，嘗言玄墓形勢為三龍三鳳，勝絕天下，卜葬者多叩之，蔚未嘗輕答也。老患痰氣，語其徒曰：「吾當服城中沈以潛藥，吾與之有緣也。彼在京師，今夕且歸矣，宜往速之。」徒如教，至沈氏，則以潛出未歸也。返命，仍遣之往，及夜，因寢其家門下待之。二鼓，以潛果歸，聞之異焉，即往治，疾即瘳。蔚謂曰：「荷君治疾，無以為報，有地於此，請奉以為尊夫人壽域。」因指示竺山後一穴，稍下六尺，云：「是雖微劣，至六十年後，家當大發。」後以潛竟用以葬其母。至成化間，以潛諸孫塵等，皆以富甲其里，布政、杰諭、德熏相繼取科第，門戶顯奕，距葬時恰及六十年矣。（明・陸粲《庚巳編》卷七，頁78）

　。卜者異能：預知解治己疾之人及其歸家之期【壹一甲 16】（《庚巳編》）

　。受惠者為施惠者（為人療疾）指風水佳地以為報答【壹一甲 16】（《庚巳編》）

　。卜者預言應驗：葬某地，六十年後發家，至期果然科甲富貴並至【壹一甲 16】（《庚巳編》）

　。。風水吉作用：葬地佳者福子孫：致富、登科第【壹一甲 16】（《庚巳編》）

17、〈墓水禍福〉

李景隆，未停爵時，傍墓山口忽起一泉，衝其塚後，樹木漸枯，不久禍作，幽廢死。迨弘志初，復有爛石橫墮中流，正逆阻衝處，水遂分散，且墓傍前後，遍生髯松，不三四年，蓊然交蔭。未幾求其五代孫璿，為南錦衣指揮使，嘉靖中紹絕封，進臨淮侯，祿千石。（明・朱國禎《湧幢小品》卷二十五，頁十二左）

　。。風水吉作用：葬地佳者福子孫：封侯晉祿【壹一甲 17】《湧幢小品》

。。風水的作用：墓樹枯榮兆子孫禍福【壹一甲 17】《湧幢小品》

18、〈預卜佳地〉

公東塘先生，名家臣，臨朐縣人。隆慶戊辰進士，庶吉士編修，謫廣平推官，陞南戶部主事。過里中轉墓，至黃山下，謂子鼐曰：「此佳地，歿而葬此可矣。」鼐聞言怪之。既抵南，病作，鼐往迎，至徐州見夢曰：「吾不歸矣。黃山葬地，無過趙氏北牆下。」鼐大驚，起赴，公已卒滁州，蓋即見夢之夕也。既尋得地，葬有日矣，即不知所言趙者何。鼐臥柩側，夢一蒼頭馳告曰：「闕前遇一石橋，奈何？」相與往視之，儼然古塚，堂宇宏麗，朱扉四啓，隙中見一燈熒然。已而朱扉開，燈爆有聲，光大起如晝。北壁有銘，而闕其角，曰「宋貴主葬處」也，生嘉祐至道間，一轉為某官，再轉為戶部主事、推官云。旁有書四廚、劍四，皆銀室。鼐拔劍舞，遂覺。覺而悟宋貴主之為趙氏也。越數日方葬，而甘泉出，芝草生。至萬曆辛丑，鼐成進士，庶吉士編修，今為侍郎，文行一時推重。余曾通書得，亦奇寶也。太史官不達，身後得吉地，昌其後，豈偶然哉。（明‧朱國禎《湧幢小品》卷二十五，頁十二，〈明史附公鼐傳〉《中國歷代卜人傳》卷二十三‧山東省一，頁 809）

　。亡者藉夢與人通意：亡父身亡之日託夢其子囑咐葬事【壹一甲 18】《湧幢小品》、《卜人傳》

　。異夢相應：一夢解一夢：先夢父告葬「無過趙氏牆」，不解其中意，經日後又夢一人來引見宋主墓，方悟宋主即趙氏【壹一甲 18】《湧幢小品》《卜人傳》

　。。風水異徵：方葬，而甘泉出，芝草生【壹一甲 18】《湧幢小品》《卜人傳》

　。。風水吉作用：葬地佳者福子孫：登科致仕【壹一甲 18】《湧幢小品》《卜人傳》

19、〈林氏葬處〉

福州林公得山人為擇吉壤，問何以葬，曰：「肯舍此山松，斫而乾之，焚七日夜，寸石裂而美土見。」既得葬地一區，山人言：「用之，富貴悠久不可言。」公曰：「與其私吾一支，孰若均之合族。」因遷宗族，火葬二十餘穴，叢埋焉。其妻患，走上嶺，以金釵置於中穴曰：「吾欲葬是。」遂留為己穴，而族人反誣其盜塚。官詰之，以實對，乃更褒賞而遣之。生子觀仕為訓導，

孫元美太守，曾孫瀚吏部尚書，玄孫皆由進士顯，衣冠為八閩之最。（明·王圻 纂《稗史彙編》卷十三·地理門·陵墓類，頁236）

　　。。風水吉作用：葬地佳者福子孫：登第入仕 【壹一甲19】（《稗史彙編》）

　　·W10. 吉地能致富貴，族人同葬，子孫均得富貴【壹一甲19】（《稗史彙編》）

　　20、〈董氏墓地〉

董越之祖為一大姓主家，其妻死，求葬地於主，云：「吾山多地，惟君所擇。」董老云：「安敢覬此地，只牛眠地足矣。」主許之，乃告曰：「吾無直，惟有斗酒雙鵝而已，請公親書為證。」主乃書其衣裾云：「門前有片牛眠渦，送與董公葬董婆。後世子孫若問價，一罈煮酒一雙鵝。」葬後，生越仕至禮部尚書。（〈張閬說〉明·王圻 纂《稗史彙編》卷十三·地理門·陵墓類，頁236）

　　。。風水吉作用：葬地佳者福子孫：仕宦致尚書【壹一甲 20】（《稗史彙編》）

　　·寶地特徵：牛眠之地【壹一甲20】（《稗史彙編》）

　　21、〈寧河相地〉

鄧寧河王愈率兵取徽州，久鎮其地，有二門子甚當王意。王一日遊山，指二地皆可葬，發雖小，能久長。已而二役各攜親柩葬所指處。今二百餘年，後人或以曹監，或以吏役，為小官者相繼。（明·王圻纂《稗史彙編》卷五十四·伎術門·堪輿類，頁859）

　　·卜者（鄧寧河王）預言應驗：葬某地，六十年後發家，至期果然科甲富貴並至【壹一甲21】（《稗史彙編》）

　　。。風水吉作用：葬地佳者福子孫：子孫官小但相繼不絕【壹一甲21】（《稗史彙編》）

　　22、吳榜眼祖墓

人家科第，在積學種德，風水之說，不足道也。然亦有灼然可信者。全椒吳榜眼昺之曾祖，為父卜吉壤，延閩人簡堯坡擇兆。三年不得，辭歸，吳翁固留之。一日，同往梅花山中，遇大雪，同飲陳家酒樓。簡倚檻遠眺，久之，罷酒起曰：「異哉！吾遠近求之，三年不得，乃在此乎！」即同往三里許，

審視良久曰：「是矣。」雪晴更往觀之，喜曰：「天賜也。然葬後君之子未即發，至孫乃大發，發必兄弟同之。兩面文峰秀絕，發必鼎甲。然稍偏，未必得元，或第二三人未可知。亦不僅一世而止。」翁如言卜葬。其後孫國鼎中崇禎癸未進士，國縉中順治乙丑進士，國對、國龍孿生，國對中探花，國龍成進士，至舅兄弟亦先後成進士，而舅則中榜眼。簡之術亦神哉！（清・徐錫麟《熙朝新語》卷五，頁6）

　　。卜者（風水師閩人簡堯坡）預言應驗：葬某地，至孫乃大發，發必兄弟同之，不僅一世，後皆如其言【壹一甲22】（《熙朝新語》）

　　。。風水吉作用：葬地佳者福子孫：聯登科甲【壹一甲 22】（《熙朝新語》）

23、葬師爭勝

　　家大人曰：「堪輿之說不可不信。君亦聞吾鄉安溪李文貞公之事乎？文貞公之父某翁為某翰林殿戶。翰林延葬師卜地，得一穴曰：『此必出三公也。』築將半，有某葬師阻之，不果築。前葬師恚甚，時已薄暮，立辭去。本與李翁素識，遂借宿其家，具以讒告，李敬奉之。乃問：『君父母歸土乎？』李辭以未，曰：『然則何求某翰林棄地而葬之乎？我為君乞之。』明日，狀呈某翰林，某翰林正欲徵驗其地，許之。葬師喜，為諏日卜葬。事畢將行，告李曰：『三年後，我必來覆視也。』後李耕倍獲，家業漸裕。某翰林異之，召後葬師問故，對曰：『禍本未成，如於墓旁環以河，禍將立至。』某翰林即鑿河以試其言，河成而文貞公生矣。一日，前葬師至，李以鑿河告，曰：『福萃於茲矣。』忽聞內室呱聲，曰：『君得丈夫子乎？』請出視之，方額直準，葬師曰：『此一座台星也。恐彼葬師知之，當遠徙，毋速禍。』乃合族遷居。某翰林知之，命他佃戶護其墓。文貞公年十二，隨父歸省墓，德某翰林，往謝之。翰林驚曰：『何來此兒？是他日公輔器也。』遂留於家，延明師訓之。此亦安溪相公家發祥之故事也。」息耕為之嗟歎。時座中有江右同年某友，以葬事與族鄰爭控不已，聞兩人縱談，乃慨然曰：「吾鄉諺云：福地福人來，何爭之有？余本擬散館後急乞假回家了此事，今不復爾矣。」眾叩之，亦莫詳其顛委云。（清・福州梁恭辰《北東園筆錄》三編・卷一）

　　。H240. 將風水地贈人行葬，視其後人發展，以徵驗卜者預言及風水之效【壹一甲 23】（《北東園筆錄》）

・H240. 破人風水以查驗風水作用虛實【壹一甲 23】(《北東園筆錄》)

・卜者預言應驗：葬某地，(子孫) 必出三公，後 (子孫) 果然居相【壹一甲 23】(《北東園筆錄》)

。・風水吉作用：葬地佳者福子孫：出三公 (位至三公居相位)【壹一甲 23】(《北東園筆錄》)

24、汪傑

清・汪傑，南昌人，善堪輿術。邑馮美涵者，家貧好客，傑嘗寓其家，指一地曰：「葬此，子孫發祥，以報十年厚意。」美涵買其地。時有諸生鄒圖南者亦精此術，馮將治窆，鄒爲之審視曰：「特可發一代耳，然富、貴、壽三者俱全也。」馮葬後，生子有年，號補齋，榷稅歸，人號十萬，年七十卒，子孫不能守。(〈錫金識小錄堪輿〉《中國歷代卜人傳》卷二・江蘇省四，頁 179)

・受惠者爲施惠者 (貧而好客) 指風水佳地以爲報答【壹一甲 24】(《錫金識小錄》《中國歷代卜人傳》)

。・風水吉作用：葬地佳者福子孫：致富貴壽【壹一甲 24】(《錫金識小錄》《中國歷代卜人傳》)

。・風水師的判斷：人外有人，一見詳於一見：一云葬地可使子孫發祥，另一云只可發一代，但富貴壽三全【壹一甲 24】(《錫金識小錄》《中國歷代卜人傳》)

25、蔣地仙

清・蔣地仙，燕人也。善觀天象、嗅地氣，定他日之榮瘁。顧誠軒厚與結納，爲擇地作廬以授三子，使三子各樹萬金產，各教一子登第。嘗言錫邑山淺水薄，居墓發福僅可百年；若泰山東西，已發聖賢帝王，其地至今，尚可蔭數百年也。(〈錫金識小錄堪輿〉《中國歷代卜人傳》卷四・江蘇省四，頁 183)

。・風水吉作用：宅地佳者福主人：致富並登第【壹一甲 25】((錫金識小錄)《卜人傳》)

26、〈古寧頭李姓大族的由來〉

金門古寧頭姓李的人丁會這麼旺盛，是因爲得到了一個「七尺無露水」的風水地。李姓先祖奉母自大陸來，投於當地大族張姓人家門下養鴨，張家給母子二人一屋一地居住。母子發現自己居所入夜無蚊、鴨生雙蛋，心知所在是風水寶地，刻意保密。張家主人發現姓李的母子來後，他們養的鴨子每天都生兩

個蛋，並沒有想到他們住的那塊地是個風水地，以爲這是出自他們母子的福氣，就把女兒嫁給她，母子兩人就留下來。李母死後葬於該地，此後李姓便人丁旺盛而成大族。（1990 李華新講述（男，農）《金門民間傳說》頁 86～87）

　　#風水名稱：七尺無露水【壹一甲 26】（金門）

　　。。風水異徵：鴨生雙蛋【壹一甲 26】（金門）

　　。。風水異徵：居所無蚊【壹一甲 26】（金門）

　　。。風水吉作用：葬地佳者福子孫：後代人丁興旺成大族【壹一甲 26】（金門）

　　27、〈狸貓洗臉穴〉

　　水頭原早是姓李的來開墾的，住的都是姓李的人家。有一個姓黃的人，帶著父母來這裏做老師。初來的頭一年過年，正月十五，他想占占自己的運途，一早就出去走，走到一戶人家的牆外，有人在說話，他走過去聽到的一句話是：「慢慢的發啦……。」心裏就知道他在這裏可以發展了。他的父母死後，他做出煩惱的樣子，姓李的頭家問他煩惱什麼，他說：「我煩惱父母的葬地，想要回鄉，但沒路費，我想跟您討一塊地來葬可好？」這姓李是做官的，也很有錢，說：「沒問題啦！你自己去選吧。」這姓黃的會看風水，看中了一個「狸貓洗臉穴」，就把自己父母葬下去，得了那個風水。後來姓黃的就一直發，姓李的就一直敗，以致現在水頭姓黃的比姓李的還多。（1990 吳二講述（男 62 歲，農）《金門民間傳說》頁 88）

　　#風水名稱：狸貓洗臉穴【壹一甲 27】（金門）

　　。V310.「聽香」卜前途：隨機聽取路人話語以卜吉凶【壹一甲 27】（金門）

　　。。風水吉作用：葬地佳者福子孫：後代人丁興旺成大族【壹一甲 27】（金門）

　　。。（風水靈氣相奪，一姓發則另一姓敗）【壹一甲 27】（金門）

　　28、〈母雞穴〉

　　李姓祖先原爲古寧頭大族張姓人家的贅婿，李是外來卻後來居上，是因爲風水的關係。原來張家將蓋宗祠時，請來風水先生擇得一「母雞穴」，云宗祠蓋其地，可保子孫綿遠流長。張問風水先生其牆應建高或低圍，風水先生答「越高李越好」，云牆蓋得越高，對姓李的越好。張誤以爲「李」爲「你」，

即牆越高對自己越好，遂將圍牆築高。如此風水形勢便如站立的母雞，護不住小雞，以致張氏子孫紛紛往外遷移，李氏於是後來居上，成為大族。（《金門民間故事研究》頁64～65）

　　。。風水的作用：風水特徵符應於人：「母雞穴」屋牆過高，象徵母雞高立，則雛雞不聚窩，因此後代子孫多離祖外遷【壹一甲28】（金門）

　　。。風水吉作用：宗祠風水佳，人丁鼎盛成大族【壹一甲28】（金門）

　　。K.（藉模擬兩可的話詐騙）【壹一甲28】（金門）

　　#風水名稱：母雞穴【壹一甲28】（金門）

乙、寺廟風水佳神靈香火興旺

1、〈如珠巖〉

其一：從前有個江西先生，帶了父親的骨頭，從大庾嶺龍脈發尋，來到翁源龍仙鋪橫潭地方，見山石灰黑，狀如活獅，左右斑爪，負山帶河，形勢第一。正欣喜著要將父親骨頭葬下，將來兒孫可以代代出狀元，卻發現前面有人在燒香，原來巖上已經供奉著三官大帝和門神，通年香火極盛，遐邇都來進香，俗云愈遠愈靈，江西先生才知道這好風水已經先讓神明爭去了，只好憤憤離開。

其二：如珠巖還沒有神時，一個姓陳的看見那地方龍脈很好，合議在山下建一個祠堂。因工程浩大，恐有他變，改議將祠堂裡的祖牌移上巖去，並選好了良辰吉日。到預定日的前一天晚上，忽然風雨大作，第二天陳姓人抬祖牌上去時，巖內已有三尊大神，陳姓不敢和神明作拗，只好喪氣而返。（清水編《太陽和月亮》頁47～48）

　　。神明與人爭風水：有人看好了一處風水地，將行下葬或築居時，神明搶先放置了神像佔據該地【壹一乙1】（《太陽和月亮》）

　　。。風水的效用：代代出狀元【壹一乙1】（《太陽和月亮》）

　　。。風水吉作用：寺廟風水佳，神靈香火興旺【壹一乙1】（《太陽和月亮》）

2、〈狗社〉

狗社在連平陂頭三坑地方，本在三坑地方的狗社窩，因那塊地方不靈秀不當旺，（神）頗想徙居。後來（神）將寶劍簽書掛在今址的樹上，人們默知神意，遂將神壇移建今址。今址山水清秀，龍脈雄偉，任何堪輿家都說是穴

好風水，是以香火極盛。據土人說，求神的，住得愈遠愈發靈驗。完神時，例須用宰狗取血灑祭。這裏有所謂「狗頭符」的，據說很是靈驗，能使仇家非死即病。（清水編《太陽和月亮》頁62～63）

　　。神明自選風水地：將寶劍籤書掛在風水地的樹上，使人默知神意而遷廟【壹一乙2】（《太陽和月亮》）

　　。奇異的風俗：祭神完畢須用狗血灑祭【壹一乙2】（《太陽和月亮》）

　　。。風水吉作用：廟地風水佳，神靈且香火興旺【壹一乙2】（《太陽和月亮》）

3、保安廣澤尊王傳說

……母感異夢而娠，誕王於後唐同光初二月二十二日。王生有孝德，氣度異人，嘗牧於清溪楊長者家。晨昏之思忽起，馳歸侍奉，依依如也。父薨，艱於葬地，王憂心惇惇，雖就募猶潸然淚下。一形家鑒其孝，指長者山而告曰：窆此大吉。王然之，稽顙謝，籲求長者而窆之。竣，乃歸郭山下而奉母以終身焉。後晉天福間，王年十六，忽牽牛登山；翌日，坐古藤上而逝。母至，攀其左足，塑像者因塑其左足下垂。迨母薨，里人感王至孝，為祔於清溪故窆。……（《福建三神考》頁59魏應騏〈郭聖王〉引清光緒二十六年（1897）戴鳳儀〈郭山廟志〉）

　　。。風水的作用：得風水成仙：牧童在風水地上坐化成仙【壹一乙3】（《福建三神考》）

　　。神像造型的由來：一人閉目盤坐，即將登仙成神時，母親扯落其盤坐之一腳，其人忽張目圓睜，從此遂成其造像之型【壹一乙3】（《福建三神考》）

　　。。風水吉作用：廟地風水佳，神靈且香火興旺【壹一乙3】（《福建三神考》）

4、〈郭聖王得風水成佛〉

聖工公姓郭，原是個七歲孩子，未成佛時是為一個員外養羊的孩子。員外家裏請了一個風水先生，風水先生愛吃羊肉，可是這員外捨不得殺活的羊來吃，有遇著羊生病或老死的才會拿來吃，但這樣的羊肉他又不敢給風水先生吃，怕得罪了他。倒是這養羊的小孩總是會分到一點。不過小孩捨不得吃自己養的羊，每一次分到羊肉，總是偷偷的端去給風水師吃。風水先生有一

天問這小孩:「怎麼常有這羊肉吃?」這孩子老實跟他說了。他聽了生氣地想:「嘿!這員外不但捨不得殺半隻羊來給我吃,連這死的也不捨得給我!虧得這孩子,把他自己的份拿來給我吃!」他心裡便對這孩子很感激。風水先生這時已經找到了一塊好風水,那是一個可得「萬年香煙」或是「萬人丁」的風水地。萬年香煙能受眾人拜,萬人丁則將來會有很多後代。風水先生知道這孩子有個母親在世,便要這孩子回去問母親,要萬年香煙還是萬人丁。那老母親也不清楚是怎麼回事,隨口就萬年香煙好了。孩子就去跟風水師講。風水師當時正在那風水地上,心裏感念那孩子,正想讓他去受人香煙,恰好時日正合,風水先生就將那孩子抱起,放到那穴上坐著,幫他將雙腳橫疊,那孩子就入定成佛去了。孩子的母親一來,見孩子忽然變成,就一直哭叫著去拉他的腳,要拉他下來,扯落了他橫疊的一腳,所以現在的聖王公神像就是一腳伸著一腳屈著。他養的羊跟他很要好,也很捨不得,一直哀號,他眼睛就突然張開,看著他那些羊,另一眼轉一下去看看他母親,所以他的眼睛就這樣圓滾滾地瞪著。他得了那個風水後,就開始顯靈起來,香火一直都很興旺。(1995 許丕堅講述(男,56 歲__,《金門民間傳說》頁 126~128)

　　。受惠者為施惠者(贈食羊肉)指風水佳地以為報答【壹一乙 4】(金門)

　　。。風水的作用:得風水成仙:牧童在風水地上坐化成仙【壹一乙 4】(金門)

　　。神像造型的由來:一人閉目盤坐,即將登仙成神時,母親扯落其盤坐之一腳,其人忽張目圓睜,從此遂成其造像之型【壹一乙 4】(金門)

　　。。風水的效果:一穴兩局:可得「萬年香煙」或是「萬人丁」【壹一乙 4】(金門)

　　。。風水吉作用:廟地風水佳,神靈且香火興盛【壹一乙 4】(金門)

　　* 瞎先生與糞坑肉【壹一乙 4】(金門)

丙、風水改運

A、改風水添丁

1、劉混康

元符末,掖廷訛言崇出,有茅山道士劉混康者,以法籙符水為人祈禳,

且善捕逐鬼物。上聞，得出入禁中，頗有驗，崇恩尤敬事之，寵遇無比。至於即其鄉里，建置道宮，甲於宇內。祐陵登極之初，皇嗣未廣，混康言京城東北隅地叶堪輿，倘形勢加以少高，當有多男之祥。始命為數仞崗阜，已而後宮占熊不絕。上甚以為喜，由是崇信道教。（宋・王明清《揮麈錄・後錄》卷二，（宋・張淏《艮岳記》））

　　。。風水吉作用：改京城地形使皇室添丁《揮麈後錄》【壹一丙 A1】

　　2、范從烈

　　明・范從烈，字豫所。……弟從勳，字少峰，性穎異，舅氏陳大參應元，官江右，從勳在幕中。江右士大善地理家言，見從勳則傾服。……方伯杜梅梁母穴急宜遷，從勳奔告，梅梁時為諸生，歲試居三等，松俗延師視學使者案。梅梁方失館以窘對，從勳以二十金畀之。卜日遷，決其父子丙辛年當發甲。已而果應。又為桐廬邵士斗改陽宅，毀離位之山亭，數年雙瞽復明。吳興史存仁先生無子，為鑿半月池於祖塋生方，三年舉子二。（〈嘉慶松江府志藝術〉，《中國歷代卜人傳》卷二・江蘇省三，頁 112～113）

　　。卜者預言應驗：遷葬卜者云父子丙辛年當發甲，已而果然【壹一丙 A2】（《松江府志》《中國歷代卜人傳》）

　　。。風水吉作用：改葬吉地，子孫即發科甲【壹一丙 A2】（《松江府志》《中國歷代卜人傳》）

　　。。風水吉作用：改宅貌，雙瞽復明：毀離位之山亭【壹一丙 A2】（《松江府志》《中國歷代卜人傳》）

　　。。風水吉作用：改墓相添丁：鑿半月池【壹一丙 A2】（《松江府志》《中國歷代卜人傳》）

　　3、張坊

　　清・張坊，字組佩。新陽人，庠生。善堪輿，居嘉定。一日，謂錢竹汀之尊人曰：「汝家房門不利，是以年逾三十，尚未得子。當閉之而別啟戶焉。」如其言。期年而竹汀居士生。（〈錢辛楣年譜〉《中國歷代卜人傳》卷四・江蘇省四，頁 164）

　　。。風水吉作用：改宅相添丁：改房門方位【壹一丙 A3】（《錢辛楣年譜》）（《中國歷代卜人傳》）

　　B、改風水登科升官

1、〈朱忠靖公墓〉

朱忠靖公，蔡人也。渡江之後，卜居於湖州，薨而葬於妙喜山下，既數年矣。術者過而歎曰：「山勢甚吉，恨去水太遠，秀氣不集，子孫雖蕃昌，恐不能以科名自奮。」朱公諸子皆知之，固不暇徙，而後死者復以昭穆次第祔窆。乾道中，公次子侍郎夏卿士子翌用治命，捨祖塋而別訪地，唯以水為主。羣從諫止之，不納，竟如其志，得一穴，前臨清溪。既葬二十年，侍郎幼子及翌之子僑遂擢丁未進士第。已而僑弟偓及甲繼之，殊衰衰未艾也。（宋・洪邁《夷堅志》卷十一）

。。風水吉作用：改遷葬地，子孫登科不絕（《夷堅志》）【壹一丙 B1】

2、〈徐武功〉

……長州薛副使英祖墓在夷亭，公舟過之，指謂人曰：「此地當出一繫金帶者。」時薛猶未達，後竟舉進士第，至今官。金齒衛學舊鮮成名者，公讞居，相其地，謂：「植樹木其西以為障，當有益。」有司從之，科第由是遂盛。（明・陸粲《庚巳編》卷七，頁 64）

。卜者（徐武功）預言應驗：某墓當出一繫金帶者，後其墓主後代果然登第居副使官（繫金帶）】《庚巳編》【壹一丙 B2】

。。風水吉作用：改學堂植樹木方位，從此學子科第遂盛《庚巳編》【壹一丙 B2】

3、〈禮部井〉

穆廟時，關西馬乾菴自強，以大宗伯入相，後三十年絕響，司官止陞太守，又以東封事，至空署逐，其餘忤旨遷謫者猶多。江右范含虛謙，既為尚書，故精形家言。部有舊井已湮，復開新井。范熟翫良久，欣然曰：「得之矣。關舊塞新，必有奇驗。」果司官穩帖聯擢京堂吏部，若督學，無復作知府者。而范乃暴卒。其以大宗伯即家入相者，歸德沈龍江鯉、山陰朱金庭賡。又數年，李九我庭機、□□侍郎署印、孫鑑湖如游，以尚書皆大拜。可見堪輿未嘗不驗，特不驗於起念之人耳。（明・朱國禎《湧幢小品》卷二十五，頁十三右）

。。風水吉作用：改復官署舊井，官署有司皆升官《湧幢小品》【壹一丙 B3】

4、改學堂振科甲

府學明德堂後，舊是一高阜，土隆隆墳起。嘉靖初，都御史陳鳳梧夷其

阜，建尊經閣於其上。未建閣之前，府學鄉試中者數多，景泰四年間，科中式者二百人，而應天至二十九人，可謂極盛。自建閣後，逓年漸減；隆慶以來，稀若晨星矣。萬曆乙酉、丙戌間，太常少卿濟南周公繼署府篆公，雅善玄女宅經，詣儒學之文廟坐乾向巽，開巽門而學門居左，屬震；廟後明德堂，堂後尊經閣高大，主事，廟門與學門二門皆受乾金之剋。陽宅以門爲口氣，生則福，剋則禍。於是以抽爻換象補泄之法，修之於學之坎位，起高閣曰青雲，樓高於尊經，以泄乾之金氣，而以坎水生震、巽二木，以助二門之氣。又於廟門前樹巨坊，與學門之坊並峙，以益震、巽之勢。於離造聚星亭，使震、巽二木生火以發文明之秀。又以泮持河水不蓄於下手，造文德木橋以止水之流。修理甫畢，公遷應天巡撫。都御史學門內，舊有屏牆。戊子多，公下檄拆去之，曰：「去此，明年大魁必出此，亡疑矣！」己丑，焦公果應其占。庚寅多，公遷南戶侍，面語予曰：「修學而一大魁，余未敢言功也，占當出三元。坊中樞字亭上星字、篆文區之三口、星上之三圈，皆寓三元之象，君其識之。」乙未、戊戌，朱公與余相繼登第，人益以公術爲神。頃年有議修學者，大京兆黃公博侔於眾，余謂：「只宜循公之制，不可輕改，其發科之多少，蓋亦歲運利鈍所致，不拘何宅皆有之。惟其宅本吉，則宜靜聽以待，吉之自會年年變遷，科科修改，斷無此理。」時議者皆以余言爲然。京學志載公修學事，余特爲詳其所以告學者。（明・顧起元輯《客坐贅語》卷八）

　　。。風水吉作用：改學堂門向方位，學子登科甲《客坐贅語》【壹一丙B4】

　　。卜者（太常少卿濟南周公繼）預言應驗：卜者云去學堂舊牆，則來年學堂必出大魁，已而果然《客坐贅語》【壹一丙B4】

5、〈相宅董仙翁〉

董華星達存，吾邑人，壬申進士，精六壬奇門術，相宅尤奇驗。壬申將會試，須僦宅貢院前，余與之約同寓矣。時余客座師汪文端公第，公爲余賃一宅，余不敢卻，乃囑內弟劉敬輿偕董寓，董所親擇也。又有吾鄉符天藻亦附焉。二場後，余詣董，私問其寓內當中幾人，答曰：「三人具可雋。恐符君或失之，蓋夜臥須各按本命定方位，而符懷疑，不我從也。」出榜，果董、劉俱成進士，余與符落第。又江蘇巡撫莊公有恭延之相衙署，董爲改葺數處。既落成，公將出堂視事，董止之，爲擇一吉日時而出。屆期坐甫定，轅門外忽傳鼓報喜，則加宮保之信適以是刻至矣。今藩伯康基田令昭文，以家中有

子弟應秋試，預叩董。董詢其先塋何向，教以塋之某方立一燈竿，子弟中某年生者當發解，已而果然。他奇驗多類此，人皆稱「董仙翁」。（清·趙翼《簷曝雜記》卷二，徐珂《清稗類鈔·方伎類》頁4644）

　　。。風水吉作用：改立燈竿於先人墳塋之某字向方位，子弟中該方位字向年生者皆登科甲《簷曝雜記》《清稗類鈔》【壹一丙B5】

　　。卜者（董華星）預言應驗：應試者夜臥各按本命方位而臥則中第，否則落第。放榜結果果如所料《簷曝雜記》《清稗類鈔》【壹一丙B5】

6、〈記堪輿〉

堪輿家言往往有奇驗，而黃州安國寺塔則尤其彰明較著者也。道光丁酉歲，余主講河東書院，嘗一游寺中，有春草亭，韓魏公讀書處也。寺前有塔圮其半，不知其創自何時，亦不聞有議修之者。戊戌在京師聞鄉人之為京朝官官者，咸以修塔為言，而其時陸立夫制府、葉崑城相國皆官編修，尤汲汲以塔事為務，余竊怪之。夫塔圮有年矣，去年往游之時，塔上草蓬蓬如亂髮，其下榛莽蒙密，殆久無人過問，何一旦忽欲振而興之耶？或曰：「堪輿家言：是塔為湖北風水所關繫，修之則必有封拜者。」余笑曰：「拜相猶意中事耳，若封爵則非有戰伐功不可得。」……後聞塔既修，而陸、葉二公相繼持使節。陸資望久重，人皆以枚卜期之。葉則新進，不十數年開府，粵東已羨其盛。一日傳聞與徐制軍（廣縉）同日拜爵，乃大驚詫堪輿之術何其神也。……（清·彭崧毓《漁舟記談》下卷，頁16～17）

　　。。風水吉作用：修復地方圮塔，地方官員紛紛封爵拜相《漁舟記談》【壹一丙B6】

7、〈挽回杭州府學風水〉

杭州之科第，甲於他郡。嘉、道而後，漸不如紹；咸、同之際，復不如寧。錢塘丁松生大令丙謂為府學風水不佳所致，因於光緒乙亥科前，請於大府，將門向稍修改，又將五魁亭飾而新之。八月初八士子入場之日，適工竣，大令於亭前燃雙響礮三十枚，謂以振文氣也。洎榜發，杭人中式正副榜者，恰三十人，松生之姪修甫、中翰、立誠得亞元。（徐珂《清稗類鈔·方伎類》頁4648，清·陳其元《庸閒齋筆記》卷十二）

　　。。風水吉作用：改建學堂門向，學子登科甲《清稗類鈔》《庸閒齋筆記》【壹一丙B7】

。。風水的作用：學堂竣工響礎之數，即當年登科學子之數《清稗類鈔》《庸閒齋筆記》【壹一丙 B7】

8、〈遷塋〉

婁縣盛祁直，精堪輿壬遁術。謂其上世封塋不吉，改窆於吾邑劉夏鎮。葬後墓中有聲如蟬，久而不歇。至甲午，子中式。戊申，姪又中式。(清・諸畝香輯《明齋小識》卷四)

。。風水吉作用：改葬祖墓，後代連年登科第（《明齋小識》）【壹一丙 B8】

。。風水異徵：葬後墓中有聲如蟬久不歇（《明齋小識》）【壹一丙 B8】

C、改風水治病

1、管輅

信都令家，婦女驚恐，更互疾病，使輅筮之。輅曰：「君北堂西頭有兩死男子：一男持茅，一男持弓箭，頭在壁內，腳在壁外。持茅者主刺頭，故頭重痛，不得舉也；持弓箭者主射胸腹，故心中懸痛，不得飲食也。晝則浮遊，夜來病人，故使驚恐也。」於是掘其室中，入地八尺，果得二棺，一棺中有茅，一棺中有角弓及箭。箭久遠，木皆消爛，但有鐵及角完耳。乃徙骸骨，去城二十里埋之。無復疾病。(本事見《管輅別傳》及《魏志・管輅傳》，《搜神記》卷三第 55 條，頁 34，《三國志・魏志・管輅傳》卷二十九)

。。風水的作用：遷葬室內骸骨，居室人疾病自癒【壹一丙 C1】(《魏志》《搜神記》《三國志》)

。卜者（管輅）奇能：能測壁內埋骨形狀及其持械器具如目見【壹一丙 C1】(《魏志》《搜神記》《三國志》)

。奇事：室壁埋骨持茅，能使屋主頭痛，持弓箭，使屋主心中懸痛【壹一丙 C1】(《魏志》《搜神記》《三國志》)

2、淳于智卜宅

上黨鮑瑗，家多喪病，貧苦。淳于智卜之，曰：「君居宅不利，故令君困爾。君舍東北有大桑樹，君徑至市，入門數十步，當有一人賣新鞭者，便就買還，以懸此樹，三年，當暴得財。」瑗承言詣市，果得馬鞭。懸之三年，浚井，得錢數十萬，銅鐵器復二萬餘。於是業用既展，病者亦無恙。(本事亦見王隱《晉書》、臧榮緒《晉書》、《晉書・淳于智傳》，《搜神記》卷三第 58

條，頁 36。《太平御覽》七百二十七・方術部八。《古今圖書集成・神異典》第三百五卷・方術部紀事一）

　　。卜者（淳于智）奇能：卜宅者不見宅而能知安宅失宜並知宅周之物，令宅主取以治貧病（《晉書》《搜神記》《御覽》《古今圖書集成》）【壹一丙 C2】

　　。奇事：懸鞭於宅舍之樹三年，居室之病者疾病自癒（《晉書》《搜神記》《御覽》《古今圖書集成》）【壹一丙 C2】

　　。卜者（淳于智）預言應驗：懸鞭於宅舍之樹，三年後能得暴財，至期果然浚井得錢（《晉書》《搜神記》《御覽》《古今圖書集成》）【壹一丙 C2】

　　上黨鮑瑗，家多喪病，貧苦，或謂之日：「淳于叔平神人也，君何不試就卜，知禍所在？」瑗性質直，不信卜筮，日：「人生有命，豈卜筮所移！」會智來，應詹謂日：「此君寒士，每多屯虞，君有通靈之思，可為一卦。」智乃為卦，卦成，謂瑗日：「君安宅失宜，故令君困。君舍東北有大桑樹，君徑至市，入門數十步，當有一人持荆馬鞭者，便就買以懸此樹，三年當暴得財。」瑗承言詣市，果得馬鞭，懸之三年，浚井，得錢數十萬，銅鐵器復二十餘萬，於是致贍，疾者亦愈。（《晉書・淳于智傳》卷九十五）

　　3、淳于智之卜

　　上黨鮑瑗家多喪禍貧苦，淳于智卜之，卦成，謂日：「為君安宅者，女子工耶？」日：「是也。」又日：「此人已死耶？」日：「然。」智日：「此人安宅失宜，既害其身，又令君不利。君舍東北有大桑樹，君徑入市門數十步，當有一人折新馬鞭者，便就請買，還懸此樹。三年，當得物。」瑗承言，詣市，果得馬鞭，懸之。三年後，浚井中，得數十萬銅錢，雜器復可二十餘萬。於是家業用展，病者亦愈。（《太平御覽》卷一百八十・居處部八・宅）

　　。卜者（淳于智）奇能：卜宅者不見宅而能知安宅失宜並知宅周之物，令宅主取以治貧病【壹一丙 C3】（《御覽》）

　　。卜者（淳于智）奇能：卜宅者不見宅而能知安宅者性別及其身命【壹一丙 C3】（《御覽》）

　　。奇事：懸鞭於宅舍之樹三年，居室之病者疾病自癒【壹一丙 C3】（《御覽》）

。卜者（淳于智）預言應驗：懸鞭於宅舍之樹，三年後能得暴財，至期
果然浚井得錢【壹一丙 C3】（《御覽》）

4、王子貞之卜

貞觀年中，定州鼓城縣人，魏金家富。母忽然失明，問卜者王子貞。子
貞爲卜之曰：「明年有人從東來青衣者，三月一日來，療必愈。」至時，候見
一人，著青紬襦，遂邀爲設飲食。其人曰：「僕不解醫，但解作犁耳。爲主人
作之。」持斧繞舍求犁轅，昇桑曲枝，臨井上，遂斫下。其母兩眼煥然見物。
此曲桑蓋井之所致也。（唐・張鷟《朝野僉載》卷一）

。卜者（王子貞）預言以意外之事應驗：預言某日東來青衣者能爲某宅
主療瘉失明，然其人不解療醫，但解做犁，便取宅主宅中臨井之條桑做
犁，臨井桑條斫下時，失明宅主立即復明《朝野僉載》【壹一丙 C4】

。。風水的作用：宅中曲桑蓋井，宅主失明，桑去則復明《朝野僉載》
【壹一丙 C4】

5、〈坡谷前身〉

世傳山谷道人前身爲女子，所說不一。近見陳安國省幹云：山谷自有刻
石記此事於涪陵江右間。石至春夏，爲江水所浸，故世未有模傳者。刻石其
略言：山谷初與東坡先生同見清老者，清語坡前身爲五祖戒和尙，而謂山谷
云：「學士前身一女子，我不能詳語，後日學士至涪陵，當自有告者。」山谷
意謂涪陵非遷謫不至，聞之亦似憒憒。既坐黨人，再遷涪陵。未幾，夢一女
子語之云：「某生誦法華經，而志願復身爲男子，得大智慧，爲一時名人。今
學士，某前身也。學士近年來所患腋氣者，緣某所葬棺朽，爲蟻穴居於兩腋
之下，故有此苦。今此居後山有某墓，學士能啓之，除去蟻聚，則腋氣可除
也。」既覺，果訪得之，已無主矣。因如其言，且爲再易棺，修掩既畢，而
腋氣不藥而除。（宋・何薳《春渚紀聞》卷一，頁 5～6）

。卜者（清老者）預言以意外之事應驗：言某男前身爲女子，並預言某
男將於某地獲證。後某男果於該地獲前身女子託夢並引其驗棺得證【壹
一丙 C5】（《春渚紀聞》）

。夢中獲指示，尋自己前身之墓【壹一丙 C5】（《春渚紀聞》）

。女子轉世爲男子【壹一丙 C5】（《春渚紀聞》）

。。風水的作用：去除前身墓中之腋下蟻窩，其前身轉世者多年腋氣不

藥而除【壹一丙 C5】(《春渚紀聞》)

6、〈洗祖骸瘉疾〉

士人李武錫,嘗得疾,惟脊骨間痛不可忍,百藥攻治不效,若此數十年。後因改葬其父,易棺遷其骸,脊骨節間,有大白蟲,乃撥去之,自此脊痛頓愈。(宋·郭彖《睽車志》卷四)

　　。。風水的作用:改葬父骸,去除父骸脊骨之蟲,子脊痛宿疾頓愈【壹
　　一丙 C6】(《睽車志》)

7、溫其中相宅

清·溫其中,不知何許人,善相宅。至一家云:「牆橫曲木,北堂病母。」其家驚以為神,延至家,應手而母病愈。王令君,宅多鬼,延其中至,遍相其宅,以手畫地,命掘之,得白骨二合。棺而窆,妖遂寂然,其術之神異皆此類也。(〈民國霑化縣志方技〉,《中國歷代卜人傳》卷二十三·山東省一,頁 800)

　　。卜者奇能:卜者(溫其中)相宅能知宅中人病【壹一丙 C7】(《中國
　　歷代卜人傳》)

　　。。風水的作用:牆橫曲木,宅主之母生病,去牆木則病癒【壹一丙
　　C7】(《中國歷代卜人傳》)

　　。卜者奇能:卜者(溫其中)相宅知有怪,畫地掘物得白骨,宅怪遂息
　　【壹一丙 C7】(《中國歷代卜人傳》)

8、唐文錦相地

清·唐文錦,字純齋,合州東里獅灘場人。幼讀書,能屬文,弱冠應童子試,垂老不售。一夕夢入場,題為君子之道者三,揭曉獲俊,報至而醒。自是屢試不輟。……家無儋石儲,而精通星卜之術,尤長于堪輿學。嘗賣卜州城城隍廟,百無一爽,聞者帖然。北城陳永耀,舊家也,其妻周死,葬某所。既窆,而永耀病風,行止語言,俱狂妄不可思議。其家為謁醫巫,十數易人,訖無效。或以文錦薦,既至,其相之日:「是有殺而受風,宜及此也。」為改卜地葬之。即日永耀病愈。……一時轟傳文錦為地仙矣。(〈民國合川縣志方技〉,《中國歷代卜人傳》卷二十·四川省二,頁 672)

　　。卜者奇能:卜者(唐文錦)相墓察病因【壹一丙 C8】(《中國歷代卜
　　人傳》)

。。風水的作用：改葬妻墓，夫病即癒【壹一丙 C8】(《中國歷代卜人傳》)

二、風水兆禍

甲、宅墓方位或外相不佳致凶

1、〈凶地〉

建業大社西空地，東吳時右司馬」奉宅，孫皓殺之，流徙其家。晉元帝初，爲僕射周顗宅，顗爲王敦所害。後爲冠軍蘇峻宅，峻反被誅。後爲袁悅宅，爲會稽王道子所親昵，緣道子見殺。又爲章武王司馬秀宅，亦以凶終。宋孝武時，爲雍州刺史臧質宅，質亦被殺，故世稱凶地。宋吏部尚書王僧綽常謂宅無吉凶，請以爲第。始造，未及居，爲元兇劭所殺。(〈宋書〉、〈南史〉，明・王圻纂《稗史彙編》卷十三・地理門・堪輿類，頁 223。《太平御覽》卷一百八十・居處部八・宅。《宋書・王僧綽傳》卷七十一)

。。凶宅：居其宅者皆以凶殺終【壹二甲 1】(《宋書》、《南史》《稗史彙編》《御覽》《宋書》)

2、〈唐堯臣〉

張師覽善卜塚，弟子王景超傳其業。開元中，唐堯臣卒於鄭州，師覽使景超爲定葬地。葬後，唐氏六畜等皆能言，罵云：「何物蟲狗，葬我者如此地！」家人惶懼，遽移其墓，怪遂絕。(〈出廣異記〉，宋《太平廣記》卷三百九十・塚墓二，第 19 條)

。怪異：六畜能言，責云葬地不佳【壹二甲 2】(《廣異記》《廣記》)

。。風水負作用：葬地不佳禍家人：擇葬不精致葬者家中生怪：六畜能言並罵人，改葬則怪絕【壹二甲 2】(《廣異記》《廣記》)

3、〈定陵兆應〉

信州白雲山人徐仁望，嘗表奏與丁晉公議遷定陵事，仁旺欲用牛頭山前地，晉公定用山後地，爭之不可。仁旺乞禁繫大理，以俟三歲之驗，卒不能回。仁旺表有言山後之害云：「坤水長流，災在丙午年內；丁風直射，禍當丁未年終，莫不州州火起，郡郡盜興。」聞之者初未以爲然，至後金人犯闕，果在丙午。而丁未以後，諸郡焚如之禍，相仍不絕；幅員之內，半爲盜區，其言無不驗者。(宋・何薳《春渚紀聞》卷一)

。卜者（徐仁旺）預言應驗：卜者據皇陵所在方位預言國家某年各有某災，災如「火起，盜興」等，後果如其言【壹二甲3】（《春渚紀聞》）

。。風水負作用：皇陵葬地不佳，其國遭災【壹二甲3】（《春渚紀聞》）

眞宗崩，丁晉公爲山陵大禮使，宦者雷允恭爲山陵都監。及開皇堂，泉脈坌湧，丁私欲庇覆，遂不更聞奏，擅移數十丈。當時以爲移在絕地，於是朝論大誼。……眾咸目爲不軌，……丁晉公竟以此投海外。……（宋·魏泰《東軒筆錄》卷三，頁27）

4、〈穴差喪身〉

蜀士楊巨源有母喪未葬，術者過之，謂曰：「秋防原之側，馬嶺關之下，有穴焉。儻葬之，則其後無不興者。」巨源不數日，竟負親之骨殖葬其間。術者復曰：「若嶺上聞金鼓之聲，則封拜尤速。第穴有小差，恐不久有喪身之禍。」後四川宣撫吳曦出師於河池，道經合江，屯兵於馬嶺之上，晨夕金鼓之聲不絕，巨源乃心獨喜術者之言有驗。後吳曦反，巨源以謀誅之。朝旨除巨源朝奉郎通判，資序權四川。宣撫司參議安丙忌其有功，遣傅檜殺巨源於大安軍城下。（元·《湖海新聞夷堅續志·前集》卷二）

。卜者預言應驗：葬地風水佳能致速拜官封侯，但葬穴稍差不久喪身。已而果然拜官後被殺【壹二甲4】（《湖海新聞夷堅續志》）

。寶地異徵：金鼓之聲晨夕不絕【壹二甲4】（《湖海新聞夷堅續志》）

。。風水的效果：快速封侯【壹二甲4】（《湖海新聞夷堅續志》）

。。風水負作用：葬穴偏差，招喪身之禍【壹二甲4】（《湖海新聞夷堅續志》）

5、〈鄧氏墓〉

元時馬塘嶺一鄧姓者，有堪輿卜一穴以葬其父，以弓矢約之曰：「視吾箭所到處，即吉穴也。」鄧從其言，葬之。村間有牛傷足不能行，山神曰：「鄧家鴨腳木好做腳，以其木續牛足即行。」遂惑眾，自僭議創王者居址。後堪輿復至，登其墓曰：「箭尾不葬葬箭口，發福亦不久。」果謀逆伏誅。鄉人以桐油燒其墓。（〈通志〉，清·汪森《粵西叢載》卷十四）

。取得（選擇）風水（定穴）的方法：以弓矢發箭，視箭所到處，即葬其地【壹二甲5】（《粵西叢談》）

。。風水負作用：葬地偏差，不吉反凶：發箭取地，應葬於箭尾卻葬箭

口，發福不久即遭凶【壹二甲 5】（《粵西叢談》）

6、蕭吉見楊素冢

蕭吉經華陰，見楊素冢上白氣屬天，密言之煬帝曰：「素家當有兵禍滅門之象，改葬庶可免。」帝後從容謂元感宜早改葬，元感以爲吉祥，託言遼東未滅，不遑私事。未幾，以謀反族。（《北史·蕭吉傳》卷八十九·藝術上，明·焦竑輯《焦氏類林》卷六上）

　　。卜者（蕭吉）預言應驗：卜者見某墓凶兆，云其家有兵禍滅門之象。其家後以謀反族誅，果應其言【壹二甲 6】（《北史》《焦氏類林》）

　　。。風水異徵：墓相凶兆：冢上白氣屬天，其家當有兵禍滅門之象【壹二甲 6】（《北史》《焦氏類林》）

　　。K2000 僞善者：皇帝知某重臣祖墓有凶象，便勸大臣改葬爲吉，但未說明原因；大臣則以爲是祖墓吉祥而引起皇帝注意，推說忙碌而未改葬，後凶象應驗，大臣以謀反被殺【壹二甲 6】（《北史》《焦氏類林》）

7、管輅過毋丘儉墓

輅隨軍西行，過毋丘儉墓下，倚樹哀吟，精神不樂。人問其故，輅曰：「林木雖茂，無形可久；碑誄雖美，無後可守。玄武藏頭，蒼龍無足，白虎銜（《三國志·魏志·管輅傳》卷二十九）

　　。卜者（管輅）預言應驗：卜者見墓相兆凶，云其家當滅族，果如其言【壹二甲 7】（《三國志》）

　　。。風水異徵：墓相凶兆：林木雖茂，無形可久；碑誄雖美，無後可守，法當滅族【壹二甲 7】（《三國志》）

8、〈徐有功持法不濫〉

開元十五年正月，集賢學士徐堅請假往京兆，葬其妻岑氏，問兆域之制於張說。說曰：「……近大理卿徐有功持法不濫，人用賴焉。及其葬也，儉不逾制，將穿，墓者曰：『必有異應，以旌若人。』果獲石堂，其大如釜，中空外堅，四門八牖。占曰：『此天所以祚有德也。』置其墓中，其後終吉，後優詔褒贈，寵及其子。開府王仁皎以外戚之貴，墳墓逾制，榬服明器，羅列千里。墳上未乾，家毀子死，殷鑑不遠，子其擇之。」（唐·劉肅《大唐新語》卷十三，《太平御覽》卷五百六十·禮儀部·冢墓，《古今圖書集成·坤輿典》第一百三十八卷·冢墓部紀事一）

。持法不濫，天祚有德：謹守禮制以儉葬，行葬忽見石室現成，遂葬得吉【壹二甲8】(《大唐新語》《御覽》《古今圖書集成》)

。墳葬逾制遭凶：墳墓逾制，家毀子死【壹二甲 8】(《大唐新語》《御覽》《古今圖書集成》)

9、〈客土無氣〉

浮圖泓師與張說市宅，戒無穿東北隅。他日，怪宅氣索然，視東北隅已穿二坎，驚曰：「公富貴一世而已，諸子將不終。」說欲平之，泓師曰：「客土無氣，與地脈不連，譬身瘡痏補他肉，無益也。」(明·焦竑輯《焦氏類林》卷六上)

。。風水負作用：宅氣索然不得補，宅主之子不終壽【壹二甲9】(《焦氏類林》)

。。風水異徵：客土無氣，與地脈不連，不能補宅之缺【壹二甲9】(《焦氏類林》)

10、〈葬壓龍角〉

唐郝處俊，為侍中死，葬訖，有一書生過其墓，歎曰：「葬壓龍角，其棺必斷。」後其孫象賢，坐不道，斷俊棺，焚其屍。俊髮根入腦骨，皮託毛著髑髏，亦是奇毛異骨，貴相人也。(〈朝野僉載〉，宋·《太平廣記》卷三百八十九·塚墓一 第22條，宋·《錦繡萬花谷·前集》卷二十七·墳墓，明·王圻纂《稗史彙編》卷五十四·伎術門·堪輿類，頁855)

。卜者（書生）預言應驗：卜者見墓，云葬壓龍角，其棺必斷，後該墓果為仇人斷棺焚屍【壹二甲10】(《朝野僉載》《廣記》《錦繡萬花谷》《稗史彙編》)

。貴人屍骨異相：髮根入腦骨，皮託毛著髑髏【壹二甲 10】(《朝野僉載》《廣記》《錦繡萬花谷》《稗史彙編》)

。。風水負作用：葬壓龍角，其棺必斷【壹二甲10】(《朝野僉載》《廣記》《錦繡萬花谷》《稗史彙編》)

11、〈棺中見灰〉

唐英公徐勣初卜葬，繇曰：「朱雀和鳴，子孫盛隆。」張景藏聞之，私謂人曰：「所占者過也。此所謂朱雀悲哀，棺中見灰。」後孫敬業揚州反，弟敬貞答款曰：「敬業初生時，於蓐下掘得一龜，云大貴之象，英公令秘而不言，

果有大變之象。」則天怒，斲英公棺，焚其屍，灰之應也。(〈出朝野僉載〉，宋·《太平廣記》卷三百八十九，塚墓一，第 23 條。宋·《錦繡萬花谷·前集》卷二十七·墳墓。明·王圻纂《稗史彙編》卷五十四·伎術門·堪輿類，頁855～856〈張景藏〉)

　　。。風水師的判斷：人外有人，一見高於一見：一師云「朱雀和鳴，子孫盛隆」，另一師云「朱雀悲哀，棺中見灰」，後其棺果被焚而見灰【壹二甲 11】(《朝野僉載》)《廣記》《錦繡萬花谷》《稗史彙編》)

　　。卜者（張景藏）預言應驗：卜者云葬者有「棺中見灰」之象，後其棺果被焚見灰【壹二甲 11】(《朝野僉載》《廣記》《錦繡萬花谷》《稗史彙編》)

　　。奇事：床下掘出龜【壹二甲 11】(《朝野僉載》《廣記》《錦繡萬花谷》《稗史彙編》)

12、〈翻棺〉

　　西土吳士燦，邀地師叢辰葬親。點穴既定，克日營壙，匠師畢集，人語喞嘈，鬼馬窅靈相逅還。一路過人見之，曰：「何苦為此？不久將拆矣。」聞者群起誚讓，其人曰：「我姓徐，住居某里。因此中有地風，定非吉兆。如猶豫可三年後招我。」弗料剛半載，八人患起，憂與憂相接，家無貼席。遂憶是人，延請諦視，囑即開壙，則十三棺皆已翻側，唯一節婦者尚屬平正。爰為遷徙，家以康甯。(清·諸晦香《明齋小識》卷二，頁 6)

　　。。風水負作用：葬地不佳禍親人：葬後家人皆病【壹二甲 12】(《明齋小識》)

　　。卜者奇能：卜者路見新塋，語人其中有地風，開墓果見其棺已翻側【壹二甲 12】(《明齋小識》)

乙、葬時或建宅、入宅時辰不吉致凶

1、〈上梁日時〉

　　誠意公嘗過吳門，中夜聞邪許聲，以問左右，曰：「人家上梁也。」又問其家貧富及屋之豐儉，曰：「貧家，數楹屋耳。」公嘆曰：「擇日人術精乃爾。」又曰：「惜哉！其不久也。」左右問故，公曰：「此日此時，上梁最吉，家當大發，然必巨室乃可。若貧家驟富，必復更置此屋，旺氣一去，其衰可待也。」其後此家生計日裕，不數載，藏鏹百萬，果撤屋廣之。未久，遂貧落如故。(明·

陸粲《庚巳編》卷十，頁 118，《古今圖書集成‧藝術典》第六百八十六卷‧
選擇部紀事引《續己篇》，頁 7133）

　　。。風水師的判斷：人外有人，一見高於一見：某師選用上梁吉時，另
　　一師云其時辰必巨室可用，若貧家用之則驟富即衰，而當時上梁之宅正
　　是貧家【壹二乙 1】(《庚巳編》《古今圖書集成》)

　　。卜者（誠意公劉伯溫）預言應驗：卜者云某貧戶吉時上梁將驟富，一
　　旦更置其屋即衰敗如故，果如其然【壹二乙 1】(《庚巳編》《古今圖書
　　集成》)

　　。。風水負作用：上梁時日不稱宅，屋主驟富即衰【壹二乙 1】(《庚巳
　　編》《古今圖書集成》)

2、〈王莘鋤不信堪輿家言〉

　　無錫王莘鋤吏部繹自典閩試還，遭母喪閉門讀禮，急欲營葬。堪輿家言
是年風水不利，毅然斥之，謂遲葬非禮也。堪輿家亦侃侃爭論，謂苟葬者，
不出兩月，君必不可爲諱。家人大懼，潛書「葬」「不葬」二紙，至其母靈几
前拈鬮，三鬮皆「不葬」。羣阻之，王一笑置之，剋日興工，自督役。舉窆時，
王忽躓地傷足，不良於行，輿歸城中，遂患寒疾，竟不及兩月而卒。(徐珂《清
稗類鈔‧方伎類》頁 4648)

　　。卜者預言應驗：卜者占某故犯禁忌營葬者，不出二月將卒，已而果然
　　【壹二乙 2】(《清稗類鈔》)

　　。。風水負作用：營葬時間不吉，葬後家人意外傷斃【壹二乙 2】(《清
　　稗類鈔》)

3、〈狀元與臭頭〉

　　澎湖馬公港外有一座小島叫雞籠嶼，風水很好，有一位大陸的風水師將
祖先的骨灰葬在這裡，後代子孫代代出狀元。這家子孫每年都要從大陸坐船
來掃墓，覺得很不方便，後來就將祖先遷葬回大陸。有一個捕魚的人聽說了
這件事，就連夜將祖先的骨灰葬在他們留下的墓穴中，可是後來他的子孫並
沒有代代出狀元，卻是代代出臭頭。原來這個穴雖是好穴，但葬時還要配合
方位、時辰，才能發揮作用。這個漁夫因爲是晚上偷葬，忽略了這些條件，
所以只能代代出臭頭。(1997 講述者姓名不詳，男，約 70 歲，《澎湖民間傳說》
頁 200～201，〈澎湖雞籠嶼的風水傳說〉)

。。風水的效果：代代出狀元【壹二乙 3】（澎湖）

。。風水負作用：葬地風水佳，營葬不吉則反其效：吉地能出狀元，葬時不佳則出臭頭【壹二乙 3】（澎湖）

丙、遷葬或改建致凶

1、李林甫宅

李林甫宅，即李靖宅。有弘師者，以道術聞於睿宗時。嘗與過其宅，謂人曰：「後之人有能居此者，貴不可言。」其後久無居人。開元初，林甫官為奉御，遂徙而居焉。人有告於弘師，曰：「異乎哉！吾言果如是。十有九年居相位，稱豪貴於天下者，一人也。雖然，吾懼其易製中門，則禍且及矣。」林甫果相玄宗。恃權貴，為人覬望者久之。及末年，有人獻良馬甚高，而其門稍卑，不可乘以過，遂易舊製，將毀其簷。忽有蛇十數萬在屋瓦中，林甫惡之，即罷而不復毀焉。未幾，林甫竟籍沒，果十九年矣。（唐・張讀《宣室志》卷十。明・王圻纂《稗史彙編》卷五十四・伎術門・堪輿類，頁 857，〈僧相宅〉）

。卜者（弘師）預言應驗：卜者見宅，占云得居其宅者大富貴，有十九年能居相位，惟一旦易製中門則禍至。果如其然【壹二丙 1】（《宣室志》《稗史彙編》）

。。風水異徵：門簷屋瓦內有十數萬蛇【壹二丙 1】（《宣室志》《稗史彙編》）

2、〈桑道茂鎮宅〉

新昌里尚書溫造宅，桑道茂嘗居之，庭有二柏樹甚高，桑生曰：「夫人之所居，古木蕃茂者皆宜去之。且木盛而土衰，由是居人有病者，乃土衰之致也。」於是以鐵數十鈞鎮於柏樹下，既而告人曰：「後有居，發吾所鎮之地者，其家長當死。」唐大和九年，溫造居其宅，因修建堂宇，遂發地，得桑生所鎮之鐵，後數日，造果卒。（〈出宣室志〉，明・王圻纂《稗史彙編》卷五十三・伎術門・雜伎類，頁 832）

。卜者（桑道茂）預言應驗：卜者云發其所埋鎮地之鐵者，家長當死。果如其然【壹二丙 2】（《宣室志》《稗史彙編》）

。。風水巫術：埋鐵於樹下，以防古木蕃茂致土衰，土衰則居人有病【壹二丙 2】（《宣室志》《稗史彙編》）

3、〈范擇善遷葬〉

范擇善同宣和中登第，得江西教官，自當塗奉雙親之官，其父至上饒而
殂，寓於道旁之蕭寺中，進退徬徨。主僧憐之，云：「寺後山半，適有一穴，
不若就葬之，不但免般挈之勞，而老僧平日留心風水，此地朝揖絕勝，誠為
吉壤。」擇善從之，即其地而殯之。其後擇善驟貴，登政府，乃謀歸祔於其
祖兆，請朝假以往改卜。時老僧尚在，力勸不從。才徙之後，擇善以飛語得
罪於秦會之，未還闕，言者希指攻之云，同以遷葬為名，謁告於外，搔擾州
縣，遷謫而死。（宋・王明清《揮麈錄・後錄》卷十一）

　　。。風水吉作用：葬地佳者福子孫：後代驟貴為官《揮麈後錄》【壹二
　　丙3】

　　。。風水負作用：改葬遭禍：官員被指以遷葬搔擾州縣，遷謫而死《揮
　　麈後錄》【壹二丙3】

4、〈堪輿〉

堪輿家言，儒者所不道，間有應驗，吉少凶多。予家前門，歷年已久，
先人慮其傾圮，議將改作，戚友皆曰：「時近百年，不宜輕動。盍待其自敝而
新之。」獨曹鎮某君，恃才而傲，堅謂無妨，擇吉興工。前簷初啓，則有蛇
一、蟾一，盤伏於門板之上，蟾右而蛇左，各哺其卵，卵大如龍眼，二十餘
枚。鄰人患瘡者，捕蟾食之，蛇則負傷而竄。又於祖屋之前，闢門於白虎，
陰宅之左，引水於黃泉。由是三數年間，喪老幼十有二人。道光十八年春，
先君棄養，年祗四十有八，齎志未伸，里人莫不歎惜，言土木者，皆以為戒，
痛哉！……（清・黃鈞宰《金壺七墨全集・金壺浪墨》卷一，頁7～8）

　　。。風水異徵：門簷左右各一蛇一蟾盤伏門板，各哺其卵，卵大如龍眼
　　【壹二丙4】（《金壺七墨全集》）

　　。。故犯風水禁忌而遭禍：於祖屋之前，闢門於白虎，陰宅之左，引水
　　於黃泉，數年間喪老幼十餘人【壹二丙4】（《金壺七墨全集》）

5、〈談風水者謂弓去靶〉

京師賢良門外有河，河有橋，式如弓背。道光時，宣宗閱射，箭鵠設於
橋西河邊，射者立橋北，北向而射。每發矢，宣宗右顧，以視中否。歲己亥，
橋拆平，鵠於橋南，對寶座設焉。射者立橋北，面西向而射，以免右顧之煩
也。談風水者謂此橋架河上，如弓之有靶，今拆平，則弓去靶矣，恐我武不

揚也。至明年，遂有英人之擾。（徐珂《清稗類鈔・方伎類》頁 4646）

　　。。風水負作用：改建兆禍：橋式如弓架河上，如弓之有靶；橋樑改建平式則如弓去靶，威武不揚致外侵【壹二丙 5】（《清稗類鈔》）

6、〈長蛇注穴〉

　　堪輿家每視地，輒曰某形某像，以定吉凶。雖渺茫不足信，然亦有其事者。吳門汪廉訪圻少孤露，年二十餘，以蒙館自給，在陽山聚徒數年，因父母未葬，以二金買一地在瓜山絕頂，峻險異常。葬後便出門遊京師，冒宛平籍入泮，連捷中進士，不二十年，官至雲南按察使。因思父母墓葬山頂，難於祭掃，託所親就山下築石路一條，蟠曲而上，費至二千金，甚堅固也。一日有形家過其墓曰：「此穴如燕巢棲於梁間，惜築甬道如長蛇注穴中，禍不旋踵矣。」未幾，果以虧空事譴戌，家產入官。此乾隆四十五年事。（清・錢泳《履園叢話》卷二十四・雜記下〈形家言〉，頁 641，徐珂《清稗類鈔・方伎類》頁 4645）

　　。。風水負作用：改建致禍：築路盤山以便掃墓，不料卻破壞墓地風水，使路如長蛇注入巢形墓穴，形成衰相致家敗《履園叢話》【壹二丙 6】（《清稗類鈔》）

7、穴有紫藤

　　上舍伯祖巽舊葬惹山後，忽卜兆於丁村，遂遷葬焉。其中紫藤蟠固棺上，或云：穴有紫藤，此吉徵也。遂斫藤遷之。自後其家浸衰。（宋・魯應龍《閑窗括異志》）

　　。。風水負作用：改葬致禍：紫藤蟠棺，斫藤遷葬，其後家衰《閑窗括異志》【壹二丙 7】

　　。。風水異徵：紫藤蟠棺《閑窗括異志》【壹二丙 7】

8、紫藤繞棺

　　吳伯舉舍人知蘇州日，謁告歸龍泉，遷葬母夫人。已營墳矣，及啓堂礦，見白氣氳氳，紫藤繞棺，急復掩之。術人視礦處，知自是吉地，因即以爲墳。然頗悔之，舍人竟卒於姑蘇。（宋・方勺《泊宅編》卷十，頁 60，卷上，頁 75）

　　。。風水異徵：紫藤繞棺，白氣氳氳【壹二丙 8】（《泊宅編》）

9、〈墓樹不斷〉

　　華陰太守趙多曦，先人壠在鼓城縣。天寶初，將合祔焉，啓其父墓，而

樹根滋蔓，圍繞父棺，懸之於空，遂不敢發，以母柩置於其傍，封墓而返。
宣城太守刁緬，改葬二親，緬亦納母棺於其側，封焉。後門緒昌盛也。多曦
兄弟七人，皆秀才，有名當世，四人至二千石。緬三為將軍，門施長戟。開
元二十年，萬年有人，父歿後，家漸富，遂葬母，父櫬亦為縈繞，不可解，
其人遂刀斷之，根皆流血，遂以葬。既而家道稍衰，死亡俱盡。（〈出紀聞〉，
宋《太平廣記》卷三百九十‧塚墓二，第 3 條。明‧王圻纂《稗史彙編》卷
十三‧地理門‧陵墓類，頁 231）

　　。。風水異徵：樹根繞棺，離地懸空【壹二丙 9】（《紀聞》《廣記》《稗
　　史彙編》）

　　。。風水負作用：改葬遭凶：棺為樹根縈繞，強斷樹根以葬，其後家衰
　　人亡【壹二丙 9】（《紀聞》《廣記》《稗史彙編》）

　　。刀斷樹根，根皆流血【壹二丙 9】（《紀聞》《廣記》《稗史彙編》）

　　。。風水異徵：樹根流血【壹二丙 9】（《紀聞》《廣記》《稗史彙編》）

10、〈照天燭〉

　　范丞相致虛，家居東田朝山，有石尖甚聳，夜每發光，曰照天燭。時范
族仕達滿朝，後為堪輿所賣，鑿去其頂，曾不踰時，悉褫職以歸。（明‧朱國
禎《湧幢小品》卷二十五，頁十左）

　　。。風水吉作用：宅地佳者福宅人：官途順遂【壹二丙 10】（《湧幢小
　　品》）

　　。。風水異徵：山頂石尖夜發光【壹二丙 10】（《湧幢小品》）

　　。。風水負作用：風水異徵（發光石尖）被破壞，宅居其地者旋即失官
　　【壹二丙 10】（《湧幢小品》）

　　＃風水名稱：照天燭【壹二丙 10】（《湧幢小品》）

11、〈土龍〉

　　相傳吉地有土龍之說，未之敢信。顧涇陽先生之宅，前對膠山，後枕斗
山，龍自西來，宅左右介以水，氣厚脈清。其尊公以貧士卜宅，先生兄弟五
人，皆魁梧俊爽。而先生與弟涇凡禮部，少以文章著名，晚節，先生以理學
稱重，最長。涇白公為光祿丞，亦奇男子也。某年，光祿於西偏掘土，土中
有龍形，頭角皆具，役人驚而剟之，其膩如脂。光祿聞，亟往止而掩之，則
散奪無餘矣。未幾，光祿與先生皆卒。而東林之社，遂被言者痛詆。天乎？

人乎？地乎？亦關氣數，其又何尤。（明‧朱國禎《湧幢小品》卷二十五，頁十三右）

　　。。風水吉作用：宅地佳者福宅人：官途順遂【壹二丙 11】（《湧幢小品》）

　　。寶地異徵：土有龍形，其膩如脂【壹二丙 11】（《湧幢小品》）

　　。。風水負作用：風水異徵（土中龍形）被被壞，宅居其地者未幾皆卒【壹二丙 11】（《湧幢小品》）

12、〈塚氣忌洩〉

　　原郡傅公三子，長霖、仲震、季需。孟與季成進士，仲登鄉薦，建河東三鳳坊。其大父壙中產花三枝，似蓮，色深紅，有幹無葉。取出供之祠，經風而瘁。厥後子孫雖繁，不乏名士，科第不繼，未必不由此也。梗陽京兆王公塚近縣城，有七世孫毓奇見塚漸平，取塚旁土培之，一穴塌，見壙中清泉滿注，棺浮水上，驚其淹浸，遂汲水使盡，棺著地。鳳靈登癸未進士，甲申遇變而傷，人皆謂祖壙去水故也。塚氣忌洩，不益驗與！（明‧李中馥《原李耳載》）

　　。。風水異徵：墓壙生花，有幹無葉【壹二丙 12】（《原李耳載》）

　　。。風水異徵：墓滿清泉，棺浮水上【壹二丙 12】（《原李耳載》）

　　。。風水負作用：風水異徵（墓中清泉）被破壞，墓主後代遇變而傷【壹二丙 12】（《原李耳載》）

　　。。風水禁忌：塚上培土墓穴塌【壹二丙 12】（《原李耳載》）

13、〈介溪墳〉

　　嚴介溪，爲其妻歐陽氏卜葬，召門下風水客數十人，囑曰：「我富貴已極，尚何他望，只望諸君擇地，生子孫能再如我者而甘心焉。」諸客唯唯。未一月，有客來云：「某山有穴，葬之，子孫貴壽，與公相垺。」介溪命群客視之，一客獨曰：「若葬此，子孫雖貴，但氣脈大遲，恐在六、七世後耳。」俱以爲然。介溪買成開穴，中有古墳墓志，摩視之，即嚴氏之七世祖也。介溪大駭，急加封識。然自此嚴氏大衰，且籍沒矣。此事嚴後裔名秉璉者所言。（清‧袁枚《子不語》‧卷三）

　　。。風水師的判斷：人外有人，一見詳於一見：一師云葬某地子孫貴壽，一師云子孫雖貴，須在六、七世後【壹二丙 13】（《子不語》）

。人算不如天算，機關算盡有意外：富貴人卜葬，希望後世子孫富貴如其況，卜者指某地云子孫將發達於六七世後，不料開穴造墓，卻見有古墓，墓主即卜葬者七世祖。【壹二丙 13】(《子不語》)

14、〈朱文正師〉

……公之先，浙人，曾祖客於京，業鍛。有江西一士善地理，而道不行，迍邅已甚，居與朱翁鄰。每出入扃戶，即囑朱翁視焉。居數歲，將歸，謂朱翁曰：「承翁愛已久，愧無以報德。意中相得佳城二、三處，翁能移殯此乎？」翁謝以無力置地，術士言此地價不昂，我力尚能買以贈翁也。因以千文，買蘆溝橋西鎮岡塔前地一區，為植榆一株，告朱翁曰：「他年移殯來，樹下即穴也。後嗣當大貴，然須堅囑後人：若貴，切無以土塚不華，別加山土與石坊、享堂等物也。」故公雖入閣，惟土墳一坵，樹二、三十株而已。公歿後，公之姪山東方伯襲爵，於墳後培以小土山，中央畫一紅日。居無何，公子四品卿遂亡。公之孫觀察公，年未四十而夭，方伯亦褫職責戍。姪孫澄，守常州府，復左遷病廢。累世簪纓，頓嗟零落。近公之曾孫某，悟其故，不告家人，竟將土山毀去，乃舉於鄉田，由教習得縣尹。公後起，乃漸有人云。(清·梁章鉅《歸田瑣記》·卷六)

。。風水禁忌：塚上培土墓穴塌【壹二丙 14】(《歸田鎖記》)

。。故犯風水禁忌而遭禍：塚上培土未久，襲前人之官者亡【壹二丙 14】(《歸田鎖記》)

。。風水的作用：去除風水障礙，風水恢復作用，子孫再登科舉【壹二丙 14】(《歸田鎖記》)

15、〈遷葬宜慎〉

嘉善潘溧泉孝廉悼亡後，其妻厝棺於田數年矣，嗣篦室得子覬，堪輿謂厝地不吉，因決意改卜。及拆亭，則棺下有一坎，雙鯽潑潑於中，意得地氣之靈也。悔之，欲仍舊，顧穴已洩露，雖佳無益，竟他徙焉。溧泉美而多文，齒又壯，踰年亦亡。同輩咸惜其才，而咎地師之言之妄聽也。(清·福州梁恭辰《北東園筆錄·三編》卷四)

。。風水異徵：靈物：棺下坎中雙鯽游【壹二丙 15】((地氣聚靈)《北東園筆錄三編》)

。。風水負作用：風水異徵(棺下坎中雙鯽游)被破壞，移柩未久，柩

主親人（丈夫）遽亡【壹二丙 15】（《北東園筆錄三編》）

三、福禍並致的風水地

1、害兄福弟

唐溫大雅改葬祖父，卜人占其地曰「害兄而福弟」，大雅曰：「若家弟永康，我將含笑入地。」歲餘果卒。（《事文類聚‧前集》卷五八‧喪事部，頁8）

。。風水的作用：福禍並致的風水地：害兄福弟【壹三 1】（《事文類聚》）

2、〈岳侯與王樞密葬地一同〉

紹興庚申歲，明清侍親居山陰，方總角，有學者張堯叟、唐老自九江來從先人，適聞岳侯父子伏誅，堯叟云：「僕去歲在羌廬，正覩岳侯葬母，儀衛甚盛，觀者填塞山間如市。解後一僧為僕言：『岳葬地雖佳，但與王樞密之先塋坐向既同龍虎，無異掩壙。之後子孫須有非命者，然經數十年，再當昌盛，子其識之。』今迺果然，未知它日如何耳！」王樞密乃襄敏本江州人，葬其母于鄉里，有十子。輔道既罹橫逆，而有名宇者為開封幕，過橋墮馬死；名端者，待漏禁門，簷甍冰柱折墜穿頂而沒。後數十年，輔道之子炎弼、彥融以勳德之裔，朝廷錄用，以官把麾持節升，直內閣。炎弼二子萬全、萬樞，令皆正郎，而諸位登進士第者接踵。岳非辜之後，凡三十年滿，喜冤誣，諸子若孫，驟從縲絏進躋清華。昔日之言猶在耳也。（宋‧王明清《揮麈錄‧三錄》卷三）

。卜者（僧）預言應驗：風水師察人塋墓坐向與某人同，預言該地葬者子孫亦將同某人子孫之命運：先有卒於非命者，再有富貴者，後果如其然《揮麈三錄》【壹三 2】

。。風水的效果：塋墓坐向同，葬者子孫遭遇亦同《揮麈三錄》【壹三 2】

。。風水的作用：福禍並致的風水地：先衰後發：子孫須先有卒於非命者，而後再有富貴者《揮麈三錄》【壹三 2】

3、〈姚尚書〉

姚尚書枯字伯受，湖州安吉寒儒也。偕其兄依富室館第。富翁擇葬地，延一客名術者於家，使寓宿書館，因與姚善。翁嘗與之行視某處山，以為不堪用，既他卜矣。他日再往，則秀氣呈露，儼然佳城，念前語之失，弗敢言。

密以告於姚曰：「君從主人求之，候得之，當指穴以告。」所謂某處者，翁家山也。姚方居父喪，從容請於翁，翁曰：「吾初意亦欲爲先生求一地，今幸可用，吾復何辭。」客又語姚曰：「此翁儻悔之，將必爭，須立券乃可。」約既定，客引姚縱觀，而謂之曰：「此地兩處皆有穴。就上穴，則二君服闋後，即登科，駸駸要津，特患壽數不能長；若就下穴，則奮發稍遲，至三十年後乃盛，可出執政。二者唯所擇。」姚曰：「吾方貧，十年外無以餬口，蚤得祿食足矣，何暇外冀三十年外乎！願處其上。」客曰：「然則姑營之，異時纔小振，如吾言，卻移下亦可，但不復有執政耳。」遂如之。已而兄弟聯第，受名伯爲符寶郎，伯兄卒於州通判，思客囊說而懼，且數夢亡父來，衣裳皆爲水所漬，於是謁告遷泊。啓壙，水盈其中，其熱如湯。伯受至禮部尚書，丁母憂，後出鎮太原，以鄉縣小胥造家，逼其先墓，疑爲厭己，請解官持服，詔提舉上清寶籙宮。兄先後三議除丞轄，輒不成而止，尋卒。（宋・洪邁《夷堅志》卷十五）

    。。風水異徵：水盈墓壙，其熱如湯【壹三 3】（《夷堅志》）

    。。風水的效果：一穴兩局：上穴能使葬者後代即登富貴，但壽命不長；下穴則葬後三十年可出執政【壹三 3】（《夷堅志》）

    。。風水的作用：福禍並致的風水地：富貴之後不能壽【壹三 3】（《夷堅志》）

4、凶過而發福

眠象形……上地在樂平十六都，土名汪坑。……初魏克政（樂邑名師）爲廣一公卜以葬子，既葬，課云「三朝小凶，一七大凶，凶過而發福攸遠，富至萬石」。果三朝而虎傷一馬，一七而公病，公遂命起其子另葬，以此地爲己塋。未幾公卒，遂葬之。葬後人丁大旺，巨富冠鄉，積谷數萬石。舊有偈云：獺趕鯉魚走，走到汪坑口。有人葬得著，量金須用斗。（明・徐善繼、徐善述《地理人子須知》卷三下・穴法，頁 29，p.185）

    。。風水的作用：福禍並致的風水地：子葬風水地，其家三朝小凶（虎傷馬），一七大凶（父病），凶過而發福攸遠，富至萬石【壹三 4】（《人子須知》）

    。。風水吉作用：葬地佳者福子孫：葬後人丁大旺，巨富冠鄉，積谷數萬石【壹三 4】（《人子須知》）

5、未了未

宋末丞相馬碧梧，廷鷺慕其地，不能識穴，請張眞人降神筆，神批云：「吾是鵝塘之上地，丞相問吾未大地，相地之師未降生，得地之人未了未。」丞相喜曰：「吾夫人未生，『未子未』其吾夫人壽藏乎？」神復批云：「丞相好不安分！此李國公葬祖母地也。」丞相乃止。大汾有李公者，家世積德，生五子，好施與，作小舟渡人。吾邑地師梁饒與之善，因遠回求渡，時歲暮矣，且雪，李公曰：「天寒如此，何不止宿吾家，待霽而行。」梁遂宿焉。明日天又雪，又明日，雪甚，路無行人，公待之愈厚。至元旦始霽，梁求行，公又固留，因款待舟中，且以同日之欲渡者飲至酣，梁乃乘醉大呼曰：「世人何人能識我，今日時師後代仙。吾所下地，非貴即富。」李公因曰：「願公賜我吉地。」梁嘆曰：「此間誠有大地，但恐公無此福耳。」李公曰：「據吾先世積德，吾生平好善，除卻天子之外，任是將相王侯地，吾可當之。」梁壯其言，令畫字拆，公乃用舟篙于土上畫一「一」字，當報我第一等地，梁曰：「土上加一乃王字也。」知其福厚，遂報之，指陳先代明師鉗贊，公大喜。梁復曰：「此地曜氣發露令人可畏，初葬未免無凶，人丁家產皆須有損。福禍而福始應，其貴又當從武功中來。」公曰：「果有後福，先凶勿恤也。但非己業，乃吾宗富姪之山，恐未易圖。」後數年，樂平明師彭大雅以報其姪，姪不之信，公因以基地易之，以葬其妻。初果勿利，公尋卒以時疫，五子止其四，一子又因爭水利傷人成定遠，後于定遠生黔寧王英元。末天下大亂，我太祖起兵黎陽于田野中，前軍報稱虎睡當道，上命勿放箭，但鳴鼓以進。及進，則非虎，乃一童睡耳，童即英也。上喜曰：「此虎將也。」乃育之軍中，賜以國姓。洪武初復姓，上令姓木，劉伯溫曰：「英鎮雲南，火盛之地，以木生火，當濟以水。」又賜點水，故令姓沐神，所以未了未者，其木李二字乎。（明·徐善繼、徐善述《地理人子須知》卷五下·砂法，頁二十，傳疑，p.300）

。受惠者（地師）爲施惠者（雪夜渡舟並留宿）指佳地以爲報酬【壹三5】（《人子須知》）

。。風水的作用：先禍後福：風水之地，先損人丁家產，再有從武功中得貴者【壹三5】（《人子須知》）

。卜者預言意外應驗：卜者云某風水地應爲「未了未」者所得。後得其地者姓李，又受帝賜姓木，果符「未了未」拆字（爲木）及合字（爲李）之形【壹三5】（《人子須知》）

6、禍後福始應

元‧梁饒，德興人。元季時，精堪輿術。一日過樂平大汾潭，遇雪。時歲暮，渡者李翁止宿。飲至酣，大呼曰：「世上何人能識我，今日時師後代仙。」李懇求吉地，梁即指示穴處，屬曰：「貴從武功來，禍後福始應。」葬數年，李以罪戍定遠，產黔甯王英，明祖育之軍中，賜以國姓，復賜姓沐，追封三代皆為王。（〈古今圖書集成堪輿部名流列傳〉《中國歷代卜人傳》卷十六‧江西省三，頁 551）

　　。。風水的作用：福禍並致的風水地：葬者後代須先遇禍始有後福【壹三 6】（《古今圖書集成》《中國歷代卜人傳》）

7、蚌珠崖

清紀曉嵐家書〈寄從兄旭升諸墓地風水〉：

墓地風水，由來尚矣。我家蚌珠崖老墳，形勢得之天然，宛若老蚌吐珠，不獨歷來堪輿家都指為牛眠善地，即行人道出其間，莫不極口稱讚。猶記弟辛巳乞假祭掃，有富室同堪輿家，在我家墓上相地繪圖，弟思並無族人盜賣，彼何不憚煩若是。訝而問之，富室曰：「貴室風水之佳，莫與倫比。余欲得一相同之地，遍尋不得。今特倩堪輿家繪圖作樣，赴各省尋覓，庶或有得也。」其愚誠不可及矣！余家四世皆為士大夫，皆此墓之力也。所惜左向已有陸氏古墓，據堪輿家言：不利長房。而今先兄果與世長辭，弟之長子汝佶，亦已夭逝。不利長房之言，何應驗乃爾！所以弟擬出重價，或易以五倍之地，與陸氏磋商，將古墓遷移。……夫求人遷墓，與鏟平他人墳墓，截然不同，並不造孽。請其擇相善地遷葬，一切費用，余家任之。古墓價值，曾經估計五百金，准於遷葬費外，如數照給。臨穎不勝懇託之至。（《中國歷代卜人傳》河南省三‧卷二十九附錄，頁 1005～1006）

　　。J2400. 摹繪人家墓地形狀，以求相同形勢之風水地【壹三 7】（《中國歷代卜人傳》）

　　。求人遷墓以求免災：他墓影響己墓風水，故求他墓遷移【壹三 7】（《中國歷代卜人傳》）

　　。卜者預言應驗：風水師云葬者墓旁古墓將不利葬者後代長房，果然長子及各房長孫均陸續夭逝【壹三 7】（《中國歷代卜人傳》）

　　。。風水的作用：福禍並致的風水地：子孫四世大夫，但長房均夭【壹

三7】(《中國歷代卜人傳》)

8、〈採瓜揪藤〉

傳說林釬祖父去世，其祖母為之營葬，重金聘贛州勘輿師某，擇一牛眠吉地。師問林嫗曰：「汝欲先發後絕，抑先絕後發？」林嫗自忖先發後絕，猶如曇花一現，後即絕類矣，是不可取；若先絕後發，猶如月魄暫晦，時至自可重圓，則瓜迭綿綿，後世永昌矣。乃告地師欲先絕後發。勘輿師即為卜葬於下湖村旁小溪浮渚之地，俗稱「半月沉江穴」。葬後不久，為林釬之父完娶，詎料竟於新婚之夜暴亡。雖然一夜夫妻，而居然夢協熊熊，未亡人遺腹生林釬。釬生後數月，適逢金門饑荒，林家貧困無以為生，釬母攜子逃荒，改嫁於龍溪人林某，以故釬隨母在龍溪長大入學。釬祖母老寡無依，至此家破人亡。及釬中探花，地師自計昔年為林家卜葬之地，迄今三十餘年，理當絕而復興，且開花發跡矣。乃來訪林釬祖母，老婦一見至為氣憤，怒罵地師害其家破人亡，年老無依，地師告以按地理之運，應在其孫今當發跡，乃詢其有孫兒否？嫗云一孫而襁褓時隨其母遷龍溪，地師乃偕林嫗往漳尋之。至龍溪，正值林釬登第回鄉豎旗祭祖。嫗行至門前，釬家人見衣服襤褸，以為丐婦也，與之錢物，皆不受，聲言欲林釬出見，家人以其無禮，叱之，林嫗乃大呼林釬不孝，聲聞於內。林釬聞之，心知有異，出而問焉，嫗曰：「汝即林釬耶？」曰：「然。」老嫗即舉手杖連擊之，曰：「如此不孝子孫，認他人為祖宗，忘卻自己本源，置祖母於不顧，真乃大不孝哉！」釬乃下階詢其緣由，老嫗卻不直說，令釬問其母自知。釬之母聞門外喧嘩不已，出視之，驚顧林釬曰：「是汝親祖母也。」急扶老嫗入內，即為釬述當年逃荒之事，釬至是始悉自己身世，即欲返回原籍。然漳州人士方以出一探花為榮，以釬係在龍溪長大入學及第，自應屬龍溪籍，稟於知府爭之，而泉州郡守獲悉，以同安乃泉州府屬，林釬原籍金門，自應歸籍泉州，於是兩府互爭林釬一人。林釬乃邀兩郡知府至家，引採瓜揪藤之意問曰：「譬有東家種瓜，其藤蔓至西家園地結果，其果應屬何家所有？」僉曰：「追根究底，應歸東家所有。」釬曰：「是矣，我當仍歸本籍，然西家培養照護之功，亦不可忘也。」乃回籍立匾樹旗，而奉其祖母移居龍溪焉。(《金門先賢錄》第二輯，頁45～47)

。。風水的效果：一穴兩局：「先發後絕」或「先絕後發」【壹三8】(金門)

。。風水的作用：福禍並致的風水地：先人葬「先絕後發」地，其後人

亡盡而後遺腹子登第【壹三8】（金門）

。J1270.關於親子關係的巧妙應答：「採瓜揪藤」以瓜落乙地而根於甲地，比喻養子長於養家而仍根於生身之家的關係【壹三8】（金門）

#風水名稱：半月沉江穴【壹三8】（金門）

四、穴妨術師：葬者得吉，卜者遭凶

1、〈劉氏葬〉

劉延慶少保少孤，後喪其祖，卜葬於保安軍。有告之曰：「君家所卜宅兆，山甚美，而不值正穴，蓋墓師以為不利己，故隱而不言。若啓壙時，但取其所立處，則世世富貴矣。」如其言。墓師汪然出涕曰：「誰為君言之？業已爾，無可奈何！葬後不百日，吾當死，君善視我家，當更為君擇吉日良時以為報。某日可舁柩至此，俟見一驢騎人，即下窆，無問何時也。」劉氏聞其說，亦惻然，但疑驢騎人之說。及葬日，遷延至午，乃山下小民家驢生駒，毛色甚異，民負於背，將以示其主，遂以此時葬焉。越三月，墓師果死。延慶位至節度使，子光世至太傅揚國公。（宋·洪邁《夷堅乙志》卷十一）

。卜者預言應驗：卜時奇應：卜云葬日「見一驢騎人」即可葬。至期果然有人背初生之驢經過【壹四1】（《夷堅乙志》）

。。風水負作用：穴妨術師，葬者得吉，卜者遭凶：卜者為人卜葬吉地，然其地不利己，葬後三月術師死【壹四1】（《夷堅乙志》）

。。風水吉作用：葬地佳者福子孫：位列公侯【壹四1】（《夷堅乙志》）

2、〈楊九巡〉

術士行山者，或畏墓穴妨其身，則必迂枉避就。如予前志所書，劉少保安軍地者是已。鄱陽人楊州巡，習此技，而絕貧困至無衣可出。梁企道侍郎亡，訪地未得，楊往見寓客張承事，謂之曰：「我有一箇好經紀，恨衣裳破碎，難謁達官，非君不能成吾事。」張曰：「此易辦耳。吾職庫役，其中多有之。」即擇衫袞之屬數種衣之，導往梁氏。先以地圖入，梁之子宏夫視之喜，便與偕詣彼處，既至，指一穴曰：「此是也。」宏夫回還四顧曰：「地勢趨下，恐有水患，令移上三丈許。」楊慘然曰：「鴉鴉！」蓋知其於己不利也。及葬畢，得犒錢二百千，次日忽病風攣。數月小愈，服杖詣張，謝曰：「賴君之賜，使我一家溫飽，愧無以報。有土湖上一地，可作花園，切不可失。」張本邢州

人，北俗以豫凶事爲諱，不肯先卜壽藏，楊之意，欲使他日作葬地，故婉其辭。張曰：「吾衰矣，無用旋營一圃也。」然竟如其言。及卒，其子玘葬之。十年後，玘從白屋登第。（宋・洪邁《夷堅志》卷十七）

　　∘∘風水負作用：穴妨術師，葬者得吉，卜者遭凶：卜者爲人卜葬吉地，使葬者子孫登第，卜者則得疾（病風攣）【壹四2】（《夷堅志》）

　　∘∘風水吉作用：葬地佳者福子孫：登第【壹四2】（《夷堅志》）

　　∘∘無福人不得福地：風水師看中主人家吉地，意欲自葬，而婉辭曰請主人營葬，以爲主人必諱凶事而將轉讓之也。不料主人口辭而竟如其言，其子葬之而後登第，風水師終不獲地【壹四2】（《夷堅志》）

3、鍾鳴僧亡

異僧常托者，辜坊辜氏族人也。少出家，居豐城龍門寺，善堪輿……時游湖茫龍安寺，爲李氏卜栖籠山，龍勢直急，申有劍脊。當葬期，約之口：「俟我返龍安寺，鳴鍾方可下建。」及至行半路，偶龍鱗寺鳴鍾，李氏不知，應鍾而下。時偶有雷震巨殼，而失僧所在。鄉人謂僧被雷所斃，理或然也。廖氏云：第一莫下劍脊龍，殺師在其中。托固知之，而卒不能遇矣。（明・徐善繼、徐善述《地理人子須知》卷四上・穴法，頁3，豐城李氏名墓圖・傳疑）

　　∘∘風水負作用：穴妨術師，葬者得吉，卜者遭凶（劍脊龍殺師）：卜者爲人卜葬吉地，然其地不利己，方葬而卜者爲雷擊斃【壹四3】（《人子須知》）

　　∘事有意外，人算不如天算：卜者（異僧）自知爲人卜葬吉地將不利己，與葬家約之待其返寺鳴鍾才葬。及僧行至半路，偶鄰寺鳴鍾，葬家不知，應鍾而下，卜者隨即遇雷擊亡【壹四3】（《人子須知》）

4、〈羅誠〉

貴州清鎮縣，離城二十里，山高路狹，峰巒蜿蜒。兩山夾溪，溪闊二里許，土人以竹筏濟人。溪有沙洲，圓浮如荷葉。環洲皆石，洲有高低起復，水有深淺順逆。邑人張姓，新喪父，不知洲中有葬穴，所延堪輿，亦咸以爲浮沙，有何風水可尋？於是日在山訪尋，總未得地。一日，忽有老叟羅誠來謁，曰：「去此不遠，當有眞穴，爲君指點之。然不利於己，損吾眸子。吾衰矣，他日賴君養贍終身也。」張喜許之。便與偕詣洲上，指穴而葬。張見左右前後，照應相若，即憑葬焉。葬後，誠果失明。逾年，張之父子聯第，出

為縣令，攜眷屬去，只留幼子經理家務。頓忘前約。且以誠瞽為廢人，使碾米舂穀，下倫僕隸。誠方悔前之待人過好。然事已如此，隱忍不言。如是，又數年。一日，悶坐門前，忽有人拍肩耳語，移時而去。次日，張之門，有一堪輿周安，來請觀祖塋。幼子引至洲上，先為詳視，曰：「此魚跳穴也，惜少龍門，須建長平橋，培補風水方出鼎甲耳。」幼子遂致書於父兄，陳其始末。不數月而橋成，羅誠雙目光明如平昔，瞭然無患。從此張姓家落，出仕者亦緣事鐫職。是洲當時，水大不淹，水小岸不見高。自成橋後，常逢春水驟漲，即為淹沒。誠後不別而去。有人途遇同周安在江西，為人行山。相告曰：「吾等幼時，均師事異人，凡與人指地，若畏基穴妨身，則必迂枉避就。今誠以小過，獲罪於師，師遣下山。臨行，謂予曰：『羅誠獲譴尚輕，限滿日，爾其救之。』張之祖塋，乃鱧魚上灘穴也，橋為魚網，不死何為！張刻待吾友，吾奉師命，是以破風水而救之。」言畢，逕去。……（清·慵訥居士《咫聞錄》卷七）

。。風水負作用：吉穴妨術師，葬者得吉，卜者遭凶：吉地使葬者子孫登第，卜者則眼盲【壹四4】（《咫聞錄》）

。。風水吉作用：葬地佳者福子孫：登第【壹四4】（《咫聞錄》）

。。破風水的方法：擬象破風水：在「鱧魚上灘穴」風水地上搭橋象魚網以破風水，風水遂破而吉應不再【壹四4】（《咫聞錄》）

。。破風水的原因：風水師報復貪吝主：主家怠慢為其堪葬而失明之卜者，卜者遂破其風水而復明【壹四4】（《咫聞錄》）

。。風水師的詭計，使不知情者自破風水：風水師詭言修改風水可使子孫登科甲，藉機破其風水以懲其怠慢【壹四4】（《咫聞錄》）

。。風水的作用：吉地風水破，因指地而失明之風水師復明【壹四4】（《咫聞錄》）

#風水名稱：鱧魚上灘穴【壹四4】（《咫聞錄》）

＊瞎先生復明【壹四4】（《咫聞錄》）

5、李一清

清·李一清，字聖池，諸生，宜黃人。少習形家、青囊諸書，為人卜葬地，無不吉者。遊新城，中溪陳元請為謀父葬地，獲吉壤於南城九柏山，謂元曰：「葬此，後必昌，然不利於君身，且不利於我，必瞽目。雖然，我當成君孝。願附

婚姻，以子孫爲託。」元唯之。既葬，果如其言。元卒，年僅三十耳。一清瞽後，以女妻元弟允恭，遂家於中溪，與陳氏世爲婚好。陳氏科甲蔚興自此始。同治新城縣志方技（《中國歷代卜人傳》卷十四・江西省一，頁 463）

　　。。風水負作用：吉穴妨術師，葬者得吉，卜者遭凶：吉地使葬者子孫登第，卜者則眼盲【壹四 5】（《卜人傳》）

　　。。風水的作用：禍後得福：葬者之子死而後孫輩興【壹四 5】（《卜人傳》）

　　。。風水吉作用：葬地佳者福子孫：科甲蔚興【壹四 5】（《卜人傳》）

6、〈風水先生〉

　　上海一戶張姓人家，父母過逝，留下兄弟二人，兄長成家後，弟弟張三被嫂嫂趕出家門，在乞討路上，遇一風水先生收爲養子，學得看風水的本事。一次老風水先生外出看風水，張三臨時代看了一個風水，老先生回來看了，說墳做在龜頭犯了大忌，便祭法請龜出來，但龜說不要緊，還差一條線，張三看風水因此出了名。張三離鄉多年，想回家。路上碰到一支抬著三個棺材的隊伍，張三對主人說三個棺材都是空的，因爲屍體已變成僵屍，留在家裏。主人請張三幫忙解決，張三則提出養其終生的條件，主人答應，張三畫符裝了僵屍去葬後，眼睛就瞎了，也失去看風水的本事。主人依約供應張三的生活，但到主人下一代，對張三的照顧就勉強了。張三的兄長聽說弟弟看風水有名，叫兒子出來找叔父張三，兩人遇見後，張三要侄子買來一把七斤四兩重的斧子，趁夜到了埋僵屍的墳地，墳上有好幾隻豬，張三叫侄子把豬都殺了，拿豬血來洗自己的眼睛，雙目又恢復光明，叔侄便離開那裏，又到處給人看風水去了。（1987 趙招娣（鹽城人，72 歲）講述《中國民間文學集成上海卷盧灣區故事分卷（上）》頁 335～337）

　　。。風水有靈會說話：葬龜頭地，龜說不要緊，還差一線（未中龜頭）【壹四 6】（上海）

　　。。風水師定穴出人意表：一線之差不犯忌【壹四 6】（上海）

　　。符鎮僵屍【壹四 6】（上海）

　　。。風水負作用：風水煞地師：風水師失明【壹四 6】（上海）

　　。。破風水的原因：風水師報復貪吝主：主家怠慢爲其堪葬而失明之卜者，卜者遂破其風水而復明【壹四 6】（上海）

。。破風水的方法：風水師夜殺風水地墳上的豬，以豬血洗眼，恢復自己因指出風水地而失明的視覺【壹四6】（上海）

。。風水的作用：吉地風水破，因指地而失明之風水師復明【壹四6】（上海）

。豬血洗眼，恢復視覺（D1505.5.6.）【壹四6】（上海）

＊瞎先生復明【壹四6】（上海）

7、〈看風水先生〉

有個看風水先生挺靈，他乾哥哥的要求他幫忙看正一個發大財的風水，風水先生說風水一旦看正了，兒孫會受窮，自己兩眼也會瞎。乾哥哥保證會好好款待他，風水先生想自己光棍一個，瞎眼享福也成，就答應了。風水先生給乾哥哥定了墳地不久，乾哥哥買賣就做大了，哥嫂都對風水先生好的很。但哥嫂過逝後，侄兒都不拿他當人，他徒弟們聽說了，裝成要飯的來救老師。風水先生叫徒弟半夜拿了刀，到乾哥哥家墳上去，看見一個白胡子老人就給殺了。徒弟到墳上就見一個青堂瓦舍，大院一個白胡子老人在吸煙喝茶，就走過去將他殺了。走出墳回頭一看，瓦舍塌了。不久，乾哥家的買賣著火遭賊又賠本，不半年就窮了。風水先生的身體卻慢慢壯實，眼也好了，和徒弟走了。（1987 孫勝台（女60歲）講述《耿村民間文化大觀》頁683～684）

。。風水負作用：風水煞地師：風水師失明耿村【壹四7】

。。破風水的原因：風水師報復貪吝主：主家怠慢為其堪葬而失明之卜者，卜者遂破其風水而復明耿村【壹四7】

。。破風水的方法：風水師夜殺風水地墳上的白胡子老人，恢復自己因指出風水地而失明的視覺耿村【壹四7】

。。風水的作用：吉地風水破，因指地而失明之風水師復明耿村【壹四7】

。。風水破壞的結果：風水做好，買賣做大；風水破壞，買賣著火遭賊又賠本耿村【壹四7】

＊瞎先生復明耿村【壹四7】

8、〈時家墳〉

有個有錢有勢的時姓官員，請風水先生物色墳地，安葬父母屍骨。風水先生為時家選中一塊龍穴地，時家子子孫孫可做三斗三升芝麻官，但風水先

生將兩眼失明，時老爺答應一生一世養他。時老爺向貧苦人家買了童男童女
各一個，墳穴放了三缸油三缸棗，封穴時一起做爲殉葬品。封穴後，風水先
生雙眼果然瞎了。不久以後，穴內傳出「油乾燈草盡，棗子全吃盡」的微弱
呼聲，風水先生覺得時家作孽重，將沒有好報。一天，時老爺爲自己未升官
向風水先生嘆息，風水先生說可以在墳地開河以改善風水和官運。時老爺立
刻進行開河，將完工時，河道深處突然飛起一對鴛鴦；同時，在時府的風水
先生也雙眼復明，便向時老爺告辭而去。人們說那一對鴛鴦是墳內的童男童
女變的，飛出來時，是破了風水。當時是明朝末年，清兵入關後，時家便丟
官家破，時家墳成荒冢草沒了。（1987 盛鏡淵（68 歲，農民）講述《中國民
間文學集成上海卷嘉定縣故事分卷》頁 177～179）

　　。。風水的效果：子孫可做三斗三升芝麻官上海嘉定【壹四 8】

　　。。風水負作用：風水煞地師：風水師失明上海嘉定【壹四 8】

　　。。風水師的詭計，使不知情者自破風水：風水師詭言修改風水可改善
　　風水和官運，藉機破其風水以懲其怠慢上海嘉定【壹四 8】

　　。。破風水的原因：風水師報復貪吝主：主家怠慢爲其堪葬而失明之卜
　　者，卜者遂破其風水而復明上海嘉定【壹四 8】

　　。。風水的作用：吉地風水破，因指地而失明之風水師復明上海嘉定【壹
　　四 8】

　　。。風水異徵：墳中出鴛鴦上海嘉定【壹四 8】

　　。。風水破壞的結果：高官祖墳風水破，恰遇外族入侵，丟官家破，墳
　　成荒草上海嘉定【壹四 8】

　　#風水名稱：龍穴地上海嘉定【壹四 8】

　　* 瞎先生復明上海嘉定【壹四 8】

9、〈仙鶴溝的傳說〉

　　米行鎮有個糧戶很有錢，買了個官做。爲了讓自己子孫世代做官，他請
了一個風水先生爲自己選一塊好穴地造祖墳。風水先生在糧戶家做了三年，
直到挖了一條形狀像飛出來的仙鶴的墳溝，糧戶才算滿意。風水先生爲挖墳
溝瞎了眼睛，糧戶不好將他一腳踢出，就讓他住在柴屋裏。一天，丫頭拿來
飯菜，菜中竟有雞肉，風水先生覺得菜好得奇怪，丫頭告知雞是跌落糞坑死
的，主人吩咐拿來燒給他吃。風水先生一聽，火冒三丈，要丫頭拿來兩根竹

頭，領他到仙鶴溝去。風水先生將竹頭往溝裡一戳，仙鶴溝一動，竹頭戳的地方冒出兩股鮮血，原來這是仙鶴的眼睛。風水先生用竹頭上的往自己眼睛一揩，兩眼就亮了，和丫頭走了。從此糧戶就一病不起，家產也逐漸敗下了。（1987 劉舜明講述《中國民間文學集成上海卷崇明縣故事分卷》頁 117～118）

　　。。風水負作用：風水煞地師：風水師失明上海崇明【壹四 9】

　　。。破風水的原因：風水師報復貪吝主：主家怠慢爲其堪葬而失明之卜者，卜者遂破其風水而復明上海崇明【壹四 9】

　　。。風水異徵：風水破，地冒鮮血上海崇明【壹四 9】

　　。。破風水的方法：風水師竹刺風水地仙鶴溝之眼，地冒鮮血，風水師以地血擦眼，恢復因指地而失明的視覺上海崇明【壹四 9】

　　。。風水的作用：吉地風水破，因指地而失明之風水師復明上海崇明【壹四 9】

　　。。風水破壞的結果：富戶祖墳風水破，戶主一病不起，家業敗落上海崇明【壹四 9】

　　＊ 瞎先生與糞坑肉上海崇明【壹四 9】

10、〈牛穴〉

　　一個相風水先生認正了一塊牛穴地，知道誰在那造了祖墳，子孫將有萬貫家財。他無意中告訴了好朋友王行進，但也說洩露了天機，自己的眼睛將要瞎掉，王行進保證給他養老終身，便將祖墳搬上了牛穴。不久，王行進就在地裏翻出元寶，發了大財，也沒有忘記對瞎風水先生的照顧。一天，一隻雞掉進糞坑，家人撿起燒了吃，覺得蠻好吃，就分了幾塊給瞎先生。瞎先生吃的時候，聽到有人談論這雞是跌落糞坑的，心裡很生氣，覺得是主人侮辱他，便要去破壞主人風水。瞎先生告訴王行進，牛穴的牛要飛了，必須在屋前造一座騎龍廟，屋後造一座浪搭橋，神牛才飛不走。其實這是要把牛頭壓住，使牛尾巴抬不起來，牛穴就失靈了。不久，王文進三條人命四把火，家財全失並入了獄，後來成了流浪漢。等到瞎先生知道誤會了王文進，後悔也來不及了。（1987 蔡野郎講述《中國民間文學集成上海卷崇明縣故事分卷》頁 620～622）

　　。。風水吉作用：葬地佳者福子孫：挖到金元寶，萬貫家財上海崇明【壹四 10】

　　。。風水負作用：風水煞地師：風水師失明上海崇明【壹四 10】

　　。。風水師的詭計，使不知情者自破風水：風水師詭言風水有變須調整，藉機破其風水以懲其怠慢上海崇明【壹四 10】

　　。。破風水的原因：風水師報復貪吝主：主家怠慢爲其堪葬而失明之卜者，卜者遂破其風水而復明上海崇明【壹四 10】

　　。。破風水的方法：建騎龍廟、造浪搭橋，以破牛穴風水上海崇明【壹四 10】

　　。。風水破壞的結果：富戶遭火家財全失並入獄上海崇明【壹四 10】

　　#風水名稱：牛穴上海崇明【壹四 10】

　　* 瞎先生與糞坑肉上海崇明【壹四 10】

五、風水特徵符應於人

甲、風水靈物與人同命

1、〈括倉趙墓〉

　　趙節齋之父國公祖墓在括倉青田，以地本一蜀人所定，約三年復來，已而見者皆言其中有水，當謀改厝。啓之，未畢而前人至，見之，曰：「水自有之，無害也。」既啓穴，水綠色，以盞勺飲，極甘。撓之數四，一金魚躍出，擊殺之。又撓之，有二魚，復擊其尾，縱之。曰：「當出三天子，今只作一半。」遂復掩之。後乃生景獻太子。（宋·周密《癸辛雜識·別集》卷上，頁 234～235）

　　　　。。風水異徵：靈物：墓出甘泉有金魚【壹五甲 1】（《癸辛雜識》）

　　　　。。風水吉作用：葬地佳者福子孫：出天子【壹五甲 1】（《癸辛雜識》）

　　　　。。風水的效果：墓中三金魚，當出三天子【壹五甲 1】（《癸辛雜識》）

2、〈蔡京父葬臨平山〉

　　《老學庵筆記》云：蔡太師父準，葬臨平山，山爲馳形，術家爲馳負重則行，故作塔於馳峰。其墓以錢塘江爲水，越之秦望山爲案，可謂雄矣。然富貴既極，一旦喪敗，至今不能振，俗師之不可信如此。余少時僑寓臨平，問之土人，莫知蔡京父葬之所在，且山亦無塔，姑記此俟更訪之。按東坡集〈次韻杭人裴惟甫詩〉有云「一別臨平山上塔，五年雲夢澤南州」，則臨平山

上有塔，由來久矣，非始於蔡京也，或蔡又增修之耳。

　　《癸辛雜識》云：宣和中，蔡京嘗葬其父於臨平，及京敗，或謂此為駱駝飲海勢，遂行下本路遣匠者鑿破之，有金雞自石中飛出，竟渡浙江。其地至今有開鑿之徑，知地理者謂猶出帶血天子，而後濟王實生其地。（清・俞樾《茶香室叢鈔》卷十六，頁 368）

　　　　。。風水巫術：建物以應風水形象：作塔於駝形之山峰，以應「駝負重則行」，使風水生效《茶香室叢鈔》【壹五甲 2】

　　　　。。風水異徵：靈物：金雞自石中飛出《茶香室叢鈔》【壹五甲 2】

　　　　。。風水破，風水靈物竟自飛往他處《茶香室叢鈔》【壹五甲 2】

　　　　。。破風水的方法：鑿地破風水《茶香室叢鈔》【壹五甲 2】

　　　　。。風水的作用：地脈挖破，仍出帶血天子（宋室濟王）【壹五甲 2】（《茶香室叢鈔》）

　　　　#風水名稱：駱駝飲海勢、駝形【壹五甲 2】（《茶香室叢鈔》）

　　3、〈墓中靈物〉

　　徐壽輝先墓在湖廣之某縣，敵人潛往發之，有赤幘蠅萬萬飛去，壽輝不久被殺。張士誠先墓有溝環之，水中一鯰魚長六七尺，時出遊，行人不能捕。士誠敗，其魚浮死水面。金侍郎庠之父戍死，函骨雲南石崖上，及貴，移之，函中一血色蜘蛛走去，其後亦不振。大抵山川靈秀，融聚成形，泄之非所宜矣。（明・王圻纂《稗史彙編》卷十三・地理門・陵墓類，頁 235）

　　　　。。破風水的目的：破壞敵人祖墳風水，使敵人因此衰敗【壹五甲 3】（《稗史彙編》）

　　　　。。風水異徵：靈物：赤幘蠅萬萬飛去【壹五甲 3】（《稗史彙編》）

　　　　。。風水異徵：靈物：墓溝有鯰魚長六、七尺【壹五甲 3】（《稗史彙編》）

　　　　。。風水異徵：靈物：骨函中有血色蜘蛛【壹五甲 3】（《稗史彙編》）

　　　　。。風水的作用：風水靈物應後人：人亡物亦死【壹五甲 3】（《稗史彙編》）

　　4、江仲京

　　明・江仲京，字林泉，旃源人。得異授堪輿之學，卜地葬祖先，囑傭者曰：「下當有靈物，見時即止勘。」忽倦極思睡，鋤果及水，有雙金魚飛去。

巫醒京，京踏羅持劍訣招之，金魚復飛入，遂封壙。後孫一桂舉孝廉，建立奇績。女家余文莊公，亦貴極一時，皆地脈所鍾也。與兄抱一、東白，時稱為婺東三仙。(《光緒婺源縣志方技》，《中國歷代卜人傳》卷十六·江西省三，頁 545。《古今圖書集成·藝術典》第六百七十九卷·堪輿部名流列傳)

　　。。風水異徵：靈物：地水有雙金魚飛出【壹五甲 4】(《婺源縣志》《中國歷代卜人傳》《古今圖書集成》)

　　。卜者(汪仲京)奇能：卜者咒語能招金魚飛入墓壙中【壹五甲 4】(《婺源縣志》《中國歷代卜人傳》《古今圖書集成》)

　　。。風水吉作用：葬地佳者福子孫：出貴人：孝廉、功臣【壹五甲 4】(《婺源縣志》《中國歷代卜人傳》《古今圖書集成》)

　　。人算不如天算：風水師預知地下有靈物，不料靈物在水中，未見靈物先見水，靈物已自飛去【壹五甲 4】(《婺源縣志》《中國歷代卜人傳》《古今圖書集成》)

5、〈七鶴戲水〉

　　民間傳說蔡家治祖塋，聘請名勘輿家，師謂穴得眞脈，彼將盲，約蔡家應終養之。後禮遇衰，輿師詐稱墳中有惡物，濺濺戲水聲約略可聞，命發掘之，忽有七隻白鶴沖天而飛，蓋穴為七鶴戲水之脈也。時輿師心有所不忍，乃命急捕置壙中，匆促間，僅得其一，且眇一目跛一腳，乃產復一，故復一眇且瘸。幼時，人或譏其目眇背駝足瘸之醜貌，復一答曰：「一目觀天上，一腳跳龍門，龜蓋朝天子，麻面滿天星。」用以自嘲，亦略現其壯志。(《金門先賢錄·第一輯》頁 73)

　　。。風水異徵：靈物：.墓中出白鶴【壹五甲 5】(金門)

　　。。風水負作用：穴煞術師：穴得眞脈而風水師失明【壹五甲 5】(金門)

　　。。風水靈物應後代：祖先墓中白鶴殘障，後代子孫殘障部位與之同【壹五甲 5】(金門)

　　。。風水吉作用：：葬地佳者福子孫：出貴人(官)【壹五甲 5】(金門)

　　#風水名稱：七鶴戲水【壹五甲 5】(金門)

6、〈蔡進士的傳說〉

　　蔡家先祖將葬先人骨骸時，與代尋葬地的地理師有約，該地葬後，地理師將立刻失明，而蔡家將有二馬，一排金、一排銀，蔡家須將排銀馬贈地理

師爲償。蔡諾之。墓葬成後，地理師失明，蔡家得金銀馬，卻欺瞞地理師並無其事，地理師於是告訴蔡家其墓中生水，須即刻遷墳。該墓原是一「七鶴戲水」風水地，代表蔡家將出七位官員。墓挖開後，地理師趕緊以墓水洗眼，恢復視力，而七鶴紛紛外飛，被蔡家打落一隻折翅、斷腿、眇一目，後來蔡家即生下瘸腳殘臂駝背的蔡復一。（1990 鄭炳章（男，67 歲）講述，《金門民間故事集》頁 55～57〈蔡復一的傳說（一）〉，1997 蔡先生（男 50 歲）講述《澎湖民間傳說》頁 123〈蔡進士的傳說〉）

　　。墓水洗眼，恢復視覺 D1505.5.6.【壹五甲 6】（金門）

　　。奇特的馬：排泄金或銀 F980【壹五甲 6】（金門）

　　。。風水異徵：靈物：墓中出白鶴 F898.26.【壹五甲 6】（金門、澎湖）

　　。。風水的效果：葬「七鶴戲水穴」，後代可出七位官員【壹五甲 6】（金門、澎湖）

　　。。風水負作用：穴煞地師：風水師失明【壹五甲 6】（金門、澎湖）

　　。。破風水的原因：風水師破壞主人風水，以報復主人的對待不善【壹五甲 6】（金門、澎湖）

　　。。風水的作用：風水靈物應後代：祖先墓中靈物（白鶴）腳殘，後代子孫亦腳殘【壹五甲 6】（金門、澎湖）

　　。。風水吉作用：葬地佳者福子孫：出貴人（進士）【壹五甲 6】（金門、澎湖）

　　#風水名稱：七鶴戲水【壹五甲 6】（金門）

　　#風水名稱：七鶴穴　（澎湖）【壹五甲 6】

　　＊瞎先生復明【壹五甲 6】（金門、澎湖）

7、〈跛腳秀才〉

　　某戶人家的祖先葬在一個烏鴉穴，後代爲修墳而挖開墓時，有數隻烏鴉從墓中飛出，驚慌中有人抓住了其中一隻，但不小心折了牠的腿，之後這戶人家就出了一個跛腳狀元或進士。（1998 張德章（男，71 歲）講述《台灣桃竹苗地區民間故事》頁 85～86，〈烏鴉穴〉。1998 黃州興講述，高雄縣《鳳山市閩南語故事集（一）》頁 47～55，〈跛腳秀才〉）

　　。。風水異徵：靈物：墓中出烏鴉【壹五甲 7】（臺灣）

。。風水的作用：風水靈物應後代：祖先墓中靈物（烏鴉）腳殘，後代子孫亦腳殘【壹五甲 7】（臺灣）

。。風水吉作用：葬地佳者福子孫：出貴人（進士）【壹五甲 7】（臺灣）

#風水名稱：烏鴉穴【壹五甲 7】（臺灣）

8、〈白鶴穴的故事〉

一個有錢人希望得到一個好風水葬祖先，讓後代能發財或當大官，因此請了一位有名的地理師。地理師說如果爲他找到這樣的好風水，他將兩眼失明，無法再爲他人看風水，有錢人承諾屆時會照顧地理師一輩子。地理師找到好風水後，眼睛眞的瞎了，有錢人就將他接回家住。有一天，有錢人家一隻羊掉進糞坑淹死，主人捨不得丟掉，叫僕人洗了煮來吃，並分了地理師一些。地理師無意間由僕人口中知道所吃的羊是從糞坑撈起的，心裏非常不高興，決定不讓主人過得太好。他對主人說風水可能有點問題，要開墓看看。主人以爲是眞的，結果墓一挖開，墓中飛出七隻白鶴，大家趕緊去抓，抓住一隻跛腳的放回去。後來這家後代就出了一個跛腳進士。（1998 許進豐，（男，53 歲）講述，《澎湖縣民間故事》頁 133～139，〈白鶴穴的故事（三）〉）

。。風水負作用：穴煞地師：風水師失明【壹五甲 8】（澎湖）

。。破風水的原因：風水師破壞主人風水，以報復主人的對待不善【壹五甲 8】（澎湖）

。。破風水的目的：風水師破壞風水，以恢復自己因指出風水而失明的視覺【壹五甲 8】（澎湖）

。。風水異徵：靈物：墓中出白鶴【壹五甲 8】（澎湖）

。。風水的作用：風水靈物應後代：祖先墓中靈物（白鶴）腳殘，後代子孫亦腳殘【壹五甲 8】（澎湖）

。。風水吉作用：葬地佳者福子孫：出貴人（進士）【壹五甲 8】（澎湖）

#風水名稱：白鶴穴【壹五甲 8】（澎湖）

＊瞎先生與糞坑肉【壹五甲 8】（澎湖）

9、〈地靈蔭人〉

王老虎的故事

民間傳說，王老虎的誕生是由棺木裏掘出來的。她的母親有孕時，生起大病，不久就駕鶴西歸，她的家人把她埋葬，恰好埋在活地，這地叫「龍喉

地」。因此她死後，仍像生前去買豬肉，店主不知她已去世，仍將豬肉賣給她。不久店主就去她家討債，她家裏卻說她已去世了。隔日她又來買豬肉，店主偷偷跟在她身後，追到墳上，她卻不見了，才知道她是鬼，便告訴她家。她家人預備把她掘起，她在墳內嚷道：等我把頭梳好。大家不理她，掘出土時她已經死了，但她兒子，就是王老虎還活著，家人抱回去養，長大就是王尚書王大寶。（採自揭陽，林培盧編《潮州七賢故事》頁9～10或《中國傳奇》冊五〈潮州七賢故事〉頁150～151）

#風水名稱：龍喉地（潮州）【壹五甲9】

。墓中產子（潮州）【壹五甲9】

。。風水的作用：死人埋在活地，死後仍能行為如活人（潮州）【壹五甲9】

10、〈紅蛇轉世〉

李光顯母家為小徑村許氏，民間傳說謂：光顯母姐妹二人出閣時，許家門牆上忽產靈芝兩莖，舉家欣慶，以為祥瑞。有識者云：靈芝長於門楣之牆上，且葉外向，福運不應本家，其應於女兒所歸之婿家乎！其後光顯及姨表弟邱良功，先後均在小徑舅家誕生，兩人後皆貴顯，官至提督。嘉慶二十二年，良功卒於揚州，特旨欽賜祭葬，運棺回金，擇遍佳地，多不適意，遷延久之。時舅家已衰替，乃依勘輿師言，徵得母族同意，就舅氏宅址為塋地。及拆屋時，發現屋脊函中有紅蛇兩條，一已斃，另一尚活，工人見而急擊之，遂亦斃。其時光顯在廣東任上，接獲良功出殯訃，遽忽嘔血而逝。於是人咸謂光顯與良功俱係紅蛇轉世，故兩蛇斃而兩人亦相繼而亡。金門民俗最忌女兒歸寧在母家分娩，傳係即因光顯與良功俱在舅家出生，後皆貴顯；而舅家即告中落，後人遂以此為戒，謂能奪其靈氣也。（《金門先賢錄·第二輯》頁71～72）

。。風水異徵：門牆長靈芝（金門）【壹五甲10】

。卜者遇言應驗：卜者相宅云門牆靈芝葉向外，福運應在女婿家：後婿家貴人果然皆出生於此門中（金門）【壹五甲10】

。。風水的作用：風水靈物符應於人（命寄風水靈物）：屋脊函中紅蛇被擊斃，宅生之人遽亡（金門）【壹五甲10】

。。風水異徵：靈物：屋脊函中紅蛇（金門）【壹五甲10】

。。風水剋應：靈氣被奪，彼旺則此衰（金門）【壹五甲 10】

。生產禁忌：忌女兒在母家分娩，將奪母宅靈氣（金門）【壹五甲 10】

乙、風水形象同化主人

1、〈螃蟹吐沫形〉

……夫形固不可執，亦有偶合奇驗者是也。（台州王氏父子四魁祖地）穴前有流泉，敬翁孝誠，鋪石瓦砌之，工未完而泉已濁涸，遂傷少丁及陰人數口。或謂蟹不得吐沫之故，仍去諸石。不兩月，泉復流，清如舊。此見形之肖者。（明·徐善繼、徐善述《地理人子須知》卷五上·砂法，頁 6，p.272）

#風水名稱：螃蟹吐沫形《地理人子須知》【壹五乙 1】

。。風水的作用：風水特性影響子孫：「螃蟹吐沫形」墓穴前流泉被石堵，泉濁涸而墓主家人損，去石則泉復清流如故《地理人子須知》【壹五乙 1】

2、〈牯牛地〉

阜寧縣東南射陽河邊，有一塊地寸草不生，東面有兩個小塘，常年不乾，後面有座大墳，據說是清康熙年間，一個劉姓武舉人的祖墳，他們家世世代代盡出大個子、大力氣，稱霸鄉里。鄉民對劉家恨之入骨，請了有名的風水先生來破壞劉家的風水。風水先生連夜到劉家祖墳一看，見大墳面對射陽河蓄水灣，是個牛眠地，又名牯牛地。墳前二丈範圍內，有兩頭石牛，風水先生叫鄉人趁夜將石牛拿掉。剛剛拿掉，天已大亮，未及填平，挖掉石牛的地方就成了池塘。（劉道富講述《中國民間文學集成上海卷長寧區分卷》，頁 170～171）

#風水名稱：牯牛地（上海）【壹五乙 2】

。。風水的作用：風水特性影響子孫：祖先墓葬於「牯牛地」，後代子孫力大如牛（上海）【壹五乙 2】

。。破風水的方法：去除「牯牛地」墓前石牛（上海）【壹五乙 2】

。。破風水的原因：風水蔭人力氣強，受其強勢欺壓者壞其風水，使其失勢不得欺人（上海）【壹五乙 2】

3、〈公牛穴〉

陳健是陽翟人，他的墓是一個公牛穴，葬在牛角的位置上，因此他的後

代陽翟人的性格都非常強悍。後來有人吃多了陽翟人的虧，就請王爺點地破其風水，點到公牛穴的咽喉，在那裏挖井，挖至岩盤而受阻，王爺附身的乩童下劍一刺，便冒出紅色岩泉，公牛穴死，陽翟人不再兇悍，並從此沒落。今其墓、井猶在，水在井呈紅，提出則清。（1995 黃先生講述（男 65 歲）《金門民間傳說》頁 121）

> #風水名稱：牯牛地（金門）【壹五乙 3】

> 。。風水的作用：風水特性影響子孫：祖先墓葬於「公牛穴」，後代子孫力大如牛（金門）【壹五乙 3】

> 。。破風水的方法：去除「牯牛地」墓前石牛（金門）【壹五乙 3】

> 。。破風水的原因：風水蔭人力氣強，受其強勢欺壓者壞其風水，使其失勢不得欺人（金門）【壹五乙 3】

> 。劍刺石盤出紅泉（金門）【壹五乙 3】

> 。。風水異徵：風水地死出紅水（劍刺石盤出紅泉）（金門）【壹五乙 3】

附錄：山灶之牛

從前有個人丁旺盛的村莊名叫山灶，村裏有一頭牛，長得特別強壯而碩大，因為它的存在，山灶才會人丁旺盛，但村人都不知道這個關係。牛到發情期時，到處亂撞，破壞了一些農作物，並且誤傷了小孩，村人便把它殺了。從此山灶就沒落了，現在已經廢鄉。（1990 楊瑞松講述（男 50 歲）《金門民間傳說》頁 89）

> 。宗族〔村莊〕命運寄動物 E760.（金門）【壹五乙 3】

4、〈陳顯卜葬螃蟹穴〉

顯因不附和燕王篡位，在任吞金而死。後運棺歸葬，舟至金門，夜泊料羅，是夜飆風忽起，將船頭所懸之燈籠一對飛捲而去。翌晨派人上岸巡找，沿海岸巡至蟹穴，發現兩燈籠放置巨石坡上。有隨船運歸之堪輿師見之大驚曰：「此蟹窩吉地也，陳公陰靈乃能自覓佳城，異哉！」乃告陳夫人即卜葬其地，謂墓進前，將來可出三宰相；退後，後嗣可卜萬人丁。夫人乃囑輿師盡量退後。輿師遵意退後點穴，而夫人猶恐其有違意，再命後退一步。當運棺入穴之時，忽雷電交作，霹靂一聲，巨石中裂，輿師曰：「可惜蟹窩已破，雖有萬人丁亦多外遷耳。」今其墓後石坡，有裂縫一條縱貫，縫中野草叢生，傳即卜葬時所裂之痕。而下坑陳氏分支外地者頗眾，其居村者確為不多，豈

真風水使然耶！（《金門先賢錄》第二輯）

。靈異：死者自尋葬地，使隨棺燈籠飛落其地示家人（金門）【壹五乙4】

。。風水的效果：一穴兩局：葬前，後代可出三宰相；葬後，後嗣可卜萬年有男丁（金門）【壹五乙4】

。。風水的作用：風水特性影響子孫：「螃蟹穴」墓石破裂，有如蟹殼破裂卵外流，因此後代子孫多離祖外遷（金門）【壹五乙4】

#風水名稱：螃蟹穴（金門）【壹五乙4】

5、〈螃蟹穴的傳說〉

澎湖姓張的為什麼人口雖多，卻只出散丁（閒散之人）？因為張氏祖先葬的是一個螃蟹穴，但被弄破了。當時風水師囑咐墓穴要挖一丈二尺深，但開挖時地下都是水，當時六個兄弟中有人捨不得讓父母骨灰泡水，風水師說可以退後幾尺，但只能挖一丈二寸深，並且不能用力挖。但還是有人不小心，一挖下去，泥漿就冒了出來，風水師趕緊用炭粉塞住，但說張氏福氣不夠，很好的子孫沒有了，只會出一些散丁。所以張氏子孫雖然人丁興旺，但很發達的就沒有了。原來那個螃蟹穴表示在岸邊吃的飽飽的，滿肚子卵要回去下蛋，所以子孫會有很多。但是因為姓張的福氣不夠，所以把穴挖破了。（1997張耀欽（男，39歲，航空公司主任）講述，《澎湖縣民間故事》頁139～140）

。。風水的作用：風水特性影響子孫：「螃蟹穴」地中冒出泥漿，象徵蟹殼破裂卵分散，因此後代子孫多散丁（閒散人）（澎湖）【壹五乙5】

#風水名稱：螃蟹穴（澎湖）【壹五乙5】

6、〈江夏侯葬剪刀穴〉

明朝的時候，皇帝叫江夏侯去「傳天子地」，他意思是把風水術傳出去，好讓天下能多出賢人來輔佐他，江夏侯沒聽清楚，以為皇帝要他去「斷天子地」，他就五湖四海去走去斷，斷盡天下良穴，最後只剩下一個「剪刀穴」沒有斷。他回去跟皇帝報告，說已經把風水吉地都斷絕了，只剩下一個剪刀穴沒有斷。皇帝很生氣，冷冷的問他說：「為什麼那塊地沒有斷？」他說：「那是絕地，不是好地。」皇帝說：「那塊地就賜你葬。」他就跪下奏說：「求皇上賜我豎葬剪刀梢，不要葬在剪刀口，這樣我還能單丁傳代，不至於絕代。」皇帝就答應他。（1990李水萍講述（男66歲）《金門民間傳說》頁99～100）

。。破風水的原因：大臣（江夏侯）誤聽皇命，將「傳地」誤為「斷地」而四處破壞風水（金門）【壹五乙6】

。致命的誤會：誤聽致禍：皇帝命傳天子地，受命者誤「傳」為「斷」（金門）【壹五乙6】

。特殊的懲罰：皇帝命風水師葬絕子絕孫地以懲其斷絕風水佳地之失（金門）【壹五乙6】

。風水師自葬絕地（金門）【壹五乙6】

。。殊地奇葬：豎葬「剪刀穴」楯眼，單丁傳代免絕後（金門）【壹五乙6】

。。風水的作用：風水特性影響子孫：豎葬「剪刀穴」之楯眼（單釘），代代出單丁（金門）【壹五乙6】

#風水名稱：剪刀穴（金門）【壹五乙6】

六、風水靈氣相奪為害

甲、損人風水以益己

1、〈李文貞公逸事〉

文貞公之墓，在安溪某鄉。康熙間，有道士李姓者，利其風水。道士之女，方病瘵，將危，道士告之曰：「汝為我所生，而此病已萬無生理，今欲取汝身一物，以利吾門，可乎？」女愕然曰：「惟父所命。」道士曰：「我欲分李氏風水，謀之久矣，必得親生兒女之骨肉埋之，方能有應。但已死者不甚靈現，活者不忍殺，惟汝將死未死之人，正合我用耳。」女未及答，道士遽以刀劃取其指骨，置之羊角中，私埋於文貞公之墓前。自後李氏門中死一科甲，則道士族中增一科甲；李氏田中減收若干斛，則道士田中增收若干斛。李之族人有覺者，亦不解其故。值清明節，村中迎張大帝為賽神會，綵旗導從甚盛，行至文貞公墓前，神像忽止，數十人舁之不能動。中一男子大呼曰：「速歸廟！速歸廟！」眾不得已，從之至廟，男子據上坐云：「我即大帝神也。李公墓中有妖，須往擒治之。」命其徒某執鍬，某執鋤，某執繩索，部署已定，又大呼曰：「速至李公墓！」眾如其言，神像疾趨如風。至墓，令執鍬鋤者搜墓前後，久之，得一羊角，金色，中有小斥蛇，昂首欲飛，其角旁有字，則道人合族姓名也。乃令持繩索者，往縛道士。時公家族眾亦至，鳴之官，

訊得其情，置道士於法。李氏從此復盛，而奉張大帝甚虔。此事聞之漳州黃清夫侍御，今袁簡齋續齊諧中亦載之（清・梁章鉅《歸田瑣記》卷四）

　　。。取得風水的方法：生取親生兒女之骨肉埋於他人之墓以分其風水（耿村）【壹六甲1】

　　。。風水吉作用：葬地佳者福親人：子女骨肉生埋他人福地，父親族人可分他人福祿：豐收、登科（耿村）【壹六甲1】

　　。。風水的作用：風水剋應，消長相奪：原葬風水地者每減產一分，後分葬其風水地者即增產一分，科甲得名亦如之（耿村）【壹六甲1】

　　。神靈藉人身與人言語：揭發偷風水者（耿村）【壹六甲1】

2、〈塔忠武墓犯臨墳煞〉

忠武公塔齊布墓，在薊州街迤北。萬壽寺西。墓左一碑，鐫御製文；墓右一碑，為湘紳建立。御製碑文應立墓左，時有堪輿家言，此墓右犯臨墳煞，碑立其右，即於臨墳不利；若立左，則於己墳不利。忠武之弟倭什布曰：「利己傷人之心，素為吾兄所鄙，安能希我利而嫁禍於人，況御碑應立墓左，不可易也。」忠武無子，倭以己子嗣之。未幾，嗣子故，倭亦故，嗣子之孫亦故，祚遂絕。（徐珂《清稗類鈔・方伎類》頁4647）

　　。。風水的作用：風水剋應，禍福相奪：兩墳相鄰，一墳得吉則臨墳不利，反之亦然（《清稗類鈔》）【壹六甲2】

　　。善良的德行：風水相煞，寧可不利己墳而不嫁禍臨墳（《清稗類鈔》）【壹六甲2】

　　。。風水負作用：祖先墳地犯臨墳煞，子孫相繼故亡，後嗣遂絕（《清稗類鈔》）【壹六甲2】

3、〈虎形地與山下洞的古廟〉

虎形地在曲江縣石角鄉山下洞附近，據說是王姓的祖墳。自從王姓祖先安葬後，王姓子孫非常衍盛，且每年春秋二季祭墳時，都有很大的肥豬走到墳前來，供王姓子孫祭祀和飽饗；而山下洞的居民卻往往在這時候，家中養著的活豬不知去向。有一次來了一個堪輿師，看出是那虎形地在做怪，建議山下洞村民在洞中建一古廟，廟門正向虎形地。從此山下洞的居民再也不會遺失豬，而王姓祖墳前也不再有豬來。（二二年十月採自廣東曲江，《民間月刊》第二卷第十—十一號合刊，頁408）

。。風水的作用：風水剋應：「虎形地」攝豬，使活豬自行前往墳前受宰供祭（廣東曲江）【壹六甲3】

。。破風水的方法（原因）：解除風水效力：建廟正向「虎形地」，以免該地居民飼豬被虎形地攝去遭受損失（廣東曲江）【壹六甲3】

#風水名稱：虎形地（廣東曲江）【壹六甲3】

4、〈烏鴉落陽與蓮塘古廟〉

烏鴉落陽在翁源龍仙鋪蓮塘下的山麓上，是藍青、礦下一帶何姓人家的祖墳。這個祖墳原本不是葬在這裏的。有一次，礦下人因為祖墳太遠，祭掃不便，趁夜偷挖祖骸要另葬，藍青的人知道了，馬上追來，礦下人情急之下，將祖骸藏到荊棘中。第二天，礦下人再去藏金（祖骸）處一看，荊棘叢不見了，只見蟻子銜泥蓋住金埕，人們一看，知道這是好墳場，就葬在這裡了。那個山形像下地烏鴉，墳背四周不生茅草，人說是因為烏鴉本是白頸的緣故。之後，何姓人口大增，大富大貴。但是墳場對面，有些石崗，遠望像是烏鴉子。自從何姓祖墳葬後，附近余姓人家的田裡稻子都有耕無收，都說是被烏鴉子吃掉了。余姓人家就聽從地理師的建議，在烏鴉地對面的塅心裡築個蓮塘古廟以壓禳。廟蓋好後，烏鴉子都死了，再也不會踐踏稻麥了。（清水編《太陽和月亮》頁69～70）

。。天葬：蟻自動銜泥封墳（《太陽和月亮》）【壹六甲4】

。。風水異徵：「烏鴉穴」山形像烏鴉，墳背四周不生茅草，是因為烏鴉白頸的緣故，墳場對面石崗，遠望像是烏鴉子（《太陽和月亮》）【壹六甲4】

。。風水的作用：風水剋應：「烏鴉穴」風水地攝農作物，使該地附近農作物歉收（《太陽和月亮》）【壹六甲4】

。。破風水的方法（原因）：在「烏鴉穴」風水地要害（心）相對應的位置建廟，以禳制其風水，不使「烏鴉」踐踏附近稻麥（《太陽和月亮》）【壹六甲4】

#風水名稱：烏鴉落陽【伍三甲4】（《太陽和月亮》）【壹六甲4】

5、〈牛形地〉

通往李村的路邊有一個覆盆狀的土墩，上面有一陳姓祖墳，因山勢命名為牛形地，牛頭是面向李村所在的象鼻嘴一帶。自從陳姓葬在牛形地後，象

鼻嘴一帶的農作物不論花費多少肥料都沒有收獲，李村的人都很恐慌。後來有一個地理師說是牛形地作怪，叫李村人在象鼻嘴的豆地上建社壇以壓禳。之後，牛形地不會作怪，象鼻嘴一帶的農作物又有很好的收成了。（清水編《太陽和月亮》，頁 70～71）

　　。。風水的作用：風水剋應：「牛形地」風水攝食農作物，使「牛頭」面對的鄰地農作物歉收（《太陽和月亮》）【壹六甲 5】

　　。。破風水的方法（原因）：在受「牛形地」風水之害而減產的地方建廟，以禳制其風水（《太陽和月亮》）【壹六甲 5】

　　#風水名稱：牛形地（《太陽和月亮》）【壹六甲 5】

6、〈鵝形地的故事〉

　　在翁源李村的山上有一塊鵝形地，是丘姓祖墳，因形勢像飛鵝，面前又有流水，所以叫飛鵝喘水。當初下葬時，風水師呼龍說：「食就食長寧，痾就痾翁源。」因此長寧那地方都種不到東西吃，而翁源則米穀豐熟。後來長寧人請國師來查，國師就用天犁在山頂來龍的地方犁了一條深坑，那墳地就沒用了，再也不會「食長寧痾翁源」了。（清水編《太陽和月亮》頁 71）

　　。。風水的作用：風水剋應：「鵝形地」風水攝食農作物，使該地附近農作物歉收（《太陽和月亮》）【壹六甲 6】

　　。。風水的作用：祝語應驗：下葬時，風水師呼龍說：「食就食長寧，痾就痾翁源。」因此長寧那地方都種不到東西吃，而翁源則米穀豐熟（《太陽和月亮》）【壹六甲 6】

　　。。破風水的方法：挖深坑掘斷地脈，使風水不再發生作用（《太陽和月亮》）【壹六甲 6】

　　#風水名稱：鵝形地、飛鵝喘水（《太陽和月亮》）【壹六甲 6】

乙、鬥風水

1、吳越築城

　　闔閭曰：「……豈有天氣之數，以威鄰國者乎？」子胥曰：「有。」闔閭曰：「寡人委計於子。」子胥乃使相土嘗水，象天法地，造築大城，周迴四十七里，陸門八以象天八風，水門八以法地八聰。築小城，周十里，陵門三。不開東面者，欲以絕越明也。立閶門者，以象天門通閶闔風也。立蛇門者，以象地戶也。闔閭欲西破楚，楚在西北，故立閶門以通天氣，因復名之破楚

門。欲東併大越，越在東南，故立蛇門，以制敵國。吳在辰，其位龍也，故
小城南門上反羽爲兩鯢鰽，以象龍角。越在巳地，其位蛇也，故南大門上有
木蛇，北向首內，示越屬吳也。……

　　范蠡曰：「……今大王欲（立）國樹都，并敵國之境，不處平易之都，據
四達之地，將焉立霸王之業？」越王曰：「……欲委屬於相國。」於是范蠡乃
觀天文，擬法於紫宮，築作小城，周千一百二十一步，一圓三方，西北立龍
飛翼之樓，以象天門。東南伏漏石竇，以象地戶。陵門四達，以象八風。外
郭築城而缺西北，示服事吳也，不敢壅塞；內以取吳，故缺西北，而吳不知
也。北向稱臣，委命吳國，左右易處，不得其位，明臣屬也。城既成，而怪
山自生者，瑯琊東武海中山也。一夕自來，故名怪山。范蠡曰：「臣之築城也，
其應天矣！崑崙之象存焉。」越王曰：「……吾之國也偏，……何能與王者比
隆盛哉？」范蠡曰：「君徒見外，未見於內。臣乃承天門制城，合氣於后土，
嶽象已設，崑崙故出，越之霸也。」越王曰：「苟如相國之言，孤之命也。」……
（《吳越春秋》卷四）

　　。。風水的效用：以風水術取得地利：象天地之形築城以通天氣（《吳
越春秋》）【壹六乙1】

　　。。風水的效用：以風水術制衡敵人：絕敵國方向之門以象絕其國（《吳
越春秋》）【壹六乙1】

　　。。風水的效用：以風水術制衡敵人：在敵國所在位置方向設象徵物（如
巳位立蛇門），使其首朝己國，以示其國屬己（《吳越春秋》）【壹六乙1】

　　。。風水的效用：以風水術蒙騙敵人：外城開向敵國方向之門，以向敵
國示臣服；內城則閉敵國方向之門，以象取其國（《吳越春秋》）【壹六
乙1】

　　。奇事：怪山，一夕之間生於海中（《吳越春秋》）【壹六乙1】

2、〈耿村西門洞的來歷〉

　　定縣有個伺候過皇上的老公（太監），有一天來到耿村，在村裡逛過一圈，
說耿村的風水好，全村像個大犍牛向東臥著，可是牛身子當中有道豁，顯然
是有人把風水斬斷了，風水靈氣都跑走了，本來會出幾個在朝的大官也出不
了了。耿村這地方有頭有尾缺中間，氣脈接不上，成了條死牛，村裡近年也
必然死了不少年輕人。大伙聽老公說得不錯，問有沒有辦法解災。老公說壞

風水的人從西山給村裡撒了隻飛虎，虎見牛就吃，只要在村西口修一座門洞、建一道影壁，再挖一道水壕，猛虎飛來，就撞在牆上碰死，或落在水裡淹死了。就這樣，村西修了個門洞，那水壕長年有水，水翠透明，浮著綠豆大的小圓葉，那水草只有那水壕裡有。雖然修了門洞，人們日子也沒顯得好過；後來拆了它，也沒難過。（1988 靳景祥（男 60 歲）講述《耿村民間文化大觀》頁 56〜57（選自《耿村民間故事集第三集》））

　　。。風水的效果：「犍牛形」的村莊會出在朝大官（耿村）【壹六乙 2】

　　。。風水破壞的結果：飛虎破「犍牛形」的村莊風水，村中年輕人大量死亡（耿村）【壹六乙 2】

　　。。破風水的方法：解除風水效應：建壁、挖水壕，使撲向「犍牛形」風水的飛虎撞壁淹死（耿村）【壹六乙 2】

　　#風水名稱：犍牛形（耿村）【壹六乙 2】

3、〈石將軍與風獅爺的風水煞之戰〉

　　金門金沙浦山村的鴬山廟佔得「飛鷹逐雞」的好風水而香火鼎盛，隔岸形似雞頭而與之相望的后沙村被廟吸盡靈氣，草木不生。后沙村民便立風獅爺於村口，面向鴬山廟以制其靈氣。鴬山廟神乩忙立起持弓的李廣將軍石像，羽箭直射后沙風獅以制衡。今日后沙不見風獅爺，石將軍塑像盔帽則有一尊石獅，傳是后沙風獅被馴服於此。（《金門民間故事研究》）

　　。。風水吉作用：寺廟風水佳，神靈香火盛（金門）【壹六乙 3】

　　。。風水的作用：風水剋應：風水地吸盡附近地方靈氣，使他地草木不生（金門）【壹六乙 3】

　　。。風水的效用：藉風水稟賦物性的生剋原理制衡或奪取風水靈氣：製風獅石像張口向敵方以吸其風水靈氣（金門）【壹六乙 3】

　　。。風水的效用：藉風水稟賦物性的生剋原理制衡或奪取風水靈氣：製將軍持弓石像向敵方所立之風獅以攝其威（金門）【壹六乙 3】

　　#風水名稱：飛鷹逐雞（金門）【壹六乙 3】

4、〈虎窗和豬槽香穴〉

　　小金門青歧村原住陳、洪姓二大姓。昔時青歧陳因得到村外的「豬槽香」穴，經商順利而佔村中優勢，婦人因生驕傲。某日一外鄉客行乞至此，陳婦阻之於門外，洪婦心生慈憫而招呼之。外鄉客精於風水術，感洪姓之情而為

之尋覓吉地，教洪姓立祠於「虎穴」上，並在祠前設置虎窗，正對村外陳姓的「豬槽香」穴，形成「虎視耽耽」之形勢而威脅陳姓發展。果然從此青歧陳姓紛紛外遷，而青歧洪姓則在地繁榮昌盛起來。（洪春梨口述）（《金門民間故事研究》）

　　。受惠者（乞丐）爲施惠者（施丐之主婦）指吉地以爲報答（金門）【壹六乙4】

　　。。風水的作用：風水剋應，彼消此長：「虎穴」宗祠面向「豬槽香穴」村莊，「豬槽香穴」村人紛紛外遷而沒落，「虎穴」宗族則昌盛於其地（金門）【壹六乙4】

　　#風水名稱：虎穴（金門）【壹六乙4】

　　#風水名稱：豬槽香穴（金門）【壹六乙4】

貳、破風水的故事

一、破風水制敵

甲、破敵風水以敗敵

1、黃巢祖墓

明清家有一《續皇王寶運錄》一書凡十卷，……多敘唐中葉以後事，至於詔令文檄，悉備唐史新舊二書之闕文也。……其載黃巢王氣一事，盡存舊詞，姑綴于編：

中和三年夏，太白先生自號太白山人，不拘禮則，又云姓王，竟不知何許人也。……其年夏六月三日，太白山人修謁金州刺史檢校尚書左僕射兼御史大夫崔堯封云：「本州直北有牛山，旁有黃巢谷金，桶水且大。寇之帥黃巢凌劫州縣，盜據上京，近已六年，又僞國大齊年號，金統必慮。王氣在北牛山伏，請聞奏蜀京，掘破牛山，則此賊自敗散。」堯封聽之大喜，且具茶果與之言話，移時太白山人禮揖而去。堯封遂與州官商量，點諸縣義丁男，日使萬工，掘牛山一個月餘，其山後崖崩十丈以來，有一石桶，桶深三尺，徑三尺，桶中有一頭黃腰獸，桶上有一劍長三尺。黃腰見之，乃呦然數聲，自撲而死。堯封遂封劍，及畫所掘地圖，所見石桶事件聞奏。僖宗大悅，尋加堯封檢校司徒，封博陵侯。黃巢至秋果衰。是歲中原剋平如昭洗。（宋·王明

清《揮塵錄・後錄》卷二）

　　。。破風水的原因：破敵風水以敗敵：盜寇（黃巢）爲亂，官兵破壞寇帥之祖墳風水，使其自敗（《揮塵後錄》）【貳一甲1】

　　。。風水靈物：黃腰異獸、石桶與長劍，獸見人則自撲而死（《揮塵後錄》）【貳一甲1】

　　。。風水破壞的結果：祖墳風水被掘破，後代子孫隨即衰亡（《揮塵後錄》）【貳一甲1】

2、豈有發人墳墓之理

（文）天祥復取汀州，兵出興國縣，連破諸邑，圍贛州尤急。或言天祥墳墓在吉州者，若遣兵發之，則必下矣。恆曰：「王師討不服耳，豈有發人墳墓之理。」（《元史・李恒傳》卷一百二十九）

　　。。破風水的原因：破敵風水以敗敵：兩兵交戰，弱勢之方欲破對方主帥祖墳風水以洩其氣，使其自敗（《元史》）【貳一甲2】

3、各代亂王祖墓

黃巢亂，太白山人謁金州刺史崔堯封云：「掘破牛山，賊當自敗。」崔發卒掘之，得一石桶，中有黃腰獸一、劍一。獸見劍，自撲而死。巢未幾果敗，削髮而逃。宋張邦昌、劉豫俱山東人，金人立爲僞帝。人鑿其祖墓，各有異物飛出，二人遂不終。明李自成作亂，米脂令任丘邊長白大綬爲自成發其祖墓，遍訪自成祖墓不得，下令查凡姓李墓，掘之。乃有言自成墓者，掘得一物，鱗甲滿身，醢而灰之，自成遂敗，死於羅公山下。（清・褚人穫《堅瓠集・九集》卷四）

　　。。破風水的原因：破敵風水以敗敵：盜寇（黃巢、李自成）爲亂，官兵破壞寇帥之祖墳風水，使其自敗（《堅瓠九集》）【貳一甲3】

　　。。風水靈物：黃腰異獸、石桶與長劍，獸見人則自撲劍死（《堅瓠九集》）【貳一甲3】

　　。。風水異徵：鑿破其墓，墓中有異物飛出（《堅瓠九集》）【貳一甲3】

　　。。風水靈物：異物鱗甲滿身（《堅瓠九集》）【貳一甲3】

　　。。風水破壞的結果：祖墳風水被掘破，風水靈物亡毀，後代子孫隨即衰亡（《堅瓠九集》）【貳一甲3】

黃巢祖墓，在陝西金州。巢亂，崔堯封發卒掘之，得一石桶，中有黃腰

獸一、劍一。獸見劍，自撲而死。巢至秋果敗。宋張邦昌、劉豫，俱山東人，金人立爲僞帝。其祖墓同在一山，人鑿其山，飛出異物，二人遂不終。元末徐壽輝先墓，在湖廣之某縣，敵人潛往發之，有赤幟大蠅萬萬飛去。壽輝不久被殺。張士誠先墓有溝環之，水中一鯰魚，長六七尺，時出遊行，人不能捕。及士誠敗，鯰魚死浮水面。米脂令任丘邊長白遍訪自成祖墓掘之，得一物，鱗甲滿身，醢而灰之，自成遂敗死於羅公山下。學圃識餘，金侍郎庠之父戍死，函骨雲南石崖上，及貴移之，函中一血色蜘蛛走去，後亦不振。大抵山川靈秀，融聚成形，泄之非所宜也。（清・褚人穫《堅瓠集・廣集》卷六）

　　。。破風水的原因：破敵風水以敗敵：盜寇（黃巢、徐壽輝、張士誠、李自成）爲亂，官兵破壞寇帥之祖墳風水，使其自敗（《堅瓠廣集》）【貳一甲3】

　　。。風水靈物：黃腰異獸、石桶與長劍，獸見人則自撲劍死（《堅瓠廣集》）【貳一甲3】

　　。。風水異徵：墓中有異物飛出（《堅瓠廣集》）【貳一甲3】

　　。。風水異徵：墓中有赤幟大蠅萬萬飛出（《堅瓠廣集》）【貳一甲3】

　　。。風水靈物應後代：墓溝有鯰魚，其家要人身亡魚亦亡（《堅瓠廣集》）【貳一甲3】

　　。。風水靈物：異物鱗甲滿身（《堅瓠廣集》）【貳一甲3】

　　。。風水靈物：骨函有血色蜘蛛（《堅瓠廣集》）【貳一甲3】

　　。。風水破壞的結果：祖墳風水被掘破，風水靈物亡毀，後代子孫隨即衰亡（《堅瓠廣集》）【貳一甲3】

4、闖王祖墓

　　賈煥，米脂令邊長白之門子賤役也。性梗直……邊以是親信之。是時闖賊猖獗，其兄李自祥改姓張，仍名自祥，爲縣役，意在俟賊來爲內應也。一日，邊令方蒞堂視事，有人赴訴賣蒜爲兵所搶，……賣蒜者請屏左右，乃脫帽裂縫出封函，曰：「吾實內監，此密旨也。」令拜讀，乃命掘闖賊祖墳之詔旨。……然闖賊祖墳，左右無知者，又係密旨，不敢聲張。……煥曰：「事未可驟圖也。今在官捕快張自祥者，本李姓闖賊親兄也，而縣役某某等二十人皆插血信盟，約賊兵至即爲內應。……今欲知彼祖墓，非厚結之不可詰。」且傳祥入，令笑問曰：「爾本姓李，何以易張？」祥方自辯，煥在旁曰：「吾

已細陳底裏矣，不必掩飾。」令曳之起，曰：「時事已不可為，天意在在，爾董皆應時豪傑，予身家方賴保全。」遂出黃金十錠納祥袖中，曰：「歸可為若母壽。嗣後出則官役，入即朋友也。」久之，乘醉，託言素曉堪輿，扣其墓形，祥語之。乃以出獵為名，邀同往，稔知所在。越數日，聞賊兵犯潼關，令出千金付自祥先行投欽兵前。……祥去，令偕煥並家僕潛往掘墓。墓上有大樹一株，紫藤垂滿。掘至棺，藤根包裹千刷，以巨斧砍斷藤，開棺，有小白蛇一，頭角已成龍形，止一眼；其身尚未變，遍身皆長黃白毛，二三四寸不等，枯骨血潤如生，隨併蛇斫碎而焚之揚灰。訖考開棺之日，闖賊兵敗河南，一目為流矢所中，天意人事之相符如此。……（清·平陽徐昆《柳崖外編》卷二）

　　○○破風水的原因：破敵風水以敗敵：盜寇（李自成）為亂，官兵破壞寇帥之祖墳風水，使其自敗（《柳崖外編》）【貳一甲4】

　　○○風水異徵：紫藤盤棺（《柳崖外編》）【貳一甲4】

　　○○風水異徵：枯骨血潤如生，遍身皆長黃白毛，二三四寸不等（《柳崖外編》）【貳一甲4】

　　○○風水靈物：白蛇頭角成龍形，遍身黃白毛，止一眼（《柳崖外編》）【貳一甲4】

　　○○風水靈物應後代：風水被破見靈物，獨具一眼，其後人同時事敗並失一眼（《柳崖外編》）【貳一甲4】

　　○○風水破壞的結果：祖墳風水被掘破，風水靈物亡毀，後代子孫隨即衰亡（《柳崖外編》）【貳一甲4】

5、風水徵驗

　　王氏見聞錄：巢犯關，有一道人詣安康守崔某，請斲其金統水源祖墓。果得一窟，窟中有黃腰人，舉身自撲死。道人曰：「吾為天下破賊訖。」巢果敗死。自成祖墓在米脂。相傳中有漆燈，漆燈不滅，李氏必興。邊大綬為米脂令，亦發其塚。果有一蛇，遍體生毛，向日光飛出，咋咋而墮。是日自成即為陳永福射中左目。後雖陷京城，旋亦敗死。是二賊又無一不相似也。然皆因發塚而滅，青烏家風水之說，豈真有徵驗耶？（清·趙翼《簷曝雜記》卷五，頁83）

　　○○破風水的原因：破敵風水以敗敵：盜寇（黃巢、李自成）為亂，官

兵破壞寇帥之祖墳風水，使其自敗（《簷曝雜記》）【貳一甲5】

。。風水靈物：墓窟中有黃腰人，見人則自撲死（《簷曝雜記》）【貳一甲5】

。。風水異徵：墓中有漆燈不滅（《簷曝雜記》）【貳一甲5】

。。風水靈物：蛇遍體生毛，向日光飛出而墮（《簷曝雜記》）【貳一甲5】

。。風水破壞的結果：祖墳風水被掘破，風水靈物亡毀，後代子孫隨即衰亡（《簷曝雜記》）【貳一甲5】

乙、皇帝破出帝風水

1、東南有天子氣

秦始皇帝常曰「東南有天子氣」，於是因東游以厭之。高祖即自疑，亡匿，隱於芒、碭山澤巖石之間。呂后與人俱求，常得之。高祖怪問之。呂后曰：「季所居上常有雲氣，故從往常得季。」高祖心喜。沛中子弟或聞之，多欲附者矣。（《史記‧高祖本紀第八》卷八，《漢書‧高帝紀第一上》卷一上，《宋書‧符瑞志第十七上》卷二十七）

。。有感於徵候而行事：皇帝（始皇）聞某地有天子氣，乃親游其地以厭之（《史記》《漢書》《宋書》）【貳一乙1】

。。破風水的方法：皇帝（始皇）親游天子地以厭其氣（《史記》《漢書》《宋書》）【貳一乙1】

。貴人異徵：所居上常有雲氣《史記》《漢書》《宋書》【貳一乙1】

2、長安獄中有天子氣

後元二年，武帝疾，往來長楊、五柞宮，望氣者言長安獄中有天子氣，於是上遣使者分條中都官詔獄繫者，亡輕重一切皆殺之。（《漢書‧魏相丙吉傳第四十四》卷七十四，《漢書‧宣帝紀第八》卷八）

。。（破風水的原因：）有感於徵候而行事：皇帝（漢武帝）聞獄中有天子氣，於是詔獄繫者，亡輕重一切皆殺之《漢書》【貳一乙2】

3、江東有天子氣

注：左傳曰越敗吳於檇李，杜預曰縣南醉李城也。干寶搜神記曰：「秦始皇東巡，望氣者云『五百年後，江東有天子氣。』始皇至，令囚徒十萬人掘汙其地，表以惡名，故改之曰由拳縣。」（《後漢書‧郡國志四‧揚州‧吳郡

志【注】》第二十二）

　　。。破風水的原因：有感於徵候而行事：皇帝（始皇）聞某地有天子氣，
　　於是令人掘污其地，表以惡名《後漢書》【貳一乙3】

　　。。破風水的方法：掘污其地，改地名（醉李城改爲由拳縣）《後漢書》
　　【貳一乙3】

4、金陵之地有王者之勢

　　初，秦始皇東巡，濟江。望氣者云：「五百年後，江東有天子氣出於吳，
而金陵之地，有王者之勢。」於是秦始皇乃改金陵曰秣陵，鑿北山以絕其勢。
至吳，又令囚徒十餘萬人掘汙其地，表以惡名，故曰囚卷縣，今嘉興縣也。（《宋
書・符瑞志上》志第十七・卷二十七）

　　。。破風水的原因：有感於徵候而行事：皇帝（始皇）聞某地有天子氣，
　　於是令人鑿山以絕其勢，並掘污其地，表以惡名《宋書》【貳一乙4】

　　。。破風水的方法：鑿山以絕其勢，改地名（改金陵曰秣陵）；掘污其
　　地，表以惡名（囚卷縣）《宋書》【貳一乙4】

5、五百年後金陵有天子氣

　　始秦時望氣者云「五百年後金陵有天子氣」，故始皇東遊以厭之，改其地
曰秣陵，塹北山以絕其勢。及孫權之稱號，自謂當之。孫盛以爲始皇逮于孫
氏四百三十七載，考其曆數，猶爲未及；元帝之渡江也，乃五百二十六年，
眞人之應在于此矣。（《晉書・中宗元帝紀第六》卷六）

　　。。破風水的原因：有感於徵候而行事：皇帝（始皇）聞某地有天子氣，
　　於是親游其地以厭之，塹山以絕其勢，改其地名《晉書》【貳一乙5】

　　。。破風水的方法：皇帝（始皇）親游天子地以厭其氣《晉書》【貳一
　　乙5】

　　。。破風水的方法：塹山以絕其勢，改其地名（改金陵曰秣陵）《晉書》
　　【貳一乙5】

　　。預言意外應驗）《晉書》【貳一乙5】

6、天子氣

　　望氣者云：新林、婁湖、東府西有天子氣。甲子，築青溪舊宮，作新林、
婁湖苑以厭之。

　　注：新林婁湖東府西有天子氣，各本脫「天子」，據通志補。按和帝中興

二年紀云：「又永明中，望氣者云，新林、婁湖、青溪並有天子氣，於其處大起樓苑宮觀，武帝屢游幸以應之。」明此脫「天子」二字。(《南史・齊本紀上第四・武帝》・卷四)

。。破風水的原因：有感於徵候而行事：皇帝（齊和帝）聞某地有天子氣，於是築皇宮御苑於其地以厭（應）之（《南史》）【貳一乙6】

7、上黨有天子氣

初，魏真君中，內學者奏言上黨有天子氣，云在壺關大王山。太武帝於是南巡以厭當之，累石為三封，斬其北鳳皇山以毀其形。(《北史・齊本紀上第六・高祖神武帝》・卷六)

。。破風水的原因：有感於徵候而行事：皇帝（齊太武帝）聞某地有天子氣，於是親游其地以厭之，累石為封，斬鳳皇山以毀其形（《北史》）【貳一乙7】

。。破風水的方法：皇帝（齊太武帝）親游天子地以厭其氣（《北史》）【貳一乙7】

。。破風水的方法：累石為封，斬鳳皇山以毀其形（《北史》）【貳一乙7】

8、宋明帝厭齊室墓

武進縣彭山，舊塋在焉。其山岡阜相屬數百里，上有五色雲氣，有龍出焉。宋明帝惡之，遣相墓工高靈文占視。靈文先與世祖善，還，詭答云：「不過方伯。」退，謂世祖曰：「貴不可言。」帝意不已，遣人於墓左右校獵，以大鐵釘長五六尺釘墓四維，以為厭勝。太祖後改樹表柱，柱忽龍鳴，響震山谷。父老咸忘之云。(《南齊書・祥瑞志》卷十八)

始帝年十七時，嘗夢乘青龍上天，西行逐日。帝舊塋在武進彭山，岡阜相屬，數百里不絕，其上常有五色雲，又有龍出焉。上時已貴矣，宋明帝甚惡之，遣善占墓者高靈文往墓所占相。靈文先給事太祖，還，詭答曰：「不過出方伯耳。」密白太祖曰：「貴不可言。」明帝意猶不已，遣人踐藉，以左道厭之上，後於所樹華表柱忽龍鳴，震響山谷。(《南史・齊本紀上・高帝紀》卷四)

。。風水異徵：墓上有五色雲氣，有龍出其中《南齊書》《南史》【貳一乙8】

。。破風水的原因：有感於徵候而行事：皇帝（宋明帝）聞某墓有龍形

五色雲氣，於是遣人以大鐵釘長五六尺釘其墓四維，以爲厭勝（《南齊書》）【貳一乙8】

。。破風水的方法：厭勝法：使人於墓左右校獵（《南齊書》）、踐踏其墓（《南史》）【貳一乙8】

。。破風水的方法：厭勝法：以大鐵釘長五六尺釘墓四周（左道《南史》）【貳一乙8】

。。風水異徵：人以厭勝法欲破某墓所樹華表杜忽龍鳴，震響山谷（《南齊書》《南史》）【貳一乙8】

9、戴熙墓

武昌戴熙家道貧陋，墓在樊山閒，占者云有王氣。宣武仗鉞西下，停武昌，令鑿之，得一物，大如水牛，青色無頭腳，時亦動搖，斫刺不陷，乃縱著江中，得水便有聲如雷，響發長川。熙後嗣淪胥殆盡。（《異苑》卷七，宋《太平廣記》卷三百八十九·塚墓一，第 13 條（引異苑），明·王圻纂《稗史彙編》卷十百七十二·志異門·怪異總紀，頁 2760）

。。風水靈物：青色無頭腳，大如水牛，刀刺不入，投水有聲如雷《異苑》《廣記》（《稗史彙編》）【貳一乙9】

。。破風水的原因：有感於徵候而行事：墓有王氣，皇帝命鑿破《異苑》《廣記》（《稗史彙編》）【貳一乙9】

。風水破壞的結果：風水靈物死，後代淪胥殆盡《異苑》《廣記》（《稗史彙編》）【貳一乙9】

10、〈河東聞喜有天子氣〉

《江西通志》：丘延漢，聞喜人，唐高宗永徽（650～655）時有文名，遊太山，於石室中遇神人，授《玉經》，即《海角經》也。洞曉陰陽，依法扦擇，罔有不吉。開元中爲縣人卜葬地理，氣交見，太史奏曰：『河東聞喜有天子氣』。朝廷忌之，使斷所扦山，詔捕之，大索弗獲，詔其原罪，詣闕陳陰陽之說，以天機等書進呈，秘以金凾玉篆，號《八字天機》，拜亞大夫之官，祀三祠。（鐘義明《中國堪輿名人小傳記》頁 58）

。。破風水的原因：有感於徵候而行事：皇帝（唐高宗）聞某風水名師爲人卜葬之地有天子氣，於是遣人斷所扦山，並詔補其地師（丘延翰）（《江西通志》《中國堪輿名人小傳記》）【貳一乙10】

11、阜城天子氣

崇寧間，望氣者上言景州阜城縣有天子氣甚明，徽祖弗之信，繼而方士之幸者頗言之，有詔斷支隴以泄其所鐘。居一年，猶云氣故在，特稍晦，將為偏閏之象，而不克有終。至靖康偽楚之立，踰月而釋位，逆豫既僣，遂改元阜昌，且祈於金酋，調丁善治其故。嘗夷鐘者，力役彌年，民不堪命，亦不免於廢也。二僣皆阜城人，卒如所占云。（宋・岳珂《桯史》卷八）

　　。。破風水的原因：有感於徵候而行事：皇帝（宋徽宗）聞某地有天子氣，命人掘斷地脈以洩其氣（《桯史》）【貳一乙11】

　　。卜者預言應驗：某縣有天子氣，地被皇帝鑿斷，卜云其氣猶在而不克有終。後僣稱帝而終廢者果為該縣之人（《桯史》）【貳一乙11】

　　。。破風水的方法：掘斷地脈以洩其氣（《桯史》）【貳一乙11】

12、絕地脈

余外家居泉之石龜，其旁有天聖間皇城使蘇某者墓後隴中斷，田其間，曰狗骨洋。九江陶氏，有驍衛將軍，鑑墓於石龍山之原，山折而南，溝而絕之，曰掘斷嶺。石門澗有支阜，下至落拖山，據其支之腰皆田，田中有大畦焉，砥平而高，可播種石餘，曰銅釘圻。傳者謂其地有休符，太史嘗占之，以聞於朝。有詔夷鐘洋，故有神工，每欲成，則役萬鬼而填之，役夫不得休。有宿其旁者，聞鬼言以為所畏者犬厭耳，遂烹羣犬而寶骨焉。釘以銅，為書符篆以絕地脈。或曰：殺童男女，瘞其下為厭勝，是為童丁。說皆不根誕謾，然余嘗親臨其地。圻乃一平疇，在大畈中支阜之下，猶十餘里。所止處初無冢穴，莫知其所以用。洋與嶺俱隱然有鋤治故跡，耕者或謂得骨於故處。考之業者之質劑，則地名皆信然，殊不可曉。清臺考驗，近世罕有精者。妄一男子，謂某所有某氣，輒隨而發之，戕人用牲，勞民以夷堙。詰應於恍惚，固清朝之所不為也，他所如此名者，比比而是。要皆山有偶然低窪，相襲而益訛，考之載籍，皆無所見。惟續皇王寶運錄，有唐金州刺史崔堯封，用太白山人之說，掘牛山黃巢谷金桶水一事，不書於唐史，蓋不經之說。而余所書崇寧鑿阜城王氣，僅雜見於野史云。（宋・岳珂《桯史》卷二）

　　。。破風水的原因：有感於徵候而行事：皇室聞某地有休符，乃命掘斷其地脈以洩其氣（《桯史》）【貳一乙12】

　　。。破風水的方法：斷墓隴，田其間，表惡名（狗骨洋）（《桯史》）【貳

一乙 12】

。。破風水的方法：斷墓隴，開溝絕斷地脈，表惡名（掘斷嶺）（《桯史》）
【貳一乙 12】

。。破風水的方法：田其間，表惡名（銅釘垃）【伍一乙 12】（《桯史》）
【貳一乙 12】

。。風水異徵：地脈挖不斷，即挖即復原：有詔夷鏟洋，故有神工，每
欲成，則役萬鬼而填之，役夫不得休（《桯史》）【貳一乙 12】

＊。精怪大意洩秘方：欲破壞風水者夜宿風水地，偷聽鬼言得知該風水
地所畏者：犬厭（《桯史》）【貳一乙 12】

。。破風水的方法：烹羣犬而窆骨於風水地（《桯史》）【貳一乙 12】

。。破風水的方法：釘以銅、書符篆以絕地脈（《桯史》）【貳一乙 12】

。。破風水的方法：殺童男女爲「童丁」瘞於風水地卜爲厭勝（《桯史》）
【貳一乙 12】

13、醇園氣旺

清・英年，兵部侍郎，善堪輿術。一日扈駕遊醇園，令相視園地吉凶。
英年駭曰：「是氣向旺，再世爲帝者，當仍在王家。」時光緒己亥九月已立溥
今爲皇子矣，孝欽曰：「天下已有所歸，得毋言之妄乎！誠如卿說，當用何法
破之？」英年顧視墓旁，有老楸一株，夭矯盤挐，且百年物。因指樹奏曰：「伐
此則氣泄，是或可破也。」孝欽還宮，即遣使伐樹。樹堅如鐵，斧鋸交施，
終日不能入寸，而血從樹中迸出。次早趨視，斷痕復合如故。監工者懼而請
止。孝欽大怒，自詣園，督數十工人，盡一日之力仆之。中斃一巨蛇，小蛇
蠕蠕盤伏無數。急聚薪焚之，臭達數里。後德宗薨。今上仍由醇邸入承大統，
英年之言果驗（〈國聞備乘〉，《中國歷代卜人傳》卷二十一・河北省一，頁 716）

。。破風水的原因：帝王風水在王侯家，王侯爲免構禍自破其風水【貳
一乙 13】（《中國歷代卜人傳》）

。。風水異徵：伐樹以洩地氣，其樹流血【貳一乙 13】（《中國歷代卜
人傳》）

。。風水異徵：地靈鑿不斷：風水地上老樹，斧鋸交施，終日不能入寸，
而血從樹中迸出，隔夜斷痕復合如故【貳一乙 13】（《中國歷代卜人傳》）

。卜者（兵部侍郎英年）預言應驗：卜者視王侯園地，言將來再世皇帝

不在帝王家而在其王侯家。後皇帝（清德宗）薨，該王侯之子入承帝位，果應其言【貳一乙 13】（《中國歷代卜人傳》）

。。風水異徵：風水地之老樹根下有巨蛇和無數小蛇【貳一乙 13】（《中國歷代卜人傳》）

丙、破風水治天災人禍

1、〈魟魚拍沙〉

蔡厝七鶴戲水的風水穴挖開後，七隻白鶴四處散去，蔡家自己招住一隻，出了蔡復一，其他六隻中，一隻飛去圍頭，出了皇后，一隻飛去金門青嶼，出了權君七日的張太監。皇后在圍頭家鄉建祠堂，建在一個「魟魚穴」的鼻眼上，而魟魚的鼻孔正巧向著金門，魴魚被壓得一張一張的喘氣，金門因此飛沙走石，難以住人。一個算命先生說：「得拆去那間祖厝的一塊瓦，金門才不會再飛沙走石。」某日皇帝出遊，交大權予金門青嶼太監「權君七日」，青嶼太監趁機下令拆去皇后祖家祠堂屋頂的三片瓦，金門才從此不再飛沙走石。（1990 李水萍講述（男 66 歲）《金門民間傳說》頁 92～93）

。。風水有靈能移轉：風水地被破壞，風水地靈（白鶴）自移轉他地（金門）【貳一丙 1】

。。風水的作用：吉地風水被破壞，風水之靈轉移他處出貴人（金門）【貳一丙 1】

。。風水的作用：風水地「魟魚穴」被壓而喘息不已，致風水地鄰近地區飛沙走石（金門）【貳一丙 1】

。。破風水的方法：解除風水效力：拆除建於「魴魚穴」上壓迫魴魚鼻孔的宗祠屋瓦，使魴魚不再因喘息而吹飛沙石（金門）【貳一丙 1】

2、〈朱熹在漳州〉

漳州北門十字街頭建有小塔一座，塔旁有一廟，名「塔口庵」。傳說從前該處原是一口井，附近住戶都來這裡汲水取用。朱熹鑒於其地淫案特別多，就特地去考察，果然看出這個地理有問題。他說北橋的橋樑好像女人的枕頭橫著，公府街與碩人橋街好像女人雙手，北橋直街好像女人的身軀，到塔庵口分支兩條路，像是女人雙腳，這口井在兩條支路中間，就像女陰，所以該地婦女飲之，莫不淫亂。便叫人築一座塔，蓋在這口井上面。聽說因為這樣，該地便很少再有淫案發生了。於是俗稱該井為美人井。（《中國傳奇》第六冊

《民俗傳說》頁 97。《福建漳州傳說·四四、塔口菴》頁 92）

　　。。風水的作用：風水地形肖女人，土人取水之井恰在女陰，故該地婦女多淫亂漳州【貳一丙 2】

　　。。破風水的方法：解除風水效力：築塔蓋於地肖女陰之井口，女多淫亂之地頓少淫案漳州【貳一丙 2】

二、破壞風水的方法

甲、埋物厭勝

1、蕭統不立

初，丁貴嬪薨，太子遣人求得善墓地，將斬草，有賣地者因閹人俞三副求市，若得三百萬，許以百萬與之。三副密啓武帝，言太子所得地不如今所得地於帝吉，帝末年多忌，便命市之。葬畢，有道士善圖墓，云「地不利長子，若厭伏或可申延。」乃爲蠟鵝及諸物埋墓側長子位。有宮監鮑邈之、魏雅者，二人初並爲太子所愛，邈之晚見疏於雅，密啓武帝云：「雅爲太子厭禱。」帝密遣檢掘，果得鵝等物。大驚，將窮其事。徐勉固諫得止，於是唯誅道士，由是太子迄終以此慚慨，故其嗣不立。（《南史·蕭統傳》卷五十三。宋·《太平御覽》卷五百五十八·禮儀部·冢墓。《古今圖書集成·坤輿典》第一百三十八卷·冢墓部紀事一）

　　。。破風水的方法：厭勝以解除風水效應：地不利長子，埋物（蠟鵝）於先人墓側之長子位以厭伏其凶（《南史》《御覽》《古今圖書集成》）【貳二甲 1】

2、〈匠人（一）〉

凡人家造住宅，切忌苛刻匠人。吾鄉鍾氏，道光中葉驟富，大興土木，輪奐一新，外人莫測其底蘊。生三子，卒其二，遺寡媳不守婦道，家資暗耗。其幼子，父母溺愛，蕩檢踰閑，靡惡不作。父沒後，尤肆意花柳，所有家產，十破其九。而于頭用慣，不喜食貧，房屋又大，一時難尋主顧。同治初年，將住屋拆卸變賣，拆至儀門首，中間有竹尺一竿，破筆一枝，且有白書一行曰「三十年必拆」，屈指計之，自落成至拆賣，恰三十一年爾。……（清·程趾祥《此中人語》卷三，頁 5）

　　。。破風水的方法：埋物厭宅以敗主人：造宅主人苛匠人，匠人暗埋咒

語（三十年必拆）及不祥物（破筆）於其門首使其家門屢遭不祥致敗（《此中人語》）【貳二甲2】

。咒語應驗：造宅匠人埋「三十年必拆」之咒語於宅主之門，該宅果於三十一年拆卸變賣（《此中人語》）【貳二甲2】

3、〈匠人（二）〉

……大團盛氏，為南邑首富，相傳其祖上造屋時，一日見水木匠耳語，留心察之。見泥水匠做一小泥孩，木作頭做一木迦，將枷套泥孩頂上。遂詰之，兩人齊對曰：「此枷乃四方第一家也。」因不復問。厥後大團鎮上，總推盛氏為首屈一指。蓋匠人雖欲使技倆，而口彩頗好，遂反凶為吉云。（清‧程趾祥《此中人語》卷三，頁5）

。。破風水的方法：埋物厭宅以敗主人：造宅匠人暗埋不祥物（套枷泥孩）於主人家，欲使其家遭不祥（《此中人語》）【貳二甲3】

。。風水的作用：造宅者口彩吉，居宅者得其吉（《此中人語》）【貳二甲3】

* 。。福人得福居：造宅匠人欲埋不祥物以厭主人，主人即時發現，匠人以吉語辨告其行，往後宅主居所均如其言（《此中人語》）【貳二甲3】

4、〈清白傳家〉

江浙地方，蓋造新房，給匠人的酒食犒賞照例豐厚，因為世俗相傳，倘對匠人待遇差而使他們懷恨在心，必會以「壓勝術」報復。比方他們把一枝筆一枝尺砌在牆壁裡，是「必拆」的諧聲，日後房子將遭拆毀。若把三粒骰子擺成么三的樣子埋在屋角裡，這家人將來一定出好賭的子孫，至傾家蕩產而後已。假如捏一個披枷戴鎖的泥人埋在地下，這家日後必遭訟獄。可是匠人做這些把戲時，若遭人識破，將來反而要應驗在他身上。上海某鄉有一個仁厚的富翁，有一次建築新屋，工程必求結實，不免有所挑剔。匠人中有兩人因此恨他，用泥做成一隻壁虎，為「必火」的諧音，預備擺在屋脊上。工作中忽然吹來一陣大風，匠人跌落，富翁趕來救護，卻發現兩人一手拿著壁虎，一手拿著火石，悟出其中的意思而勃然大怒，一個匠人說：「壁虎是『必富』的先兆呢。」富翁說：「那火石是做什麼的呢？」匠人才無話可說了。壓勝術也有好的。前清上海西鎮王家改造正門時，發現椽子底下有一罈清水，房屋經三百年之久，水仍沒乾涸，罈口上一把匠人用的鉗子，據說這是「清

白傳家」的意思。（林蘭編《東方故事3──董仙賣雷》頁 81～83）

　　。。破風水的方法：埋物厭宅以敗主人：造宅匠人暗埋不祥物（套枷泥孩）於主人家，欲使其家遭不祥（江浙）《董仙賣雷》）【貳二甲 4】

　　。。風水的作用：造宅者口彩吉，居宅者得其吉（江浙）《董仙賣雷》）【貳二甲 4】

　　＊　。。福人得福居：造宅匠人欲埋不祥物以厭主人，主人即時發現，匠人以吉語辨告其行，往後宅土居所均如其言（江浙）《董仙賣雷》）【貳二甲 4】

5、〈銅針和黑狗血〉

　　嘉慶君帶軍師遊臺灣，到了大甲，軍師說大甲溪和大安溪一帶的前湖後湖有龍脈，以後會出反王，要開一條溝把湖水引入海，才能破了這裡的風水。朝廷便派官員來開溝，但白天挖開的溝，晚上又會自動填起來。軍師便在晚上去偷聽這地方的山神與地神說話，山神說：「這地脈這麼好，如果破了不趕快補回來，以後我們大甲就不會出反王了。」地神說：「是啊！除非釘銅針和潑狗血，他們嚇不倒也騙不了我們的。」第二天，軍師要大家釘銅針、潑狗血，就順利地開出了一條溝，破了這個地脈，因此大甲才沒有出眞主。（1994 姚水彬（男，37 歲，高職，公務員）講述《台中縣大甲鎮閩南語故事集（一）》頁 74～79）

　　。。風水的效果：出反王（台灣）【貳二甲 5】

　　。。風水異徵：地脈挖不斷：龍脈風水地，其土即挖即崩，復爲原狀（台灣）【貳二甲 5】

　　。。破風水的方法：釘銅釘、潑狗血，使挖開之地不再自動復原（台灣）【貳二甲 5】

　　＊　精怪大意洩秘方：探風水者偷聽守護地靈者（山神與地神）對話，得知地靈要害所在而破其風水（台灣）【貳二甲 5】

6、〈獅形地〉

　　獅子嶺有一個獅形地，是翁城吳太僕家的祖墳。當時吳家尋得獅形地，要下葬時，風水師吩咐遇有什麼東西，都不要傷害它，否則必爲所敗。後來有頭猴子在墳頭長鳴，主人以爲不吉，用槍擊牠，牠哀鳴而去。風水先生聽說，便嘆道：「見猴必敗。」不多久，吳太僕在京當官，又富又貴，年老辭官，在家深居簡出。一天，一位姓侯的新縣官巡街，喧鬧顯赫，吳太僕的夫人見

了，冷諷吳太僕當朝官的卻沒有縣官的神氣。吳太僕要太太拿他的朝靴去門口曬太陽，說縣官見了他的靴就要跪伏不起。吳夫人半信半疑照做。縣官經過門口，看見這對靴子的品級比他高，果然便俯伏在地，大家看見了吳太僕的威風，吳夫人也得意極了。這時吳太僕已在午休，吳夫人也沒理會盛衣跪地的縣太爺，直到日落時吳太僕醒來，趕緊命人收起靴子，請縣官起來。縣官無端對著一雙靴子跪了一下午，氣得掛印他去，並誓言報仇。幾年後，侯縣官學會堪輿術，改名換姓來吳太僕家看風水，告訴吳家主人說：下雨天時，獅形地山邊有鑼鼓交響，表示獅形地會活動，如果風水走了就不好了。主人一聽，果然，便要風水師先生辦法。先生說：「山下的山路是獅子的頸項，在那節路上砍上石塊，就像是在獅子頸上加一條鐵鍊一樣，獅子就不會走了。」主人便請石匠來砍石，但石塊一砍上去，隔晚就沒有了，接連幾晚都是這樣。一晚，鋪砍了石塊，侯知縣趁夜去偵查，聽到地鬼仔的對話：「他們是在白費力氣，明天石塊再豎起，應不敢再試了吧。」「我們怕污物狗血，他們不會用嗎？」「如果會用，早就用了。」次日，侯知縣告訴主人，獅子快走了，得趕快施法，便叫人取狗，刺血滴路，石頭就不會再動了。然後又再四個獅爪上釘上銅丁，獅形地就再也不會動作了。侯知縣完成法術揚長而去，吳家則漸漸衰敗了。（清水編《太陽和月亮》頁 72～77）

　。。風水負作用：葬時觸犯風水禁忌而留下遺患：葬時傷猴，因此後代「見猴必敗」（《太陽和月亮》）【貳二甲 6】

　。。風水異徵：獅形地山邊有鑼鼓交響（《太陽和月亮》）【貳二甲 6】

　。。風水異徵：石塊砌不上：獅形地上砌石塊，石塊隔夜不見，地上復為原狀（《太陽和月亮》）【貳二甲 6】

　。。風水師的詭計：使不知情的人自破風水：風水有異徵，主人不知，風水師向主人偽稱風水有異須重整，藉機破壞其風水（《太陽和月亮》）【貳二甲 6】

　。。破風水的方法：釘銅釘、潑狗血，使堆石之地不再自動復原為土地（《太陽和月亮》）【貳二甲 6】

　。卜者預言意外應驗：營葬者行葬時打傷墓上之猴，卜者云其家他日「見猴必敗」。後其墳風水為侯姓人所破，其家隨即衰敗（《太陽和月亮》）【貳二甲 6】

* 。 精怪大意洩秘方：探風水者偷聽守護地靈者對話，得知地靈要害所在而破其風水（《太陽和月亮》）【貳二甲6】

#風水名稱：獅形地（《太陽和月亮》）【貳二甲6】

乙、建物鎮壓

1、〈慈禧挖龍脈〉

慈禧的老家在葉赫。有一年冬天，葉赫的地方官為了討慈禧喜歡，趁進貢的時候，編造了一個吉祥消息，進宮說給慈禧聽，說是葉赫城東、西兩邊平地生出兩條漫岡，朝北邊珠山往前長，人們說那兩條龍若能夠到珠山，葉赫就能出皇帝，稱作「二龍戲珠」。慈禧當時正和光緒嘔氣，最忌諱聽到出皇上，一聽馬上大罵來人胡說。李蓮英知道慈禧的心病，因為有一年慈禧聽說醇王府有一棵古柏長得挺拔，傳說有王氣，慈禧就藉口說要蓋宮殿，親自選中這棵樹，砍進宮去放火燒了。李蓮英就對慈禧太后獻策，說只要將土龍攔腰斬斷，挖斷龍脈，它就永世夠不到珠山。慈禧立刻下令來人回去，限期半月挖斷龍脈。當時正是隆冬，地凍三尺，二百名小伙子挖一整天也沒挖進多少，第二天又被雪填滿了。地方官正發愁，一個老人想了個辦法，在嶺東蓋座太陽廟，嶺西蓋座月亮廟，進京稟報說已經挖斷了龍脈，並建了兩座廟壓著土龍，讓它永世夠不到珠山。從那以後，葉赫的百姓脫坯、燒窯、垛牆、蓋房子，都從那土山取土。（趙宜臣（男50歲，小學）講述《中國民間故事集成吉林卷》頁49～51）

　。。風水異徵：地脈挖不斷：隆冬雪天挖地脈，其地即挖即被雪填復為原狀）（吉林）【貳二乙1】

　。。風水異徵：王府（醇王府）古柏有王氣（吉林）【貳二乙1】

　。。破風水的方法：建太陽廟與月亮廟於皇命掘斷之風水地上，使皇室相信風水已斷）（吉林）【貳二乙1】

　#風水名稱：二龍戲珠（吉林）【貳二乙1】

2、〈古石塔的傳說〉

廈門蓮坊一帶有一座石塔，傳說為明代朱元璋所造。古塔的四周原是一片海，當中呈現出一個婦人的模樣，遠望像個婦人仰臥在海上。有人說那仰臥海上的是一個修煉成精的婦人，她睡臥的地方是個風水穴。古時這一帶多出能人，狀元、進士很多，朱元璋就派一個看風水的大臣來探究竟，大臣回

報說那是一個「老婆現解」的好風水，因此多出貴人。朱元璋怕這裡出多了能人或真命天子來奪他江山，就派人造了兩座塔鎮住老婆現解的雙腳。如今一塔已毀，一塔仍矗立著。（1990 林清陣講述，《中國民間故事集成福建廈門市分卷》頁91）

。。風水的效果：能出狀元、進士福建廈門【貳二乙2】

。。破風水的原因：皇帝聽說某地風水佳多出貴人，命大臣建塔鎮其風水，以防出能人或天子奪其江山福建廈門【貳二乙2】

。。破風水的方法：建雙塔於「老婆現解」風水地的雙腳上以鎮壓風水作用福建廈門【貳二乙2】

#風水名稱：老婆現解福建廈門【貳二乙2】

3、〈耿村關爺廟的來歷〉

早年間，耿村蝎子多，都是紅蝎子紫蝎子，跟別處不一樣，總在晌午歇晌時候，一串串排著隊往村裡爬。後來長蟲也多了，紅乎乎的小七寸蛇，也是一拉拉排隊往村裡串，到大水濠裡去喝水。不知道的走過去，長蟲蝎子就鑽進鞋裏了。鬧了許多年，人們說要擺弄擺弄，就找來一個風水先生看了看，在水濠邊蓋了座小小的關帝廟，把蝎子長蟲給鎮住了。（1988 張才才（女 57歲）講述《耿村民間文化大觀》頁864～865（選自《耿村民間故事集第三集》）

。。（破風水的原因：）毒蟲過度繁殖，鎮風水使免於過繁（耿村）【貳二乙3】

。。（破風水的方法：）建關帝廟鎮毒蟲，使不致過度繁殖（耿村）【貳二乙3】

4、〈獅牛望月〉

金門水頭西山是「獅頭」，東山是「牛眠」，與金城的「金交椅」連成「五馬拖車」的風水形勢。江夏侯斷去「金交椅」後，發現水頭的「獅頭」和「牛眠」失去中間山頭的隔闔反成「獅牛望月」的形勢，急忙又在「獅頭」山上建了「茅山塔」，釘死獅頭並藉以栓牛。當時獅頭山的紅土水流了三日夜，風水從此死了。（吳二）（《金門民間傳說》頁98～99）

。。破風水的方法：建塔象馬栓以鎮風水地「五馬拖車穴」之馬（金門）【貳二乙4】

。。破風水的方法：建塔象釘以刺死風水地「獅牛望月」之獅頭山（金

門）【貳二乙4】

　　。。風水異徵：獅頭風水被塔釘死，紅土水流出三日夜（金門）【貳二乙4】

　　#風水名稱：「五馬拖車穴」（金門）【貳二乙4】

　　#風水名稱：「獅牛望月」（金門）【貳二乙4】

5、〈石獅王，關刀埕〉

　　泉州城新門附近有一個石獅王宮，俗稱虎爺宮，裏頭供著一尊石獅王。石獅是用來鎮壓風水的，原本並沒有建宮。後來石獅王得了風水的靈氣，逐漸顯靈起來，甚至夜晚會幻作美少年，勾引附近的婦女。一個女子因此懷孕，但不知那夜來的美少年到底是誰。女子的母親要她暗中將絲線繫在少年的衣角，循線找到了作怪的石獅王。女子的父親便要想辦法消除這禍患，一個老人來告訴他：石獅作怪是因爲得了風水活穴，只要在石獅王前面街上，鋪一個形似關刀的石埕，就可以破了這個活穴。鄉人便在街上鋪了一個關刀埕，但因爲石獅王有些靈驗，也爲它立廟奉祀起來。（吳藻汀編集《泉州民間傳說》頁111～114）

　　　　。。風水的作用：鎮壓風水之石獅得風水靈氣成精魅（泉州）【貳二乙5】

　　　　。針線跡怪（泉州）【貳二乙5】

　　　　。。破風水的方法：鋪一個形似關刀的石埕，可以破使石獅成精的風水活穴（泉州）【貳二乙5】

丙、挖斷地脈

1、〈劉伯溫看風水〉

　　我小時候聽外公講，劉伯溫是朱太祖的保國軍師，他要使朱家世世代代做皇帝，所以到處想要破壞活龍地。一天劉伯溫來到閘花山腳下，看這是好地，找上主人，說要買地，想在這裏開井建廟，主人便把地送給他。於是劉伯溫請了匠人在此挖井，但一連幾天，匠人挖開的井，到隔天就都沒了，劉伯溫教匠人每晚收工時，把鐵器鐵塊放在井眼裏，井就這樣挖成了。井兩邊的水漕是二條龍眼，四口井穿在二條龍眼裏，淌的血水流成了漕。後來劉伯溫到別的地方，發現這條龍已鱗角長全，下海去了。他臨死時說閘花山還有一塊五子墿，誰葬了代代出帝王。（繆藕寶（66歲）講述《中國民間文學集成上海卷長寧區分卷》頁27）

。。破風水的原因：國師（劉伯溫）要保主（朱元璋）世代爲皇帝，到處破龍地以防出天子奪江山（上海）【貳二丙1】

。。風水異徵：地脈挖不斷：風水地上挖井，數天後井都不見（土地復爲原狀）（上海）【貳二丙1】

。。破風水的方法：挖井之地自動復原，不能成井，將鐵器置所挖井中，遂不再復原（上海）【貳二丙1】

。。風水異徵：挖井地流血（上海）【貳二丙1】

。。風水有靈能移轉：風水地被破壞，風水地靈（鱗角長全之龍）自移轉他地（下海去）（上海）【貳二丙1】

。。風水的效果：代代出帝王（上海）【貳二丙1】

#五子墿（上海）【貳二丙1】

2、〈楊瑟岩的故事〉

楊瑟岩剛出生時，父母爲了表示慶賀，請人整修宅地，把宅溝拓寬。但是宅溝掘了幾次，每次都在掘成後第二天就全部塌掉，楊老先生很是懊惱。一天，一個相風水人路過，看了宅，勸楊老不要再掘了，楊老卻堅持要開完。相風水人就告訴他，如要開成，只要開完後在溝中插一把鐵鍬就成了。第二天，宅溝果然沒塌，但拔出鐵鍬一看，鍬下鍘死了一條大黃鱔，鱔血染紅了一大片地方。原來楊瑟岩是文曲星下凡，本可以做狀元，但其父鍘死黃鱔，破了風水，所以楊瑟岩長大後雖然刀筆屬害，但只能做訟師了。（1987潘喬郎（男65歲）講述《中國民間文學集成上海卷崇明縣故事分卷》頁289～290）

。。風水異徵：地脈挖不斷：風水地上挖溝，隔夜溝沿全塌，土地復爲原狀（上海）【貳二丙2】

。。風水寄靈物：黃鱔（上海）【貳二丙2】

。。風水的作用：出能人（刀筆屬害之訟師）（上海）【貳二丙2】

。。風水的效果：出狀元（上海）【貳二丙2】

。。破風水的方法：挖溝之地自動復原，不能成溝，將鐵器置所挖溝中，寄住土中之風水靈物（黃鱔）流血死，土地遂不再復原（上海）【貳二丙2】

。。風水的作用：風水靈物死，狀元風水地只出訟師不出狀元（上海）

【貳二丙 2】

3、〈龍角山與虎頭嶺〉

朱元璋在金陵做皇帝，爲永坐皇位，把開國功臣殺光，還派有法術的和尚目廣僧到處破壞風水地。目廣僧來到太白山東面，見這里有條虎頭嶺，對面有座龍角山，曉得這地方要出皇帝，就雇了石匠，在虎頭岩和龍角岩上東鑿西撬，要挖掉龍心虎膽。挖了半年挖不著，心急的目廣僧半夜睡不著，變成一只老鷹飛到虎頭岩，聽到龍虎的講話聲，虎講我的膽每日藏在頭頂，龍講我的心藏在龍角，龍虎都笑目廣找不著。目廣聽了龍虎的對話，第二天帶石匠鑿斷了龍角，斷裂的地方湧出鮮紅的血，目廣僧找到了龍心。又在虎頭開一條嶺，虎頭果然慢慢流出了黃綠色的虎膽汁。這裡龍盤虎踞的好風水被破掉了。（1987 寧波市李長來講述《中國民間故事集成浙江卷》頁 383～384）

。。破風水的原因：皇帝（朱元璋）爲永坐皇位，派遣手下（和尚目廣僧）到處破壞風水地（浙江）【貳二丙 3】

。。破風水的方法：挖掉龍角山和虎頭嶺的龍心虎膽（浙江）【貳二丙 3】

。。風水異徵：龍角山龍角有龍心，鑿其山岩地流血（浙江）【貳二丙 3】

。。風水異徵：虎頭嶺地挖開流黃綠色膽汁（浙江）【貳二丙 3】

。人變老鷹（浙江）【貳二丙 3】

＊ 精怪大意洩秘方：探風水者偷聽地靈對話，得知地靈要害所在而破其風水（浙江）【貳二丙 3】

丁、擬象破風水

1、〈天子地〉

天子地在翁源李村的天子壁上，是姓杜的祖墳，葬之可出天子，故名天子地。葬時，風水師告訴主人：「葬後回家時，須收齊所用東西，半途即使失了貴重東西，也不准回去撿。」風水師就先走開了。落葬後回程，有人發現遺落了一個向人借來的籮蓋，一時忘了先生的吩咐，便回頭去撿。到墳時，籮蓋四周滿是蟻子和黃泥，就快淹沒了，來人連忙撿起一拍，蟻泥紛紛落地，京城立刻震動起來。皇帝忙叫國師去占，國師報告是廣東翁源出了天子地，並捧上地圖，皇帝攝起硃筆，在國師所指的地方一塗，天子地及新墳便無緣無故的崩壞了。（清水編《太陽和月亮》頁 79～81）

。。風水的效果：可出天子（《太陽和月亮》）【貳二丁 1】

。。風水的作用：葬時觸犯風水禁忌而遭遇災難：風水師預告葬天子地之家人葬後不可返回葬地拾遺物，但仍有人回頭拾物，拍落覆物之蟻與泥，因而震動京城，使皇帝察覺而破其風水（《太陽和月亮》）【貳二丁1】

。。破風水的方法：皇帝聞某地有人葬天子地，於是攝硃筆塗地圖之該地位置，其地及新墳隨即無故崩壞（《太陽和月亮》）【貳二丁1】

* 。皇帝硃筆點地圖，圖上所在地及該地新墳無故崩壞（《太陽和月亮》）【貳二丁1】

#風水名稱：天子地（《太陽和月亮》）【貳二丁1】

2、〈皇帝敗陳元光的地理〉

漳州州署要從漳浦遷到龍溪縣時，大臣朝議把開漳聖王陳元光將軍的骨殖也遷到龍溪縣來，皇帝唐德宗准奏，派欽天監南下勘探地理。松州石鼓山有一個青龍進湖的龍穴，過去曾有人想要得這塊地，可是地理先生上山時不是肚子痛就是拐了腳，大家都知道這是要有大福的人才能消受這塊地，如今正是葬陳將軍骨殖的好地方。經過探勘，決定將骨殖葬在龍脊，將廟建在龍腦。欽天監仔細地畫了圖，帶回京給皇帝審閱。皇帝一看，這是一個真龍正穴，如果批准，出了真龍天子，李家皇位就不穩；如果不准，又恐怕遭到大臣排議。皇帝決定敗穴，拿起硃砂筆在龍脊上畫了一橫，破了龍穴。這時松州一帶忽然天黑地暗，雷雨交加，雷公奉命劈斷龍脊。雷公在天上飛來飛去，想到陳將軍無私獻身，死後要一塊好地葬身也不准，雷公於心不忍。忽然看到龍脊和龍巷連在一起，雷公靈機一動，以龍巷代替龍身，傷了龍身留龍命。主意一定，一聲霹靂，龍巷斷成四節，大雨落到地上，雨水盡成赤色，流入九龍江。（何老尾（男72歲，高小，農民）、鍾瑞春（男65歲，初中）、鍾阿星（男95歲，私塾）講述《中國民間故事集成福建漳州市薌城區分卷》頁66～71）

。。風水異徵：要有大福的人才能消受這塊地，否則地理先生上山時不是肚子痛就是拐了腳（福建漳州）【貳二丁2】

#風水名稱：青龍進湖（福建漳州）【貳二丁2】

。。破風水的原因：大臣將葬真龍正穴地，皇帝為保自身皇位而敗其穴（福建漳州）【貳二丁2】

。。破風水的方法：皇帝決定敗穴，拿起硃砂筆在龍穴地的龍脊上畫了一橫，該地隨即雷雨交加，雷擊龍脊破了龍穴（福建漳州）【貳二丁2】

。。風水的效果：可出天子（福建漳州）【貳二丁2】

＊。皇帝硃筆點地圖，圖上所在地隨即遭雷擊破壞（福建漳州）【貳二丁2】

。。風水異徵：風水被雷雨擊破，大雨落地盡成赤色（福建漳州）【貳二丁2】

3、〈澎湖龍門出皇帝的傳說〉

　　澎湖龍門外海有兩個小島，一個叫筆架，一個叫簽筒。筆架是皇上放筆的地方，簽筒是皇上放簽呈的地方，村名又叫龍門，大家都說龍門將要出真命天子了。一個天文官發現了這件事，報告皇帝，皇帝看著澎湖的地圖，拿起筆在地圖上筆架和簽筒的地方批下「小小地方怎能出天子」九字，結果澎湖的筆架和簽筒兩個小島一下子就下沉了三尺，龍門村就出不成天子了。後來倒出了很多戲子，只有演歌仔戲的時候，龍門人才能出皇帝。（1997 蘇進福（男，75 歲）講述，《澎湖民間傳說》頁 191～192〈澎湖出皇帝的傳說（二）〉）

　　＊。皇帝硃筆批地圖，圖上所在地隨即沉落（澎湖）【貳二丁3】

　　。。風水的效果：出真命天子（澎湖）【貳二丁3】

　　。。風水的作用：戲子當皇帝，應出帝風水（澎湖）【貳二丁3】

4、〈劉伯溫破龍穴地〉

　　朱元璋的軍師劉伯溫想保明朝江山萬代相傳，到處察看風水，設法消除隱患。有一天，劉伯溫走到南翔，看到南翔一帶是個龍穴地，要出真龍天子。劉伯溫就命令當地官員，在象徵龍頭的四虎橋邊開闢一塊墳地，埋葬無主屍體，讓屍體爛斷龍頸。他再到南翔北面兩個村莊上廣種竹頭，劈蔑做籃，意思是劈掉龍身上的龍鱗，讓龍活不起來，出不了皇帝。後來南翔就真的沒出過皇帝，但傳說朱元璋的子孫當皇帝後，餓死在南翔大德寺，這是劉伯溫沒有料到的事。（1987 張金秀（女，73 歲）講述《中國民間文學集成上海卷嘉定縣故事分卷》頁 201）

　　。。破風水的原因：國師（劉伯溫）要保主（朱元璋）世代為皇帝，到處破龍地以防出天子奪江山（上海）【貳二丁4】

　　。。風水的效果：出真龍天子（上海）【貳二丁4】

　　。。破風水的方法：擬象破風水：龍穴地能出天子，在龍頭埋屍以爛龍頸，在龍身種竹劈竹以劈龍鱗，使龍穴地不活（上海）【貳二丁4】

。人算不如天算：治死龍穴地，使不出天子以爭天下，不料天子竟死於該龍穴地（上海）【貳二丁4】

戊、諧音比義應風水使風水作用失效

1、〈雙「帝」廟〉

明朝的時候，江夏侯來斷天子地。他來到舊金城，看到這個五馬拖車穴，會出兩個皇帝，他就在這裏建了兩座比鄰而相背的廟，一祀「關帝」，一祀「玄天上帝」，如此便破了「兩帝」的風水。後來又建「文臺寶塔」以鎮「五馬」。（1990 林火財講述（男 65 歲）《金門民間傳說》頁 98）

#風水名稱：五馬拖車穴（金門）【貳二戊1】

。。風水的效果：出兩個皇帝（金門）【貳二戊1】

。。破風水的方法：建塔象馬栓以鎖「五馬拖車穴」之馬（金門）【貳二戊1】

。。破風水的方法：諧音比義應風水：出帝風水出二帝，建「關帝」和「玄天上帝」廟應之使風水失效（金門）【貳二戊1】

2、〈南蠻子破風水〉

藁城縣縣衙後面的壕坑裏，是風水很好的地方。壕坑裏的水清得透底，四季不乾，冬不結冰，裡面很多長蟲蛤蟆，長蟲是綠底帶白點，蛤蟆是綠色，背上有三道金線，每天黑夜在坑裡一勁的叫，有人說藁城要出十個閣老。後來，來一個南蠻子，一看這地方，就想：這兒要淨出官啦，得給他們破了。他對士紳們說這裡的長蟲和蛤蟆養久了，有了道行要成精。人們一聽，就弄了塊泰山石壓在水裡，坑裡的長蟲蛤蟆就隨著溢出來的水流到河裡走了。大石頭只壓住了一條長蟲一隻蛤蟆，後來石閣老就出世了。有人說，大石頭就是石閣老，壓住的長蟲是他的玉帶，蛤蟆是他的烏紗帽。石閣老的石和十同音，別的閣老沒出世，就是南蠻子破了風水的緣故。（1987 靳景祥（男 60 歲）講述《耿村民間故事集第一集》頁 75）

。。破風水的方法：諧音應風水：地方風水將出十個閣老（朝臣），以石頭壓住風水靈物（長蟲玉帶、蛤蟆烏紗帽），出了石閣老就不出十閣老（耿村）【貳二戊2】

。。風水靈物有象徵：長蟲（蛇）是玉帶，蛤蟆是烏紗帽（耿村）【貳二戊2】

三、風水破損導致的結果

甲、貶官或失勢

1、杜正倫鑿杜固

正倫與城南諸杜昭穆素遠，求同譜，不許，銜之。諸杜所居號杜固，世傳其地有壯氣，故世衣冠。正倫既執政，建言鑿杜固通水以利人。既鑿，川流如血，閱十日止，自是南杜稍不振。（《新唐書・杜正倫傳》卷一百六）

　。。風水異徵：鑿地通水，川流如血（《新唐書》）【貳三甲1】

　。。風水的效果：地有壯氣，累世衣冠（《新唐書》）【貳三甲1】

　。。風水破壞的結果：地氣鑿破，川流如血，子孫不振（《新唐書》）【貳三甲1】

2、〈宋氏葬地〉

宋文安公，開封人，葬於鄭州再世矣。方士過其處，指墓側澗水曰：「此在五行書極佳，它日當出天子。」宋氏聞之，懼，命役徒悉力閉塞之，遂爲平陸。自是宦緒不進，亦不復有人登科。崇寧初，大水汎溢，衝舊澗成小渠，僅闊尺許。明年，曾孫渙擢第，距文安之沒，正百年。又六年，兄渠繼之。然渙仕財至郡守，渠得博士以沒，其後終不顯。渠與予婦翁同門婿也。（宋・洪邁《夷堅丙志》・卷十久）

　。。風水的效果：能出天子（《夷堅丙志》）【貳三甲2】

　。。破風水的原因：方士指某人祖墓側澗水當出天子，某聞之自塞其水（《夷堅丙志》）【貳三甲2】

　。。風水破壞的結果：子孫宦緒不進，不復有人登科（《夷堅丙志》）【貳三甲2】

　。。風水的作用：破壞之風水稍復，子孫科第成績亦稍復（《夷堅丙志》）【貳三甲2】

3、〈彭學士墓〉

永樂間，安福彭學士汝器與解學士縉俱被長陵寵。長陵常令二人以手摸水中碑，解一次即能誦，彭至二次始能誦，然長陵喜彭謹，飭怪解疏狂，寵不異。一日，長齡命彭圖其先塋上之，比進上，上見其塋面石羊山，一峰殊峭拔，取朱筆點其巔曰：「汝家出汝清顯，皆此峰力。」數月，家中寄書云：

「某日，石羊山峰崩裂。」計期，即長陵筆點日，彭深以爲異。不二三年，彭亦卒。至今其家竟無成名者。（明·王圻纂《稗史彙編》卷十三·地理門·陵墓類，頁236）

　　＊　。皇帝硃筆點地圖，圖上所在地隨即崩裂（《稗史彙編》）【貳三甲3】

　　。。風水吉作用：葬地佳者福子孫：出仕宦貴人（《稗史彙編》）【貳三甲3】

　　。。風水破壞的結果：葬地風水破壞，其後代之榮顯者隨即衰亡（《稗史彙編》）【貳三甲3】

4、〈浮梁朱尚書祖地〉

　　……其後子孫不知此地貴在靈泉，乃平爲田，遂潰其秀，朱氏頓敗。

　　傳疑：朱氏其時榮顯甚隆，理宗嘗命貔孫圖祖塚來看，乃就此圖上，以硃筆點前峰曰：「卿爲朕師，乃此峰之鍾秀也。當封爲王師峰。」是時，此山即崩塊，儼如點硃。迄今鄉人猶以王師峰呼之。（明·徐善繼、徐善述《地理人子須知》卷六上·水法，頁6，p.341）

　　＊　。皇帝硃筆點地圖，圖上所在地隨即崩裂（《地理人子須知》）【貳三甲4】

5、〈鳳穴〉

　　西洪人的祖先得到一個鳳穴的風水，因此後代出了很多大官，人說是：「人丁不滿百，京官三十六。」族中的男人都出外在朝爲官。族裏的祖婆眼見兒子、孫子一個個去做官不能回來，非常的思念這些子孫。有一個江西人石星也在朝做官，知道許多同朝和他做對的人大多是金門西洪人，便來西洪破壞他們祖墳的風水。石星假裝成一個看命的瞎子，西洪村的老人家趕緊跑來算命，問是幾時子孫會回來。石星跟她說：「初一十五，你拿綁腳的木屐，在你某個祖先的墓後一塊石上輕輕敲三下，你的子孫不久就會回來了。」原來那塊石頭，就是這個鳳穴的鳳冠。那鳳被敲得頭痛不安，鳳穴之靈因此他遷，飛往圍頭出了皇后。西洪諸官不久紛紛吃罪而辭官返家。大兒子一問事情經過，嘆了一口氣說：「雖是陰人謀害，不過也是家族的氣運到了！」西洪從此連連衰敗，乃至滅鄉。（1990鄭炳章講述（男67歲）《金門民間傳說》頁90～91）

　　。。風水吉作用：葬地佳者福子孫：出大官（金門）【貳三甲5】

　　。。破風水的原因：破敵風水以敗敵：政敵設計破壞對手祖墳風水以除

其勢（金門）【貳三甲 5】

。。風水有靈能移轉：風水地被破壞，風水地靈（鳳穴）自移轉他地（金門）【貳三甲 5】

。。風水的作用：吉地風水被破壞，風水之靈轉移他處出貴人（皇后）（金門）【貳三甲 5】

。。風水師的詭計，使不知情的人自破風水：假扮風水師的政敵，誘騙思念兒子的對手母親破壞白家風水，使做官的兒子被迫罷官回家（金門）【貳三甲 5】

。。破壞風水的方法：以婦女專用物（綁腳的木屐）碰觸或打擊地靈象徵（鳳穴填石即鳳冠），使地靈受傷或離開（金門）【貳三甲 5】

。。風水破壞的結果：葬地風水破壞，後代為官者失官，從此不出貴人（金門）【貳三甲 5】

。。風水破壞的結果：宗族鄉里荒廢（金門）【貳三甲 5】

6、〈雙鳳穴〉

西洪原來是一個「雙鳳穴」，村裏有兩座石鳳，一公一母。該村有諺云「人丁不滿百，京官三十六」，其中丈夫出外做官的三十六個婦女獨守在家，常生怨歎。一個風水先生經過西洪，發現怨氣極重，問知是女人思念丈夫而生哀怨，便教她們打落公石鳳的睪丸，丈夫自回。果然隔年京官紛紛因坐罪而失官返家。（1990 吳安其講述（男 70 歲）《金門民間傳說》頁 91）

。。風水吉作用：葬地佳者福子孫：出大官（金門）【貳三甲 6】

。。破風水的原因：丈夫出外做官，婦女獨守在家生怨，破風水使丈夫失官回家（金門）【貳三甲 6】

。。破風水的方法：打擊風水地靈之象徵物：雙鳳穴之石鳳睪丸（金門）【貳三甲 6】

。。風水破壞的結果：村落風水象徵物破壞，村中為官者坐罪失官（金門）【貳三甲 6】

7、〈七星墜地〉

（比賽誰最有錢）劉宅大門前的廣場前，排列著七棵龍眼樹，後來被蓄意破壞劉宅風水的地理師說服，將七棵龍眼樹都砍掉，並且連根拔起，拔起時，每棵龍眼樹根都纏繞著一粒石車（磨糖的工具），石車就像是天下星星墜

落地上，深入土中的樣子，所以這種地理叫「星墜地」。龍眼樹被連根拔起後，劉宅就發生瘟疫，很快就沒落了。（1998 黃州興講述，《高雄縣鳳山市閩南語故事集（一）》頁 67～69，〈劉厝的風水傳說〉）

　　。。風水破壞的結果：拔除宅前樹根所埋鎮風水物（磨糖工具石車）宅主家隨即染疫敗亡（高雄鳳山）【貳三甲 7】

　　#風水名稱：七星墜地（高雄鳳山）【貳三甲 7】

　8、〈破天鵝穴〉

　　龍溪縣府徐胡精通天文地理，會看風水，他平日到鄉間體察民情時，發現下宮社顏氏祠堂是天鵝卵蛋穴，祠堂後面七個卵形大石就是天鵝蛋，將來要出七個貴人的。徐胡心裡想：顏厝出了一個顏繼祖，已經夠壞了，如果再出七個奸官，百姓就沒有好日子過了。他就下決心要破掉這個天鵝卵蛋穴。祠堂前面原有一條彎彎曲曲的小土路，顏繼祖胡作非為，正好給徐胡一個藉口，要顏繼祖修一條石板路通到顏氏祠堂前，讓社裡的人出入方便，並作為處罰條件。石路修成後，和大石橋連成一氣，就像一條大蛇，將顏氏祠堂的天鵝蛋一個個吃下去。據說不久以後，顏氏祠堂的七個卵形蛋，果真一個個裂開了，從此顏厝就沒有再出貴人了。（王燕怡（女 58 歲，工人）、楊澍（84 歲，教師）講述《中國民間故事集成福建漳州市薌城區分卷》頁 141～142）

　　。。風水的效果：「天鵝穴」七個卵形石象天鵝蛋，將出七位貴人（大官）（福建漳州）【貳三甲 8】

　　。。破風水的原因：土豪胡作非為，地方官計破其祠堂風水，以防其家出官為惡（福建漳州）【貳三甲 8】

　　。。風水師的詭計，使不知情的人自破風水：地方官以修路為處分條件，使土豪自行修建不利其家門風水之路（福建漳州）【貳三甲 8】

　　。。破風水的方法：以形制形破風水：修路象蛇，破天鵝卵蛋穴（福建漳州）【貳三甲 8】

　　#風水名稱：天鵝卵蛋穴（福建漳州）【貳三甲 8】

　乙、損丁破財或家破人亡

　1、羊祜祖墓

　　有善相墓者，言祜祖墓所有帝王氣，若鑿之則無後。祜遂鑿之。相者見曰：「猶出折臂三公。」而祜竟墮馬折臂，位至公而無子。（《晉書‧羊祜傳》

卷三十四。宋·《太平御覽》卷七百二十九·方術部十·相上）

晉有相羊祜墓者云「後應出受君命」，祜惡其言，遂掘斷以壞其相。相者云：「墓勢雖壞，猶應出折臂三公。」俄而祜墜馬折臂，果至三公。《幽明錄》曰「羊祜工騎乘，有一兒，五六歲，端明可善。掘墓之後，兒即亡，羊時爲襄陽都督，因乘馬落地，遂折臂。于時士林感歎其忠誠。」此出世說新語（宋·《太平廣記》卷三百八十九·塚墓一，第 15 條）

有人相羊祜應出受君命，忌其言，遂使掘斷墓後以壞之。相者云：「墓勢相讓，猶有折臂三公。」俄而祜墜馬折臂，後至三公。（《世說》，宋·《太平御覽》卷五百五十八·禮儀部三七·冢墓二。宋·《錦繡萬花谷·前集》卷二十七·墳墓。明·王圻纂《稗史彙編》卷五十四·伎術門·堪輿類，頁 854〈折臂三公〉）

兗州府志羊祜祖墓：時有善相墓者謂當產帝王，祜大驚，以爲非望，問何用已之，相者曰：「鑿之可也，然無後。」祜乃掘地脈以壞其形。相者曰：「猶當出折臂三公。」俄而祜果墜馬折臂，位至三公，竟無子。（《古今圖書集成·坤輿典》第一百三十八卷·冢墓部紀事一）

　。。風水異徵：有帝王氣（福建漳州）《晉書》、《御覽》【貳三乙 1】

　。。風水的效果：後應出受君命（幽明錄）《廣記》、（世說）《御覽》、《錦繡萬花谷》、（《稗史彙編》）【貳三乙 1】

　。。風水的效果：當產帝王《古今圖書集成》【貳三乙 1】

　。。破風水的原因：人言某官祖墓有帝王氣，某官聞之自鑿破《晉書》、《御覽》、（幽明錄、世說）《廣記》、《錦繡萬花谷》、《稗史彙編》、《古今圖書集成》【貳三乙 1】

　。。破風水的方法：掘斷地脈《晉書》、《御覽》、（幽明錄、世說）《廣記》、《錦繡萬花谷》、《稗史彙編》、《古今圖書集成》【貳三乙 1】

　。。風水破壞的結果：鑿破祖墳出帝風水者，墜馬折臂而位至三公（幽明錄）《廣記》、（世說）《御覽》、《錦繡萬花谷》、（《稗史彙編》）【貳三乙 1】

　。。風水破壞的結果：鑿破祖墳出帝風水者，墮馬折臂，位至公而無子《晉書》、《御覽》、《古今圖書集成》【貳三乙 1】

　。。風水破壞的結果：鑿破祖墳出帝風水者，墮馬折臂，兒亡（世說新

語）《廣記》【貳三乙1】

。。風水吉作用：葬地佳者福子孫：出三公《晉書》、《御覽》、（幽明錄、
世說）《廣記》、《錦繡萬花谷》、《稗史彙編》、《古今圖書集成》【貳三乙1】

2、〈郭誼〉

潞州軍校郭誼，先爲邯鄲郡牧使，因兄亡，遂入鄆州，舉其先，同塋於
磁州滏陽。縣接山，土中多石，有力者卒，共鑿石爲穴。誼之所卜，亦鑿焉。
即日倍加，忽透一穴，穴中有石，長可四尺，形如守宮，支體首尾畢具，役
者誤斷焉。誼惡之，將別卜地，白於劉從諫，從諫不許，因葬焉。後月餘，
誼陷於廁，幾死，骨肉奴婢相繼死者二十餘口。自是嘗恐悸，寢寐不安，因
表請罷職。從諫以都押衙焦長楚之務，與誼對換。及劉稹阻兵，誼爲其魁，
軍破梟首，其家無少長悉投死井中。鹽州從事鄭賓于言。石守宮見在磁州官
庫中。（《出酉陽雜俎》，宋《太平廣記》卷三百九十·塚墓二，第12條）

。。風水異徵：葬穴中有石，形如守宮，支體首尾畢具（酉陽雜俎）（《太
平廣記》）【貳三乙2】

。。風水破壞的結果：行葬技術不佳，鑿破風水異徵（葬地中形如守宮
之奇石），家人不久相繼病亡或凶死（酉陽雜俎）（《太平廣記》）【貳三
乙2】

3、〈賀家池〉

紹興城東郭門外三四十里的地方，有條很大的河，名曰「賀家池」。附近
居民傳說，這本是個村莊，有一天，農民打稻，把稻簟上的稻束打完之後，
看見地上有個突出的東西，像是一棵粗的毛筍。但是附近沒有竹林，決不會
是筍，好奇的農人們想知道到底是什麼，就動手挖掘，一剎那間，整個村莊
都不見了，成了一片汪洋，就是今日的賀家池。原來這棵毛筍乃是龍角，農
人們在龍頭上動起土來，老龍自然要發怒了。至今天氣晴朗的時候，水底還
隱約看見屋脊。（林蘭《東方故事 5——古蹟傳說》頁 17〜18，《中國傳奇》
第六冊《民俗傳說》頁）

。。風水異徵：風水龍地，「龍角」出地狀如筍（紹興）（《古蹟傳說》）
【貳三乙3】

。。風水破壞的結果：風水異徵（龍角）被破壞，村莊刹那化汪洋（紹
興）（《古蹟傳說》）【貳三乙3】

4、地理師死後破所造風水

臺北樹林江姓得林瑯點葬富貴龍穴祖墳後，即大發丁財。林瑯也為自己點穴做了壽墳生基，活到一百多歲，大家都說與他的壽地靈有關。林瑯在世時，看出江家人貪得無厭，必在他死後侵占他的生基，於是造好破江姓祠堂及其祖墳風水的錦囊，埋在壽墳下。果然林瑯死後，江家即侵占其壽墳地靈，發現埋藏其中的錦囊，內中說明江家祠堂與祖墳尚有工夫未完及其應修方向等。江家人一邊咒罵林瑯隱瞞，一邊如法修正，不久就一敗塗地。（曾子南《台灣地區風水奇談》頁 101～103，〈山甲吐蛇穴富貴出進士〉）

　。。風水吉作用：葬地佳者福子孫：大發丁財（台灣）【貳三乙4】

　。。風水師的詭計，使不知情者自破風水：風水師知主人將佔自己死後所葬風水地，預埋錦囊書於己墳，詭言主家風水未完成，實為破其風水法。主人果然得其錦囊而如法修正，不久即敗（台灣）【貳三乙4】

　。。破風水的原因：風水師報復貪吝主：主家侵占卜者葬地，卜者留書破其風水（台灣）【貳三乙4】

　。。風水破壞的結果：富戶祠堂及祖墳風水壞，致一敗塗地（台灣）【貳三乙4】

5、他人生子他人福

前宜蘭縣長盧纘祥自其上祖即為宜蘭首富。其上祖盧公幼喪父，母親傭於新竹林家。風水師曾人山曾為林家卜葬不少好風水，林家厚報之，曾師又以一燕子入窠穴報之，但林嫌其結穴小巧，不宜厚葬而不取。一日林翁宴客，席位不夠而未請曾師，幫傭盧婦主動為曾師送飯，令曾師感動，而以該穴報盧婦葬夫，言葬後其家必大發百萬。盧婦大喜，當下允諾若能大發百萬，當以半數家產為謝。盧婦葬夫後依曾師言攜子離家，要到無路可走的地方落腳，至宜蘭頭城見大海茫茫，眼前無路便落腳。盧婦以磨豆腐為生，其子挑擔上街賣豆腐，挑到某一店門口，擔上生意好時，該店生意也好，漸漸引起店主的注意，聘入店中，進而為股東而自營事業，數年間財發百萬，但未生了。一日曾師忽至，問是否已發百萬，盧氏母子惟恐要分半數，答已發但尚無百萬。曾聞之，知其吝財，遂訛之曰：「尚有工夫，一經作完，必一發如雷，且有官貴。」曾至盧墓後埋一石碑，並說此穴有財無丁，他人養子他人福。盧府代代都是抱養承祧，正應了他人生子他人福之言。（曾子南《台灣地區風水

奇談》頁 121～126，〈燕子入窠穴〉)

。。風水吉作用：葬地佳者福子孫：數年間財發百萬【貳三乙 5】（台灣）

。。風水師的詭計，使不知情者自破風水：風水師詭言修改風水可改善風水和官運，藉機破其風水以懲其背信（未付酬）【貳三乙 5】（台灣）

。。破風水的原因：風水師報復貪吝主：主家葬後發財，恐風水師分其家財而隱瞞，卜者損其風水以報復【貳三乙 5】（台灣）

。。風水的作用：風水師密損主人風水，使其後代有財無丁，他人養子他人福。後其家代代都是抱養承祧，正應了他人生子他人福之言【貳三乙 5】（台灣）

#風水名稱：燕子入窠穴【貳三乙 5】（台灣）

6、風爐穴

……一日，曾師忽至，詢以有無大發財利，午言深知曾師前來取謝，便咕嚕曰：「發是有發財，但未大發。」曾師早已打聽午言受蔭發財情形，聽午言說謊，是怕分利益，存心欺騙，便不動聲色而詐之曰：「未曾大發，或有原因。這穴大地是風爐穴，早午晚皆煮飯聲自地中發出，燒火後有灰炭，可能灰炭塞了龍口。必須將灰炭掘了，讓地靈射出，便必大發。」午言赴穴傾聽，果有聲自穴中出，認師言無訛，求師指示挖灰，挖出許多黑色泥土後，午言竟所做皆敗，損丁破財，至一敗塗地，此天之報應乎。（曾子南《台灣地區風水奇談》頁 151～155，〈風爐穴破去地靈敗丁財〉)

。。風水吉作用：葬地佳者福子孫：大發財利【貳三乙 6】（台灣）

。。風水師的詭計，使不知情者自破風水：風水師詭言修改風水可改善風水和財運，藉機破其風水以懲其背信（未付酬）【貳三乙 6】（台灣）

。。風水異徵：風水地風爐穴，早午晚皆有煮飯聲自地中發出【貳三乙 6】（台灣）

。。破風水的原因：風水師報復貪吝主：主家葬後發財，恐風水師分其家財而隱瞞，卜者損其風水以報復【貳三乙 6】（台灣）

。。破風水的方法：挖出風爐穴風水地中的黑色泥土，使其穴破而葬者家敗【貳三乙 6】（台灣）

。。風水的作用：商人祖墳風水被破壞，所做生意皆敗，損丁破財【貳

三乙6】（台灣）

#風水名稱：風爐穴【貳三乙6】（台灣）

丙、寺廟不靈

1、〈紫金觀的傳說〉

明朝年間，無錫紫金觀出了一代眞人，能夠呼風喚雨，遊戲鬼神。有一次，眞人戲弄了江西龍虎山的張天師，張天師記著侮弄他的怨恨，打聽到眞人不在觀內，就到紫金觀去行香，眞人的徒兒趕緊開門迎接。拈完香後，張天師過觀門前的小橋時，忽然轉過頭來告訴眞人的徒弟說：「你若把這石橋放低三尺，你們觀裡就可以連出三十三代眞人。」徒兒信以爲眞，馬上動手，掀起橋面。開到二尺光景，忽然地面破處，出現一隻雪羽朱冠的白鶴，長鳴沖天而去。這時眞人正好趕回，但風水已破，救也來不及了。從此眞人漸漸不靈，而且瘋癲起來。（二二年採自無錫，《民間月刊》第二卷第十—十一號合刊，頁385～388）

　　。。風水異徵：地出白鶴【貳三丙1】（無錫）

　　。。風水有靈（白鶴）能移動：風水地靈白鶴從地破處長鳴沖天而去【貳三丙1】（無錫）

　　。。風水的詭計，使不知情的人自破風水：騙道觀徒弟放低觀前橋，可出更多眞人（有法術之道人），結果地靈破土出，觀中眞人變瘋癲【貳三丙1】（無錫）

　　。。風水破壞的結果：道觀風水破，道觀中法術高強之道人變瘋癲【貳三丙1】（無錫）

2、〈媽祖廟與鯉魚穴〉

澎湖內垵有一座媽祖廟，廟前有一池水，終年不乾，水中有一尾鯉魚。凡是船經過內垵海面，不論船上是官員還是百姓，都要進港去這座廟裡拜拜，否則船就會在海邊一直繞，怎麼都開不走。有一次，一個大陸來的官坐船經過這裡，船一直在海邊繞，他覺得奇怪，有人告訴他要去廟裡拜拜才能經過，這個官雖然不情願，也只好去拜。這個官也懂一點風水，他看這個廟會這麼靈，是因爲廟前的鯉魚穴，就拿皇帝賜的寶劍往那池水插下去。劍一插下，水開始滾騰，漸漸變成紅色，然後乾掉。不久，媽祖廟就失火燒掉，而那官員也在海上翻船死了。（1997陳宏利（男，51歲，高中教師）講述，《澎湖縣

《民間故事》頁 144～145）

　　。。風水異徵：「鯉魚穴」池中有鯉魚，池水終年不乾【貳三丙2】（澎湖）

　　。。風水靈異：廟在海邊風水地，行經其地不入廟禮拜者，船行繞海離
不開【貳三丙2】（澎湖）

　　。。風水吉作用：廟地風水佳，神靈香火盛【貳三丙2】（澎湖）

　　。。破風水的方法：官員將皇帝所賜寶劍插「鯉魚穴」池中，池水沸騰
至乾【貳三丙2】（澎湖）

　　。。風水破壞的結果：風水地上廟失火，破風水者遇難死【貳三丙2】
（澎湖）

　　#風水名稱：鯉魚穴【貳三丙2】（澎湖）

丁、其他難以分類的破風水結果

1、〈盧陵彭氏〉

　　盧陵人彭氏，葬其父，有術士為卜地曰：「葬此，當世為藩牧郡守。」彭
從之。又掘坎，術士曰：「深無過九尺。」久之，術士暫憩他所，役者遂掘丈
餘。欻有白鶴自地出，飛入雲中。術士歎恨而去。今彭氏子孫，有為縣令者。
〈出稽神錄〉，宋《太平廣記》卷三百九十‧塚墓二，第19條）

　　。。風水的效果：世為藩牧郡守【貳三丁1】（〈稽神錄〉《廣記》）

　　。。風水異徵：地中出白鶴【貳三丁1】（〈稽神錄〉《廣記》）

　　。。風水有靈（白鶴）能移動：風水地靈白鶴從地破處飛入雲中【貳三
丁1】（〈稽神錄〉《廣記》）

　　。。風水的作用：葬時犯禁忌，掘地過深效果打折：風水靈物（白鶴）
逸出，後代不出藩牧郡守，但出縣令【貳三丁1】（〈稽神錄〉《廣記》）

2、〈藤山坪〉

　　周陂的地方很好，水又向東流，本來可以大有為的出猛人的。只因河水
破磽流去（俗說水破天心），弄壞了風水，故無大人物出頭。張古佬欲設法補
救，從不知多少遠得地方，將榕子石文頭石擔到水口處去填屯，不料行到榕
子石附近，腳一滑，兩個石倒翻出來，趕不動移不動了。他又隻手一撐，雖
不致跌倒，卻弄出現在的五指山來，而滑腳得地方，弄成現今那一大塊藤山
坪。所以翁源周陂止有舉人拔貢而已，至底產不出偉大人物來。（清水編《太

陽和月亮》頁 58）

　　。。風水的效果：出猛人【貳三丁 2】（（翁源）《太陽和月亮》）

　　。神仙（張古佬）趕石頭屯地以改善風水【貳三丁 2】（（翁源）《太陽
和月亮》）

3、江寧靈異

江寧縣古去城七十里，即今江寧鎮。南唐遷北門清化坊，元徙城外之越臺
側。國初徙集慶路治，即今治也。縣無大門，前臨街有二亭子，俗謂其地勢爲
牛形。萬曆中，膚施楊令來，謂二門前通衢不便，於街側建一屏牆。甫畢，役
病頭痛不可忍，人以俗記語之，<u>亟</u>撤而瘳。（明・顧起元輯《客坐贅語》卷六）

　　。。風水靈異：風水有靈，壞其形者得病痛，止之即瘳【貳三丁 3】（《客
坐贅語》）

　　#風水名稱：牛形【貳三丁 3】（《客坐贅語》）

參、得風水的途徑

一、風水命定

甲、命中注定的風水主

1、〈生有時死有地〉

龔侍郎，邵武人。布衣時在京師，以祖未葬，就一道人課之，得詩云：「烏
軍山畔走紛紛，余分際上照一墳，但請涂樊二師下，兒孫朱紫入朝門。」既
還家，家已葬祖訖，地名余分際，近烏軍山，乃涂樊二道士爲遷穴。信乎諺
曰：生有時，死有地也。（宋・吳曾《能改齋漫錄》卷十八）

　　。後驗之事實印證先前卜卦之結果：某人求卜問先祖葬事，得卦云某山，
後歸其家，其祖果然已葬某山【參一甲 1】《能改齋漫錄》

2、〈應夢石人〉

席大光帥蜀，丁母朱夫人憂，將葬於青城山，議已定。夢兩人入謁，行
步重遲，遍體瘡痍可憎，告曰：「太夫人葬地，蓋在溫州，地名徐家上奧庚山
甲向者是也，公必往求之。異時畢事，幸爲我療吾瘡。」席公嘗寓居永嘉，
心亦欲還顧，憚遠未決，覺而異之，書其事於策，即具舟東下，并奉其父中

丞柩歸于溫。窆日已迫，而宅兆殊未定，招蕭山人張藻卜之，偕止山寺中。其姪七郎，適買食于田舍，主人翁問所往，告之故，翁曰：「去此一里許，名徐家上奧，有一穴庚山甲向者，人多以爲吉地，用善價求之者甚眾，徐氏皆不許。君試往觀之。」會日暮，不克往，歸而言之，語未竟，藻曰：「得非庚山甲向者乎？」取所書夢驗焉，無少異。明日，親訪其處，一嫗出言曰：「吾徐翁妻也。昔吾夫嘗欲用此地以葬父，夢金甲大神持梃見逐，指蘆席上坐者一人曰：『此席相公家地，汝安得輒爾？！』自是以來四十年，今以與公，不取錢。吾兒方爲里正，得爲白邑大夫免其役足矣！」藻大喜過望，但不曉夢中所見爲何人。既葬二親，又自爲壽塋於左次。役夫斸土，有聲丁丁然，視之，乃兩石人臥其下，埋沒既久，身皆穿穴。藻祭之以酒，舁出外，命和泥補治，而爲立祠牓曰「應夢石人」云。（宋・洪邁《夷堅志》丙志・卷九）

　　。所夢應驗：夢見遍體瘡痍者來示葬地，並請療瘡。他日尋著其地，掘出地下穿穴石人，即是夢中所見者【參一甲2】（《夷堅丙志》）

　　。異夢相應：一人獲夢有人來告葬地方向，使往求之；地主則夢神示其地葬主姓氏，正是獲夢來尋地之人【參一甲2】（《夷堅丙志》）

　　。神藉夢與人通意：某人將葬，夢見神示葬非其地，並告以地主姓名，令其改葬【參一甲2】（《夷堅丙志》）

　　。精魅藉夢與人通意：石人託夢爲人示葬地所在，並請療治身上穿穴【參一甲2】（《夷堅丙志》）

　　＊ 風水有主命中定【參一甲2】（《夷堅丙志》）

3、柯地

　　國朝莆中，有甲科嚴姓者，與殿元柯潛同榜，生平歷仕，吸民膏脂，勢燄彌天，曾任江右廉憲。聞顧陵岡名師，厚幣聘之。……（事見【肆二1】〈鬼罩地師眼〉）……顧又與嚴扦一陽基，嚴禱九里湖，但夢是地種瓜，嚴以爲瓜瓞之兆。及構成，滿室畫瓜以符之。詎知莆之鄉語，瓜云柯也。夢是地多瓜，係柯地。後此室竟歸柯狀元。（明・鄭瑄輯《昨非庵日纂》卷十八，第32條）

　　。所夢徵兆意外應驗：地主夢所得之地多瓜，以爲瓜瓞之兆，不料是地後爲柯姓所有，其土言「瓜」「柯」同音【參一甲3】《昨非庵日纂》

4、〈柯狀元祖墓〉

　　柯四者，莆田之小民也。有一山人善相地，爲富家葬，夜臥於穴，土神

呼之曰：「此柯狀元祖穴，奈何犯之？速遷可免禍。」明旦以語主人：「此非而家所應得，神告我矣。」其家遂別葬。然郡中大族，無柯氏者。他日，山人假坐米肆，肆主姓柯。山人問家有葬者否，曰：「父枯骨在淺土，然吾無貲又無室，安得葬？」山人默然。他日，柯行經尼院，覆盥水濡其裳，柯怒：「吾貧者，天寒如此，乃濕吾衣，汝必爲我煤燥。」尼不得已，然火烘，兩情倏起，入室而狎。自是寅出戌往，情好日篤。久之，尼嫁柯爲夫婦。山人又遇之，曰：「子今有貲可以買地矣。」爲言於主人，立券易地，掘父枯骨瘞其中。俄而尼生子，曰潛，以景泰辛未年及第，仕至翰林侍讀。（明·王圻纂《稗史彙編》卷十三·地理門·陵墓類，頁236～237）

　　。神藉夢與人通意：某人將葬，夢見神示葬非其地，並告以地主姓名，令其改葬【參一甲4】（《稗史彙編》）

　　。有感於夢而行事：卜地者夢見神示地主姓氏，乃往尋該姓氏人，助之得葬地【參一甲4】（《稗史彙編》）

　　。夢中徵兆應驗：卜地者夢見神示地主姓氏，云爲狀元，然遍尋無其人，他日該姓貧民所生子登狀元，夢兆乃驗【參一甲4】（《稗史彙編》）

　　。。風水吉作用：葬地佳者福子孫：登第出仕【參一甲4】（《稗史彙編》）

　　＊ 風水有主命中定【參一甲4】（《稗史彙編》）

5、〈壙屬朱姓〉

華亭胥朱伯倫，親柩在堂，擇葬未就。明末，避兵五里橋，去城不遠，宵望火光，謂遺骸必已煨燼，引頸南望，惟頓足長號而已。事定，跟蹌歸，及見兩柩宛然，喜出望外，遂與弟亟謀營葬。或言某姓有成壙覓售，即延形家同往視。回已昏黑，命僕持燈送地主歸。叩門時，其妻母出應，熟視僕燈，曰：「諸紛紛者皆空言，惟此家可成耳。」其僕歸述所言，殊不解。即立券，伯倫乃詢其人曰：「業以成交，自無他說。但聞令岳母蚤知其必成，此何故？」曰：「是壙本外館驛一小姓某翁所築，余妻父與爲鄰。造墳畢，乃偕里黨舉賀，翁置酒相酬。酒半，謂眾賓曰：『昨夢一白髮老人，告我知墳非我所有，後當歸朱姓也。』妻父姓朱，竊自喜。未幾，某翁死，其子好賭，朱處稱貸已不次，最後復有所緩急，乃謂之曰：『汝產已悉蕩費，止有一墳，尚可作抵。』此子欣然書券。妻父以翁夢語，故卒已善價絕之，擇日開壙門，易券版。近亦因避兵泖濱，舟行橫山塘，陡觸兜鋒，屍且不得，令縈縈妻母，寡且老矣，

衣食無貲，不得不售此以求活。前見燈貼朱宅字，恰合前夢，故為此言耳。」伯倫聞之，亦為感歎。夫前朱費盡心力，徒為中間轉折之人，使後朱以不謀而得，事之前定有如此。（清·毛祥麟《墨餘錄》·卷二）

　　。夢中徵兆應驗：地主夢見人云其地後當歸某姓，幾經轉折，果然為該姓人士獲得其地【參一甲5】（《墨餘錄》）

　　。人謀不敵天意：一地主夢人云地當歸某姓，覺以告人，聞言者正有某姓人，便購其地，不料終得其地者是另一同姓人【參一甲5】（《墨餘錄》）

　　＊ 風水有主命中定【參一甲5】（《墨餘錄》）

6、〈墓穴前定〉

　　朱季則未遇時，與同邑黃體仁讀書龍華寺。一夕夢步村落，見營葬者，儀從甚盛，而其銘旌則書工部都水司郎中季則朱公之柩，既駭姓氏之與同，更念邑中並無此宦，豈客死而買舟回籍者乎！且疑且行，忽見墓道宏敞，蔭木蔽日，役夫舁棺休其地，欲詢居址，而晨鐘遽動。曉起蹤蹟之，果得夢中所見，則潘方伯允端壽域也。歸述其異於黃，黃漫應之曰：「焉知君他日不為方伯耶？」後季則由進士出守信陽州，歷官工部，即以疾乞歸。時方伯以所營壽域不稱意，欲棄之而別卜地，朱聞笑曰：「是故天所留以遺我者也。」乃售而葬焉。嗟乎！事果有前定若斯哉！（清·毛祥麟《墨餘錄》卷四）

　　。所夢應驗：夢中所見墓地即夢者後來葬地【參一甲6】（《墨餘錄》）

　　。夢中徵兆應驗：夢見自己的葬地與官銜，日後果然為其官並葬其地【參一甲6】（《墨餘錄》）

〈買宅有讖〉

松江在城金世昌者，出繼夏氏，嘗買廢宅，修葺前廳，梁內有鑿成金世昌三字，必昔時客商所記姓名，人以為有定數云。（元·陶宗儀《南村輟耕錄》卷七，頁87）

〈范元章夢〉

范元章向在明己館中。丈赴省試，夢至大宮殿，手執文書，……自顧其身則挂綠衣……范遂脫所衣綠袍與之，其袍內乃著粉青戰袍，旁有嘲之者，答云：「無笑，此乃銀青袍也。」及寤，……既而中第……其銜乃銀青光祿大夫。……是以知人生皆有分定，不容少有僥幸也。

（宋·周密《癸辛雜識·續集》上，頁136）

7、〈九世窮〉

一個大陸的風水師受到一位臺灣富有員外之聘，要在員外的壽辰之日完成風水的建築。風水師果然找到一處生龍穴的好風水，但是土地公執杖出來阻止說：「這門風水是九世窮的，誰也不許佔有。」風水師便辭別員外，尋找到九世窮，要求為他做風水。九世窮祖上九代都行乞，無錢做風水，風水師與之約定將來九世窮富有之後，再分一半財產給風水師，並以九世窮傳家數代的乞碗為約定證據。風水師做完風水後，就回大陸去。此後，九世窮先是在員外家牆外撿到原本要與情郎私奔的員外女兒的包袱，跳出牆後急行不察的員外女兒與他共渡一夜後，只好跟他結婚。九世窮的叔叔新落成的房子傳說鬧鬼，叔叔請他進住，他住了以後竟安然無恙。不久又在房子中挖到無數金磚，金上都刻著九世窮之金的字樣，成了天下巨富。這時已窮愁潦倒的風水師來臺找到致富的九世窮，拿出九世窮傳家的乞碗，但九世窮除了豐盛款待外，並無其他表示。風水師在回家的路上，很生氣九世窮未實踐諾言，心裡決意要破除九世窮的風水，可惜身上未帶破風水的工具破土針，只能憤恨回鄉。回家一看，風水師先前變賣的家產僕人均已贖回並恢復原狀，原來是他出門期間，九世窮已遣人帶來酬謝黃金並贖回，實現了當初的諾言。（湖口盧慶興先生講述）（周青樺《臺灣客家俗文學》頁 1～12）

　　#風水名稱：生龍穴【參一甲 7】（台灣）

　　。神明現身與人言：土地公現身阻止人佔有風水地【參一甲 7】（台灣）

　　。命中註定的財寶：財寶未遇所有人時，已先刻有所有人的名字【參一甲 7】（台灣）

　　。。破壞風水的原因：受風水之蔭者未信守酬謝風水師之承諾，風水師含憤而欲破壞風水【參一甲 7】（台灣）

　　。信手承諾的朋友：答應酬謝風水師的人，在風水師出外期間，悄悄為他備置了家產【參一甲 7】（台灣）

　　＊風水有主命中定【貳一 7】（台灣）

8、〈朱元璋的傳說〉

朱元璋的爺爺是個風水先生，他臨死的時候，朱元璋的父親要求他為自己選一塊風水寶地，讓後代享榮華富貴。老人說：寶地不是沒有，怕咱家沒福份。你要是有膽量，把我埋到南河坡那一帶常鬧鬼火的平地上，棺材頭朝

北放，守墳三夜，以後一定發人。老人死後，朱元璋的父親將老人埋了，就在那裡守墳。到了半夜，聽到一陣嘈雜聲和鏟土聲，說：誰將臭骨埋在牛王爺的避暑之地，把它扔出去。天亮一看，棺材在幾步遠的地面上，朱元璋他爹又把它埋好。第二天夜裡，又出現那些聲音，並說：明天再埋，把他丟進河裡。朱元璋他爹嚇壞了，回家對媳婦說咱沒那福份。媳婦很潑辣，膽子也大，正懷孕三個月，說今晚我陪你去，闖過一夜就好。夜裡鬼又來了，正鏟土把棺材往河裡扔，突然傳來制止聲說：這是天子之地，天子在此，還不快走！吵雜聲果然平息下來。那之後，人們發現，不論天氣怎麼熱，那媳婦頭上總有一片雲彩給她遮蔭，她臉上沒有一滴汗水。大家說她膽大、命大、福氣大，生的孩子定是貴人。不久，媳婦就生了朱元璋。（1986 張玉箱（女 63 歲）講述《中國民間文學集成保定市故事卷》卷二頁 80～82）

。。取得風水的方法：在鬧鬼的墳地上守墳三夜【參一甲 8】（河北保定）

。靈異：埋於土中的棺材夜中被鬼推出地面【參一甲 8】（河北保定）

。。風水異徵：夜中鬼語云為牛王爺的避暑之地【參一甲 8】（河北保定）

。命中註定為天子（皇帝）：平民皇帝在母胎時，其母所在地聞空中人語，云為天子地，後其人果為天子（皇帝）【參一甲 8】（河北保定）

。。風水吉作用：葬地佳者福子孫：出貴人（皇帝）【參一甲 8】（河北保定）

＊風水有主命中定【參一甲 8】（河北保定）

乙、無福人不得有福地

1、〈渾子〉

昆明池中有塚，俗號渾子。相傳昔居民有子名渾子者，嘗違父語，若東則北，若水則火。父病且死，欲葬於高陵之處，矯謂曰：「我死，必葬於水中。」及死，渾子泣曰：「我今日不可更違父命。」遂葬於此。……又云：一女嫁陰縣佷子，家貲萬金，自少及長，不從父言。臨死，意欲葬山上，恐子不從，乃言：「必葬我渚下磧上。」佷子曰：「我由來不取父教，今當從此一語。」遂盡散家財，作石塚，以土繞之，遂成一洲，長數步。元康中，始為水所壞。今餘石如半榻許數百枚，聚在水中。（〈出酉陽雜俎〉，宋・《太平廣記》卷三

百八十九，塚墓一，第 6 條。《古今圖書集成·坤輿典》第一百四十卷·冢墓
部雜錄）

　　*。謀意不中反違願：某子常違父意，父將亡，故以反語告之，意其子
　　將反之而暗合己意也，不料某子悔前過而竟如父語，其父願終不得遂【參
　　一乙 1】(《酉陽雜俎》《廣記》《古今圖書集成》)

　　。奇特的葬法：以土繞於水邊成州，填石作塚【參一乙 1】(《酉陽雜俎》
　　《廣記》《古今圖書集成》)

2、郭璞葬金山腳

　　郭璞生平不取信於其子，凡郭公要向西，其子必向東。故郭公看金山風
水，謂其子曰：「我卒可葬於金山腳下。」意葬於腳，彼必葬於巔也。郭公卒
後，其子悔向所作之非，必遵父言為是。竟葬金山腳下，遂為凶地。故當時
有「父作子笑，子作父笑。若要不笑，須是龍叫」之嘲。噫！以璞之術，尚
不能自為身謀乎！（明·鄭瑄輯《昨非庵日纂》卷十八）

　　*。謀意不中反違願：某子常違父意，父將亡，故以反語告之，意其子
　　將反之而暗合己意也，不料某子悔前過而竟順父語，其父遺願終不得遂
　　【參一乙 2】《昨非庵日纂》

　　。風水師自葬凶地【參一乙 2】《昨非庵日纂》

3、〈陳魏公墓〉

　　陳魏公墓在莆田境中南寺之側，本一富民葬處也，葬後二十五年間，若
子若孫皆病目，甚者至於盲障。有術人語曰：「此害由墓而起，當急徙之，以
其地售與他人則可，不然，日甚一日，歲甚一歲，禍將益深，殆不可救矣。」
富子大懼，即別卜改穸，而故穴為魏公家所得。富民病者愈，而魏公正位宰
相，官至少師。然則宅兆之吉，蓋有所係，無德以承之，不惟不得福，乃受
其殃，不容妄也。（宋·洪邁《夷堅志》·卷二十一。明·王圻纂《稗史彙編》
卷十三·地理門·陵墓類，頁 233）

　　。。無福人不得有福地：福地擇人：福人葬之後人居官；無福德而葬者，
　　子孫病目或盲障【參一乙 3】(《夷堅志》《稗史彙編》)

　　。。風水吉作用：葬地佳者福子孫：官至宰相【參一乙 3】(《夷堅志》
　　《稗史彙編》)

　　。。風水的作用：改葬病癒：葬後子孫皆病目，改葬他處，病者皆癒【參

一乙 3】（《夷堅志》《稗史彙編》）

4、練樹湖

上虞下蓋湖一墩名練樹湖，干有陳氏巨族陽宅。凡有人葬是墩，則陳氏廚灶屋梁皆折。曾有人以三骨上下葬之，陳氏起其一梁，折如故；又起之，又折；又起盡則已。至今無人敢葬。（宋・李思聰《堪輿雜著・覆驗》六四葉右上）

　　。。無福人不得有福地：福地擇人：福地有巨族陽宅，有欲葬其地者，則該宅廚灶屋梁皆折，葬者起之則已【參一乙 4】《堪輿雜著》

5、葬非其人有異徵

餘姚高山一地，有葬者，聞虎作怒聲而止。又有葬者，一山竹皆爆響，今遂無敢葬者。以上諸地，未必皆絕粹，而葬之非其人，則有是之異徵。信乎有緣，非人可強求也。（宋・李思聰《堪輿雜著・覆驗》六四葉右上）

　　。。無福人不得有福地：葬非其人有異徵：有欲葬其地者，則聞虎作怒聲，或一山竹皆爆響【參一乙 5】（《堪輿雜著》）

　　。。風水異徵：非當其地者欲葬則聞虎作怒聲【參一乙 5】（《堪輿雜著》）

　　。。風水異徵：非當其地者欲葬則一山竹皆爆響【參一乙 5】（《堪輿雜著》）

6、孫權祖塋

孫權祖塋在天子岡，迎七星灘之水。人傳未葬正穴，是以偏安。凡有盜葬者，則天不雨，土人覓而掘毀之。凡存心欲謀此地者，至則雲霧障隔，此所謂禁穴是也。人可妄圖招禍哉。（宋・李思聰《堪輿雜著・覆驗》六四葉左上）

　　。。風水異徵：非當其地者欲葬其地，至則雲霧障隔【參一乙 6】（《堪輿雜著》）

　　。。風水異徵：天子地禁穴，有盜葬者，則天不雨【參一乙 6】（《堪輿雜著》）

　　。。風水的作用：平民登帝者（孫權）祖葬天子地，未葬正穴，致後代稱帝者偏安【參一乙 6】（《堪輿雜著》）

7、公侯之地常人不可居

宋・馮山人懷占，字德淳，遂寧人。善風鑑，精堪輿術。……咸平中，

城中一豪家葬父，遍訪能地理者，選山卜穴，數年乃得之。葬後大凶，延馮觀之，馮曰：「陵迴阜轉，山高壟長，水出分明，甚奇絕也。」主人曰：「自葬以來，財散人亡。奇絕地固如是耶？」馮曰：「願妄言之。凡萬物中，人為最靈，受命于天，貴賤各得其位，如鳥有巢棲，獸有穴處，故無互相奪。此山乃公侯之地，豈常人可處！所以亡者不得存，安者不得寧。易曰：『負且乘，致寇至。』小人而乘君子之器，其是之謂乎！」（宋‧黃休復《茅亭客話》、光緒潼川府志軼事。《中國歷代卜人傳》卷二十‧四川省二，頁701～702）

　　。。風水負作用：非公侯之命而葬公侯之地，子孫遭禍（財散人亡）【參一乙7】（《茅亭客話》《中國歷代卜人傳》）

8、〈沒福頭攔風水〉

　　有個風水先生很有名氣，叫于仙眼。王家村有個人很窮，外號叫沒福頭，他請于仙眼到他家墳地看風水。于仙眼說他這地是流水地，不存財，如要發財，每天晌午在墳前等著，有人經過就把他打死，風水就跑不了，否則一輩子好不了。沒福頭就拿一根大棍在墳前等，沒多久，一個又黃又瘦的人走來，他舉棍要打，但又不忍心，就扛著棍子回家了。于仙眼埋怨他就是沒福頭，說那飢黃面瘦的人是個金娃娃。第二天，沒福頭又到墳前等，一個穿孝衣的女子走過來，他舉棍要打，又覺得她可憐，又放過去了。回去于仙眼說那是個銀娃娃，沒福頭聽了很後悔。第三天，他在墳頭等了老半天，走過來一個黑大漢，熊腰虎背，沒福頭舉棍照大漢腦袋打去，卻被黑大漢一手按住就打，罵他大白天竟敢截道。沒福頭哀求說不是截道，是截風水，黑大漢聽了哈哈大笑放了他。于仙眼說你不打黃的截白的，非截生鐵的，真是沒福頭。（1987靳正新（男60歲，小學文化）講述《耿村民間故事集第一集》頁234～235。1988王仁禮（男，56歲）講述〈風水先生〉《耿村民間文化大觀》頁766～767）

　　。。風水的作用：祖先墳葬流水地，子孫不存財【參一乙8】（耿村）

　　。。取得風水的方法：墳前等風水，看見打死，以防風水跑了【參一乙8】（耿村）

　　。。無福人不得風水寶：寶物化人形從風水地走過，無福人不識其寶【參一乙8】（耿村）

　　。風水異徵：金娃娃面黃肌瘦【參一乙8】（耿村）

　　。風水異徵：銀娃娃作孝衣女子形【參一乙8】（耿村）

。風水異徵：鐵娃娃熊腰虎背黑大漢【參一乙8】（耿村）

* （落水鬼仁念放替身）【參一乙8】（耿村）

9、〈石閣老訓河神〉

明朝時候，藁城有個石閣老。有一年滹沱河發大水，浪頭對著石閣老的祖墳沖，石閣老很生氣，對快沖到祖墳的河水大叫滾開，石閣老這麼一說，原本向東流的水就轉了彎，向南流去。當天晚上，石閣老夢見一隻大白羊對他說，它原本是要領水將石閣老祖上的屍骨沖到九龍口，讓石家連出九輩閣老的。石閣老就請它再回去沖，但白羊說自古水不倒流。石閣老醒後很後悔，以後石家再沒有做官的了。（1987 靳朝卿（男 27 歲）講述《耿村民間文化大觀》頁 2317（選自《耿村民間故事集》第一集））

。。無福人不得風水蔭：河發洪水沖某人祖墳以改善其家風水，某人卻指河而罵，河遂改道無復改其風水【參一乙9】（耿村）

。河神化白羊，託夢與人言【參一乙9】（耿村）

。貴人（有官命者）罵河河改道【參一乙9】（耿村）

10、〈李齡的故事〉

李提學（李齡）和張天師交情很好，李齡年老時請張天師為他找個吉穴，張天師答應為他介紹懂堪輿的人。不久，來了一個形容醜惡的拐子，帶李齡上山下海，最後指了一處巨石嶙峋的山脈，說這便是頂瓜瓜的大吉穴。李齡一看，心想：這樣怪石巉岩，連棺材都沒得安置，怎能說是吉穴。拐先生看出李齡不稱意，就逕自走了。李齡再去找張天師，張天師說那拐先生是八仙中的李鐵拐，李齡這才後悔當時沒相信他。又過不久，一個小孩來找李齡，說要幫他擇地，李齡這回至誠地接待他，但這小孩每天吃喝玩樂，從不提要尋地的事。一天，小孩終於跟李齡說要去覓地，才出郊外，小孩小孩便信手指著一泓清水說：就是這裡，要馬上安葬，才能隨葬隨發。李齡猶豫的說：沒聽過可以葬在水洞裡的。兩人便回家了。小孩說：剛才的穴位是一處龍穴，三千年才吐一次水，如今機會已失，那水也要乾了。說完就走了。李齡痛失機會，只能自怨福薄。（林培盧編《潮州七賢故事》頁 114～116，〈李齡的故事（五）〉）

。神仙（李鐵拐）化為人，指示風水吉地【參一乙10】潮州

。。風水吉地惡形狀：怪石嶙峋【參一乙10】潮州

　　。。風水吉地惡形狀：水洞竟是龍穴【參一乙10】潮州

　　。。風水異徵：龍穴三千年吐一次水【參一乙10】潮州

　　。。無福人不識風水地：神仙為人指佳地，其人見地形惡而拒絕或放棄
　　【參一乙10】潮州

11、〈螞蟻穴〉

　　從前有兩兄弟，弟弟是為人看風水的地理師，哥哥是個好吃懶做的人。
找弟弟看風水的人，得到風水後都賺了很多錢，於是哥哥要求弟弟為自家祖
先找個好風水，讓自己也能因此賺錢。弟弟說：「要有福氣的人才能得到好風
水。」在哥哥的強力要求下，弟弟只好帶著哥哥和祖先的金斗甕（骨灰罈）
到處尋找好風水。有一天走到一棵龍眼樹下，忽然烏雲密佈，下起雨來，兩
人就在樹下避雨。這時弟弟看到樹根有一窩螞蟻，為了避雨紛紛爬上樹，整
窩螞蟻鋪滿了樹幹，樹根的蟻窩竟空成了一個洞。弟弟要求哥哥趕緊將金斗
甕放進洞裏去，哥哥怕祖先骨頭遭螞蟻啃蝕，堅持不肯。雨停之後，螞蟻洞
已被雨沖下的土填平，弟弟才說明那蟻洞就是一塊福地，因為天機不可洩露，
當時不能說明，而哥哥錯失良機，顯然是沒有福氣得到好風水了。（1998黃州
興講述，《高雄縣鳳山市閩南語故事集（一）》頁34～41）

　　。。風水吉地惡形狀：螞蟻洞【參一乙11】（高雄鳳山）

　　。。無福人不得風水地：欲葬親人遺骨者不識風水地在螞蟻洞，因不忍
　　親骨遭蟻啃蝕而失得地機會【參一乙11】（高雄鳳山）

二、意外得福地

1、〈葬地〉

　　李太尉在中書，舒元輿自侍御史辭歸東都遷奉，太尉言：「近有僧自東來，
云有一地，葬之必至極位，何妨取此？」元輿辭以家貧不辦，遂歸，別覓葬
地。他日，僧又經過，復謁太尉曰：「前時域以有用之者，詢之乃元輿也。」
元輿自戶部侍郎平章事。（〈感定錄〉，《事文類聚・前集》卷五八・喪事部，
頁7）

　　。。福人得福地：窮人辭貴地，然別葬之地即貴地【參二1】（《感定錄》
　　《事文類聚》）

　　。。風水吉作用：葬地佳者福子孫：仕宦至極位【參二1】（《感定錄》

《事文類聚》)

2、〈泓師〉

泓師自東洛迴，言於張說：「闕門道左，有地甚善。公試請假三兩日，有百僚至者，貧道于簾間視其相甚貴者付此地。」說如其言，請假兩日，朝士畢集。泓云：「或已貴，大福不再；或不稱此地，反以為禍。」及監察御史源乾曜至，泓謂說曰：「此人貴與公等，試召之，便授以此。」說召乾曜與語，源云：「乾曜大塋在缺門，先人尚未啓祔，今請告歸洛，赴先遠之期，故來拜辭。」說具述，泓言必同行尤佳，源辭以家貧，必不辨此言，不敢煩師同行。後泓復經缺門，見其地已為源氏墓矣。迴謂說曰：「天替源氏者合。窪處本高，今窪矣；合高處本窪，今則高矣。其安壙及山門角缺之所，皆合作者。問其價，乃賒買耳。問其卜葬者，村夫耳。問其術，乃憑下俚斗書耳。其制度一一自然如此，源氏子大貴矣。」乾曜自京尹拜相為侍中近二十年。（明·王圻纂《稗史彙編》卷五十四·伎術門·堪輿類，頁 856）

　　。。風水的效果：已貴者大福不再（葬貴地無效）【參二 2】（《稗史彙編》)

　　。。風水的效果：福不稱貴地，葬之反招禍【參二 2】【參二 2】（《稗史彙編》)

　　。。福人得福地：人不黯風水術，然所葬皆合風水之道【參二 2】（《稗史彙編》)

　　。。風水吉作用：葬地佳者福子孫：出仕宦貴人【參二 2】（《稗史彙編》)

3、暗合孫吳

祖妣甲戌歿於鎮國軍，先子避地，倉惶中，不復問術者，以意卜葬郡之水南。未幾，有建昌黃生者過墓下，愛之，問先子所居，以刺投謁，先子昧其人，託以它出，生力請曰：「非有所覬，特欲言少事爾。」先子出見，生問曰：「水南新墳，知公所葬。術者為誰也？」先子曰：「亂離中，歸土是急，以意自卜爾。」生曰：「幾於暗合孫吳。此墳以術徵之，不以久遠論，來春當有天書及公，公赴無疑。」先子曰：「哀苦偷生，安有是理？」笑而謝之。生曰：「願公謾記此言。」一揖而去。己酉二月，當路有薦先子者，果有御營參謀之除。（宋·范公偁《過庭錄》，頁 11～12）

　　。。福人得福地：人不黯風水術，然所葬皆合風水之道【參二 3】（《過

庭錄》）

。。風水的作用：葬地佳者福子孫：出仕宦貴人【參二3】（《過庭錄》）

·卜者（書生）預言應驗：卜者相墓云墓主後人，時為落拓平民者，來春將赴朝廷職，至期果然受薦服職【參二3】（《過庭錄》）

4、真秀才地

高祖資政公在康熙年間，家道豐裕，樂為善事，未登科第，而深以讀書望後人。請堪輿卜地，數月之久，告曰：「某處之地出相，某處之地出將，請擇之。」資政公曰：「吾皆不用。請為吾卜一世代秀才地，足矣！」堪輿對曰：「居停相待數月，情意深摯，吾何忍！」乃以亮馬橋地獻，問以若何，則曰：「此真秀才地也。」資政公即不復疑，以重價購成。堪輿復曰：「公真長者！此地不獨發科甲，且享富貴。謂秀才地者，試公耳。此地葬後十五年，當小發；三十年，當大發。」果於雍正二年甲辰，伯祖東溪公開科；乾隆二年丁巳，先世公文恭公、先文莊公同入詞林，皆至一品。余不才，得被餘蔭，亦由翰林至參知任戶工兩部多年，兩司崇文門稅務，一司左翼稅務。所謂發科甲、享富貴，前言俱驗矣。（清·（吉林）英和《恩福堂筆記》卷上）

。。風水吉作用：葬地佳者福子孫：子孫登第致仕並享富貴【參二4】（《恩福堂筆記》）

·卜者預言應驗：葬後十五年及三十年發科甲【參二4】（《恩福堂筆記》）

＊善念得福【參二4】（《恩福堂筆記》）

5、天葬地

廣呂何氏父子尚書名地，以御屏特樂，取作羅帶挂屏風。上地在廣昌縣西一里，土名桃竹坑。……吏部公文淵父以疫卒，洪武丙寅抬柩至此，遇雨，遂葬，今鄉稱天葬地。公時方半歲（乙丑生，後登永樂戊寅進士），累官至吏部尚書。子喬新官至刑部尚書（謚敏肅）。玄孫曰源（進士）、曰濤（解元）、曰沆（解元）、曰孔陽，諸公連登科甲，富貴方隆。（明·徐善繼、徐善述《地理人子須知》卷五上·砂法，頁一，p.280）

。。福人得福地：遇雨路中葬，所葬竟是福地【參二5】（《地理人子須知》）

。。風水的作用：葬地佳者福子孫：連登科甲【參二5】（《地理人子須知》）

#風水名稱：羅帶挂屏風【參二 5】(《地理人子須知》)

* 天葬地【參二 5】(《地理人子須知》)

6、〈馮京〉

馮京父馮商微時，與父燒炭於郡西北岸山。其父死，歸營棺反葬，蟻集土封屍成墓。後商生京，帶至楚江夏爲商。京中三元，官至參知政事，號其山曰天門拜相山。又曰狀元山。其地形乃照天燭也，其光在頂，適葬於絕巘之巔，最爲奇穴。廖金精題曰：一山正，一山斜，狀元出在別人家。後京發于江夏，果奇驗。宋乾道元年刺史李守柔，建三元祠於郡學之左前，樹文明坊云。(《通志》，清·汪森《粵西叢載》卷五)

。天葬：蟻集土封屍成墓【參二 6】(《粵西叢載》)

。。風水吉作用：葬地佳者福子孫：出狀元【參二 6】(《粵西叢載》)

。。殊地奇葬：地形爲照天燭，其光在頂，適葬於絕巘之巔【參二 6】(《粵西叢載》)

#風水名稱：天門拜相山、狀元山、照天燭【參二 6】(《粵西叢載》)

* 天葬地【參二 6】(《粵西叢載》)

7、〈吳優遇異人〉

宣和間，州吏吳優，字世遠，宜山人。初業儒，後爲州吏。遇異人授一拄杖，欲有所往，攜之，傾刻即至。優家居疊石村，相去郡治三十餘里，每日暮歸家，昧爽復在，鄉人皆異之。一日郡守因事杖之，優拂袖謝去，逾夕而終。葬之日，昇櫬至桃源山下，扛索忽斷，舉之不動。俄頃螻蟻銜土蓋棺成一巨塚，且露一角，百餘年尙完好，鄉人因立廟祀之。疾病水旱，祈禱即應。慶元三年，州人上其事，賜額曰顯應。後時著靈跡，紹定五年又上其事，家嘉惠吳靈正侯，北岸、南關、歐橋三處，皆有行祠。(清·汪森《粵西叢載》卷五)

。寶物 D1110：奇特的手杖：欲有所往，攜杖則傾刻至【參二 7】(《粵西叢載》)

。。繩索自斷就地葬：昇棺出葬，繩索忽斷，棺木舉之不動，俄頃螻蟻銜土蓋棺成塚，遂就葬其地【參二 7】(《粵西叢載》)

。。天葬：蟻集土封屍成墓【參二 7】(《粵西叢載》)

* 天葬地【參二 7】(《粵西叢載》)

8、明太祖葬父

甲申，泗大疫，（太祖）父母兄及幼弟俱死，貧不能殮，槁葬之。仲與太祖昇至山麓，絙絕，仲還取絙，留太祖守之。忽雷雨大作，太祖避村寺中。比曉往視，土墳起高隴。地故屬鄉人劉繼祖，繼祖異之，歸焉。（清‧谷應泰《明史紀事本末》卷一）

　　。。繩索自斷就地葬：舁棺出葬，繩索忽斷，俄頃雷雨作而土墳起高隴蓋棺，遂就葬其地【參二8】《明史紀事本末》

　　。。天葬：雷雨墳土起高隴以埋棺【參二8】《明史紀事本末》

　　＊ 天葬地【參二8】《明史紀事本末》

9、〈天埋地葬〉

朱元璋幼時家窮，父親死了沒錢買棺槨殮衣，就拿葦席捲起，繩子捆著，和哥哥抬往田野找地埋。路上忽然狂風大作，沙土飛揚，吹得人眼睛張不開，他們只得把棺材暫擱路旁，自己去一邊避風。等到風止，棺材已被捲土埋沒，他們只好就這樣埋葬了父親。後來朱元璋做了皇帝，想起父親葬時連棺材都沒有，就想重葬父親。但劉伯溫奏道：「太上皇用的壽木，乃是『對節玲瓏木，三道滾龍繩』，世人都不及，怎麼要重葬呢？」朱元璋聽這吉利話，就取消了重葬父親的想法。原來朱元璋父親被捲土所埋的地方是個真龍穴，朱元璋所以發跡得這麼快，正是因為他父親沒有用棺材，如果用了松木柏木做棺，他家出皇帝必定要在數十年到數百年以後，而一旦重葬就壞了風水，所以劉伯溫巧言阻止了。（《么之堯》，林蘭編《東方故事1──朱元璋故事》頁18～20）

　　。。天葬：狂風捲土埋沒棺【參二9】（《朱元璋故事》）

　　。。福人得福地：遇狂風路中葬，所葬竟是福地【參二9】（《朱元璋故事》）

　　。。誤打誤撞得風水：窮人無棺而代以草蓆殮屍，所葬之地正好是無棺而速發的風水地【參二9】（《朱元璋故事》）

　　。。風水吉作用：葬地住者福子孫：出皇帝【參二9】（《朱元璋故事》）

　　＊ 天葬地+＊ 無棺葬福地【參二9】（《朱元璋故事》）

10、〈米籃穴〉

後沙有一個孝子，母親死了，沒錢埋葬，去求他母舅，母舅便給他兩三塊白銀買棺材。回家路上，孝子想藉賭錢贏一點買石灰的錢，卻把錢輸光了。

這就是俗語講「搶灰連棺材去」的由來。孝子不敢再找母舅，空手回家後，只好用米籃裝殮母親，擔出門去埋葬。擔到一座山裏時，忽然閃電雷鳴，狂風大作，孝子放下擔子躲雨，風沙一下子淹蓋了裝他母親的米籃，孝子遍尋不著，只好作罷，志記而回。次日舅舅來做外家，問葬何處，孝子將舅舅帶到志記處，舅舅一看，驚呼這是米籃穴，若用米籃殮葬必發財。孝子以爲舅舅已知前情而故意拿話試探，趕緊自述詳情懺悔，舅舅聽後直說是福氣。後來這家人就出了一個許百萬。（1995 年 2 月許丕堅（55 歲，公務員）講述，《金門民間傳說》頁 117～118。《福建漳州傳說·三六、何衙內與柯衙內》頁 78～79）

　。。天葬：天雨湧沙埋棺【參二 10】（金門）

　。。天葬：天雨山崩埋棺【參二 10】（漳州）

　。。福人得福地：遇雨路中葬，所葬竟是福地【參二 10】（金門、漳州）

　。。奇特的葬法：米籃殮葬 F1010.【參二 10】（金門）

　。。誤打誤撞得風水：窮人無棺而代以米籃殮屍，所葬之地正好是無棺乃發的風水地（米籃穴）【參二 10】（金門）

　。。誤打誤撞得風水：窮人無棺而代以草蓆殮屍，所葬之地正好是無棺乃發的風水地（毛蟹穴）【參二 10】（漳州）

　。。風水吉作用：葬地佳者福子孫：出將、致富【參二 10】（金門）

　。。風水吉作用：葬地佳者福子孫：出將【參二 10】（漳州）

　#風水名稱：米籃穴【參二 10】（金門）

　#風水名稱：毛蟹穴【參二 10】（漳州）

　* 天葬地+* 無棺葬福地【參二 10】（金門、漳州）

11、〈福地福人居〉

　　一個有錢的員外，看中一個「雙龍搶珠」的吉利風水，將祖先屍骨下葬後，家人卻連遭厄運，風水師說員外福氣不夠，「雙龍搶珠」吉地變爲「二犬拖屍」的凶地，員外只好將祖先遷葬他處。有一對兄弟，爸爸死了，沒錢下葬，去找舅舅商量。舅舅給他們一些錢，足可買棺材，但沒有餘錢可買石灰。兄弟倆在路上將錢拿去作賭注，想贏點錢來買石灰，卻把買棺材的錢輸光了。兄弟倆只好用草席將父親包裹，抬到野外準備下葬，路中遇雨停下休息時，父親的屍體竟滾進員外挖出祖先屍骨的空墓穴，兄弟便將父親就地安葬。次

日，葬地浮出一個墓，又變成了雙龍搶珠的吉穴，這是上天要把這個風水賜給他們。而且這風水若用棺葬，三年才發；不用棺葬，一年即發。所以兄弟向舅舅說只用草席葬，舅舅連聲道喜說這樣發得更快。（1997　莊決（男，77歲，農）　講述《澎湖縣民間故事》頁145～147。）

　　。。無福人不得有福地：無福者葬風水吉地，風水自行丕變爲凶地【參二11】（澎湖）

　　。。誤打誤撞得風水：窮人無棺而代以草蓆殮屍，所葬之地正好是無棺乃發的風水地【參二11】（澎湖）

　　#風水名稱：雙龍搶珠【參二11】（澎湖）

　　#風水名稱：二犬拖屍【參二11】（澎湖）

　　＊天葬地＋＊無棺葬福地【參二11】（澎湖）

　12、〈毛筆穴傳奇〉

有一年冬天，一對父子行船到澎湖龍門港，船被浪打壞，父親凍死了，兒子就將他葬在港口那裡。葬時沒有其他東西，只在他身上加了一件棉衣，方向朝著筆架狀的山峰。後來兒子回去大陸，他的子孫個個中狀元。風水師在他們祖先的墓上找不出中狀元的原因，有人想到爺爺葬在澎湖的龍門港，就帶風水師來看。風水師一看，說這是個毛筆穴，但整塊地都是石頭，草木不生，是有筆管沒筆毛的毛筆穴，沒筆毛怎能寫文章中狀元呢？原來當時下葬時所穿的棉衣裡的棉絮，替代草木成了毛筆的筆頭，正好符合了這個毛筆穴的葬法。（1997許程聰（男，62歲，道士）講述，《澎湖縣民間故事》頁141～142）

　　。。誤打誤撞得風水：窮人無棺而葬，所葬之地正好是無棺乃發的風水地：而成「」【參二12】（澎湖）

　　。。風水吉作用：葬地佳者福子孫：出狀元【參二12】（澎湖）

　　。。誤打誤撞得風水：窮人無棺而代以棉衣殮屍，所葬之地正好是無棺乃發的風水地（毛筆穴）【參二12】（澎湖）

　　。。殊地奇葬：「毛筆穴」草木不生，以棉衣殮葬其地，恰可補其筆毛而成局【參二12】（澎湖）

　　#風水名稱：毛筆穴【參二12】（澎湖）

　13、〈畚箕穴〉

　　古岡有一戶人家，三代同堂，媳婦對她婆婆很不好，孫子看不過去，常常說：「你這麼不孝順呀，將來你過世以後，我要將你的頭和腳顛倒過來葬。」她年老之後，還記得這個兒子對她說的話，心裏很擔心，就偷偷去對掌管封棺入殮的主事人說：「麻煩你們到時候要把我裝進棺材的時候，先把我顛倒過來放，這樣，我兒子把我倒過來時，我就會躺正了。」主事的人答應了。她百年以後，裝棺的人果然遵守約定，把她的身體的首尾倒過來放；可是，他兒子終究是很孝順母親，並沒有真的把她倒過來葬，就平平正正的葬下去了。結果，他母親葬的那個穴，正好是一個畚箕穴，如果把頭倒過來葬，後代子孫會很發財。所以那一戶人家的後代都很有錢。（1990 楊瑞松講述（男 50 歲，校長）《金門民間傳說》頁 89）

　　　　*。謀意不中反違願：某子以倒葬嚇不孝翁姑之母，母暗使人事先倒置其首以入棺，意其子將反之而暗合己意也，不料其子終竟未倒葬其棺，其母願終不得遂【參二 13】（金門）

　　　　。。誤打誤撞得風水：兒子戲言將母倒葬以懲其不孝婆婆，母恐倒葬而暗囑人將之倒置入棺，兒卻未如戲言行葬，而所葬母地正好是倒葬得吉之「畚箕穴」【參二 13】（金門）

　　　　。。奇特的葬法：身首倒置而葬【參二 13】（金門）

　　　　。。風水吉作用：葬地佳者福子孫：致富【參二 13】（金門）

　　　　。。殊地奇葬：「畚箕穴」葬者首尾倒葬得吉【參二 13】（金門）

　　　　#風水名稱：畚箕穴【參二 13】（金門）

三、神示吉地

1、袁安葬父

　　（1）袁安父沒，母使安訪求葬地，道逢三書生，問安何之，安為言其故。生乃指一處，云：「葬此地，當世為上公。」須臾不見，安異之。於是遂葬其所占之地，故累世隆盛焉。（《後漢書・袁安傳》卷七十五。《太平御覽》卷五百五十四・禮儀部／葬送二）

　　　　。神化書生為人指示吉地【參三 1（1）】（《後漢書》《御覽》）

　　　　。。風水吉作用：葬地佳者福子孫：世為上公【參三 1（1）】（《後漢書》《御覽》）

。卜者（神化形之書生）預言應驗：卜者云葬某地，當世爲上公，果然
【參三 1（1）】（《後漢書》《御覽》）

（2）袁安葬其母，逢二書生，語其葬地，遂至四世五公。（書鈔九十二
又九十四）其後公路年十八，驕豪，故常飯乳（二字依御覽八百五十引補），
食蜜飯；諸女以絳爲地道，游行其上；葬地所致也。（《御覽》五百五十六，《錄
異傳》第 8 條，《太平御覽》卷五百五十六・禮儀部／葬送四）

。。風水吉作用：葬地佳者福子孫・四世五公【參三 1（2）】（《御覽》
《錄異傳》《御覽》）

。豪奢的行徑：飯乳、食蜜飯、以絳爲地道【參三 1（2）】（《御覽》《錄
異傳》《御覽》）

（3）漢袁安父亡，母使安以雞酒詣卜工，問葬地。道逢三書生，問安何
之，具以告。書生曰：「吾知好葬地。」安以雞酒禮之，畢，告安地處，云：
「當葬此地，世世爲貴公。」便與別，數步顧視，皆不見。安疑是神人，因
葬其地，遂登司徒，子孫昌盛，四世五公焉。（《廣記》一百三十七又三百八
十九續談助四亦見古今類事十七，《幽明錄》第 40 條，《小說》第 54 條，《太
平廣記》卷一百三十七・徵應、三百八十九，塚墓）

。。受惠者（神化形之書生）爲施惠者（飲食饗之）指佳地以爲報酬【參
三 1（3）】（《廣記》《幽明錄》《小說》《廣記》）

。卜者（神化形之書生）預言應驗：卜者云葬某地，當世爲上公，果然
【參三 1（3）】（《廣記》《幽明錄》《小說》《廣記》）

。。風水吉作用：葬地佳者福子孫：子孫昌盛，四世五公【參三 1（3）】
（《廣記》《幽明錄》《小說》《廣記》）

2、孫堅祖墓

（1）孫鍾，吳郡富春人，堅之父也。少時家貧，與母居，至孝篤信，種
瓜爲業。瓜熟，有三少年容服妍麗，詣鍾乞瓜。鍾引入庵中，設瓜及飯，禮
敬殷勤，三人臨去，謂鍾曰：「蒙君厚惠，今示子葬地，欲得世世封侯乎。欲
爲數代天子乎？」鍾跪曰：「數代天子，故當所樂。」便爲定墓。又曰：「我
司命也，君下山，百步勿反顧。」鍾下山六十步，回看，並爲白鶴飛去。（已
上亦見御覽五百五十九，又九百七十八。事類賦注二十七，初學記八，類聚
八十六，敦煌石室所出唐寫本類書殘卷）鍾遂於此葬母，冢上有氣觸天。鍾

後生堅，堅生權，權生亮，亮生休，休生和，和生皓，爲晉所伐，降爲歸命侯。（《幽明錄》第48條，《太平御覽》卷五百五十九・禮儀部三八・冢墓三）

　　。。受惠者（神化形之書生）爲施惠者（飲食饗之）指佳地以爲報酬【參三2（1）】（《幽明錄》《御覽》）

　　。。風水的效果：一穴兩局：世世封侯，或數代天子【參三2（1）】（《幽明錄》《御覽》）

　　。神（司命）化少年爲人指示吉地【參三2（1）】（《幽明錄》《御覽》）

　　。神人化爲白鶴飛去【參三2（1）】（《幽明錄》《御覽》）

　　。。風水異徵：冢上有氣觸天【參三2（1）】（《幽明錄》《御覽》）

　　。。風水吉作用：葬地佳者福子孫：數代天子【參三2（1）】（《幽明錄》《御覽》）

　　。卜者預言應驗：卜者（神化形之書生）云葬某地，當世爲上公，果然【參三2（1）】（《幽明錄》《御覽》）

　　（2）孫鍾，富春人，堅父也。與母居，至孝篤性，種瓜爲業。忽有三年少，容服妍麗，詣鍾乞瓜，鍾爲設食出瓜，禮敬殷勤。三人臨去，曰：「我等司命郎，感君接見之厚。欲連世封侯？欲數世天子？」鍾曰：「數世天子，故當所樂。」因爲鍾定墓地，出門悉化成白鶴。（《異苑》）

　　一云，孫堅葬父，行葬地，忽有一人曰：「君欲百世諸侯乎？欲四世帝乎？」笑曰：「欲帝。」此人因指一處，喜悅而沒。堅異而從之。時富春有沙漲暴出，及堅爲監丞，鄰黨相送于上，父老謂曰：「此沙狹而長，子後將爲長沙矣。」果起義兵於長沙。（《異苑》卷四，《太平廣記》卷三百七十四・靈異，第5條（引「一云」以下文））

　　。。受惠者（神化形之書生）爲施惠者（飲食饗之）指佳地以爲報酬【參三2（2）】（《異苑》《廣記》）

　　。。風水的效果：一穴兩局：百世諸侯，或四世爲帝【參三2（2）】（《異苑》《廣記》）

　　。神（司命郎）化少年爲人指示吉地【參三2（2）】（《異苑》《廣記》）

　　。神人化爲白鶴【參三2（2）】（《異苑》《廣記》）

　　。。風水吉作用：葬地佳者福子孫：數代天子【參三2（2）】（《異苑》《廣記》）

（3）孫堅之祖名鍾，家在吳郡富春，獨與母居。性至孝。遭歲荒，以種瓜爲業。忽有三少年詣鍾乞瓜，鍾厚待之。三人謂鍾曰：「此山下善，可作墓，葬之，當出天子。君可下山百步許，顧見我去，即可葬也。」鍾去三十步，便反顧，見三人並乘白鶴飛去（《太平廣記》作「見三人成白鶴飛去」）。鍾死，即葬其地。地在縣城東，墓上數有光怪，雲氣五色上屬天，衍數里。父老相謂此非凡氣，孫氏其興矣。（註：《太平廣記》無「父老」以下文，而有「及堅母孕堅，夢腸出，繞吳閶門，以告鄰母，曰『安知非吉祥』」等語）（《宋書·符瑞志》卷二十七，《太平廣記》卷三百八十九·塚慕一 第 8 條（出「祥瑞記」））

　　。人乘白鶴飛去【參三 2（3）】（《宋書》）

　　。人變成白鶴飛去【參三 2（3）】（《廣記》）

　　。。風水異徵：墓上五色雲氣連天，延伸數里【參三 2（3）】（《宋書》《廣記》）

　　。。風水吉作用：葬地佳者福子孫：出天子【參三 2（3）】（《宋書》《廣記》）

3、裴俠

　　裴俠字嵩和，河東解人也。……俠年七歲猶不能言。後於洛城，見群烏蔽天從西來，舉手指之而言，遂志識聰慧有異常童。年十三，遭父憂，哀毀有若成人。將擇葬地而行，空中有人曰：「童子何悲？葬於桑東，封公侯。」俠懼以告其母。母曰：「神也！吾聞鬼神福善爾家，未嘗有惡。當以吉祥告汝耳。」時俠宅側有大桑林，因葬焉。……先鋒陷陣。俠本名協，至是周文帝嘉其勇決，乃曰：「仁者必勇。」因命名俠焉。以功進爵爲侯王。（《北史·裴俠傳》卷三十八）

　　。。取得風水的途徑：空中神語示吉地【參三 3】（《北史》）

　　。。風水吉作用：葬地佳者福子孫：封公侯【參三 3】（《北史》）

4、〈取鐙定穴〉

　　（1）老泉蘇明允之祖曰白蓮道人，數世爲蓮社。一日，遇一於其鄉，問曰：「君何人？」曰：「吾即蔣山人。」邀之歸家，留數日，情山人問曰：「公稍稔。欲地否？吾有二地，一主大富，一主大貴，惟公所擇。」道人曰：「吾有子讀書，富貴則不願，但願賢子孫足矣。」山人曰：「彭山縣象耳山，此地

當出文章之士，敢以獻道人。明日當往一觀。」道人喜。及至其地，指道人
而示以，復命取鐙一盞，然於其所。雖四面風來，此鐙凝然不動。曰：「此正
穴也。他日若用此地，只依此所，雖一步不可移。」言畢，即行。後道人母
死，竟以此地葬之。未幾，山人復至，問道人曰：「曾用地否？」曰：「亦用
之矣。」山人往看，曰：「亦復小差，當為公正之。」道人殊以為怪，曰：「公
果何鄉何里？」山人曰：「我直以告公。公家累世修善，我乃羅漢中第四尊者，
曾為峨嵋山卜寺場。今再為公下此穴，後公子孫必有興者。」一揖而去，過
象耳山飛昇橋，冉冉不知所之。（元‧《湖海新聞夷堅續志‧前集》卷二，明‧
王圻纂《稗史彙編》卷五十四‧伎術門‧堪輿類，頁859）

　　。。風水的效果：一穴兩局：一主大富，一主大貴【參三4（1）】（《湖
　　海新聞夷堅續志》《稗史彙編》）

　　。。風水異徵：燃燈於其地，風中火不搖【參三4（1）】（《湖海新聞夷
　　堅續志》《稗史彙編》）

　　。神仙（羅漢中第四尊者）化人（蔣山人）示吉地並助葬【參三4（1）】
　　（《湖海新聞夷堅續志》《稗史彙編》）

　　。。（風水吉作用：葬地佳者福子孫：出文章之士—蘇氏父子）【參三4
　　（1）】（《湖海新聞夷堅續志》《稗史彙編》）

　　&神示吉地以賞善（累世修善）【參三4（1）】（《湖海新聞夷堅續志》《稗
　　史彙編》）

　　（2）宋‧蔣山人，善堪輿。蘇老泉之祖白蓮道人，遇蔣山人示葬地，命
取燈一盞，然於其所，雖四面風來，此燈凝然不動。曰：「此正穴也。」（《嘉
慶四川通志藝術》，《中國歷代卜人傳》卷二十‧四川省二，頁683）

　　。。風水異徵：燃燈於其地，風中火不搖【參三4（2）】（《四川通志》
　　《中國歷代卜人傳》）

5、郭璞示葬地

　　神廟時，玉山夏子陽為太常卿。其祖以布德為念，家務本自不裕，耐守
青氈，然布施之念常堅。每探貧而孕者，與夫貧而病者，必周以薪米，給以
藥餌。生平以忠孝作主，心地坦夷，奸狙不設。及祖妣病，見一老叟臨臥所
囑之曰：「汝來日必死，宜葬於牌樓山上，某人居母柩之所。其母某日移葬別
山，汝須謹記。予郭璞也。」嗣後其祖遂依所囑以扦之。果吉穴，產太常公，

子亦相繼登第。(明·鄭瑄輯《昨非庵日纂》卷十八)

　　。神仙(郭璞)指吉地，竟是他人遷葬遺留之所【參三5】(《昨非庵日纂》)

　　。。風水吉作用：葬地佳者福子孫：登第封侯【參三5】(《昨非庵日纂》)
　　&神示吉地以賞善(佈施、忠孝)【參三5】(《昨非庵日纂》)

四、因夢得地

1、〈張式〉

　　張式幼孤，奉遺命，葬於洛京。時周士龍識地形，稱郭璞青烏之流也。式與同之外野，歷覽三日而無獲。夜宿村舍。時多寒，室內惟一榻，式則籍地，士龍據榻以憩。士龍夜久不寐，式兼衣擁爐而寢，欻然驚魘曰「親家」，士龍遽呼之，式固不自知。久而復寐，又驚魘曰「親家」，士龍又呼之，式亦自不知所謂。及曉，又與士龍同行。出村之南，南有土山，士龍駐馬遙望曰：「氣勢殊佳。」則與式步履久之。南有村夫伐木，遠見士龍相地，則荷斧遽至曰：「官等得非擇葬地乎？此地乃某之親家所有。如何？則某請導至焉。」士龍謂式曰：「疇昔夜夢再驚，皆曰『親家』，豈非神明前定之證與？」遂卜葬焉。而式累世清貴。(《出集異記》宋《太平廣記》卷三百九十·塚墓二，第9條)

　　。夢中徵兆應驗：尋地者夢囈云呼某某，覺而尋得某地，地正其夢囈所呼者所有【參四1】(《集異記》《廣記》)

　　。。風水吉作用：葬地佳者福子孫：累世清貴【參四1】(《集異記》《廣記》)

2、〈野駝飲水形〉

　　先君嘗見蔡元度，言其父死，委術者王壽昌於餘杭尋視葬地，數日不至，蔡因夢至一官府，有紫衣人據案而坐，望蔡之入，遙語謂曰：「汝尋葬地，已得之否？野駝飲水形是也。」覺而異之，適壽昌至，問其所得，云：「有一地在臨平，山勢聳遠，於某術中佳城也，但恐觀者未誠吾言耳。」元度云：「姑言山形可也。」王云：「一大山巍然，下臨浙江，即野駝飲水形也。」元度曰：「無復他求，神先告我矣。」即用之。(宋·何薳《春渚紀聞》卷五)

　　。夢中徵兆應驗：夢獲神示吉地名稱，明日果有人告得其地【參四2】

（《春渚紀聞》）

　　#風水名稱：野駝飲水形【參四 2】（《春渚紀聞》）

　　3、〈金雞老翁〉

　　趙帥轎，居湖州武康上柏圓覺寺。乾道九年春，為父謀葬地，久而未得。夏五月，夢一翁雪鬚白衣，右手抱金雞與語云：「吉卜只在三十里內，明日便可得。」時所營茫然無緒，未敢以為信。明日正午寢寺中，有僧來謁，言有一道人持經帳為某家售地，轎即令引入詢之。迨晚偕詣其處，問山名，乃金雞峰也。頓悟昨夢人，喚主至，商價須百千，喜而酬之。成券之日，又適辛酉，竁穴生壬向丙，於青囊家指為佳城，葬之。次年，轎以進士登第。（宋・洪邁《夷堅志》卷十一）

　　　　。夢中徵兆應驗：夜夢老翁抱金雞示吉地，明日得吉地在金雞峰【參四 3】（《夷堅志》）

　　　　。。風水吉作用：葬地佳者福子孫：登第【參四 3】（《夷堅志》）

　　4、〈周十翁墓〉

　　弋陽周尚書高祖十翁，居邑之衫山。因妻亡，招術士訪葬地，未獲。夢妻告云：「地不須他求，但用明日去茅岡上，亂揮竹杖驚趕，若遇雉飛走處，便是穴。」覺而如其言，往反三十里無以得，此為不足憑信。今術士別卜，又夢其妻云：「我夜來所說非虛語，只在屋前後數里內，仍須絕早起，於日未出時著意尋訪，如更遲兩日，雉不復在此處，則失之矣。其地非尋常比，興旺甚速，或得之治窆，切不可深，他日定出狀元宰相，富貴綿遠。倘下穴過深，其發必遲，種種不及矣。」翁念兩夢之異，遂率子弟宗黨協力營求。才行數里，果一雉從茅中高翔而逸，急立標識之。土氣溫煖，迥與岡上他土不同，乃治為雙墓。術士自知無功，酬謝必薄，妄以禍福開曉，竟鑿過一丈。翁沒後，子孫皆為民，至百餘年，曾孫廷俊始生子表卿登科第，二人位至吏部尚書。十翁葬處，左右前後唯產茅茨，獨對穴有古松一株，指為案山，而松稍向東者，極偏側不正，故尚書頭稍偏，諸子諸孫亦多如此。（宋・洪邁《夷堅志》・卷二十七）

　　　　。。取得風水的途徑：夢獲亡者示吉地【參四 4】（《夷堅志》）

　　　　。亡者藉夢與人通意：告知吉地所在及其葬法【參四 4】（《夷堅志》）

　　　　。卜者（亡者託夢）預言應驗：卜者云葬某地，子孫定出狀元宰相，若

下穴過深則遲發：深葬，百年後出宰相【參四 4】（《夷堅志》）

。。風水吉作用：葬地佳者福子孫：登科致仕【參四 4】（《夷堅志》）

。。風水負作用：風水形象符應於人：祖先墓樹偏側不正，後代子孫頭側偏【參四 4】（《夷堅志》）

5、〈益公屋基〉

周益公辭鄉歸，徜徉田里，日攜衛者過十里外烏泥坑相地。見一農家住場，曰：「此處山水環抱，將可爲樂止乎？」言未幾，翁媼出迎曰：「夜來夢見妻至德佛來尋地。今日相公來，願以地獻。」公厚資別爲造屋。忽見二三丈許，有三所無主墓，左右者欲去之，公曰：「生有鄰，死亦如之。」每年拜掃，當備酒三行、飯一盂、紙十束同祭。仍鏤榜堂前，使子孫遵守，可謂忠厚之至矣。（元·《湖海新聞夷堅續志·前集》卷二）

　　。夢中徵兆應驗：夢見神佛來尋地，明日遇相地者卜其地【參四 5】（《湖海新聞夷堅續志》）

6、〈預卜佳地〉

公東塘先生，名家臣，臨朐縣人。隆慶戊辰進士，庶吉士編修，謫廣平推官，陞南戶部主事。過里中轉墓，至黃山下，謂子鼐曰：「此佳地，歿而葬此可矣。」鼐聞言怪之。既抵南，病作，鼐往迎，至徐州見夢曰：「吾不歸矣。黃山葬地，無過趙氏北牆下。」鼐大驚，起赴，公已卒滁州，蓋即見夢之夕也。既尋得地，葬有日矣，即不知所言趙者何。鼐臥樞側，夢一蒼頭馳告曰：「闕前遇一石橋，奈何？」相與往視之，儼然古塚，堂宇宏麗，朱扉四啓，隙中見一燈熒然。已而朱扉開，燈爆有聲，光大起如晝。北壁有銘，而闕其角，曰「宋貴主葬處」也，生嘉祐至道間，一轉爲某官，再轉爲戶部主事、推官云。旁有書四廚、劍四，皆銀室。鼐拔劍舞，遂覺。覺而悟宋貴主之爲趙氏也。越數日方葬，而甘泉出，芝草生。至萬曆辛丑，鼐成進士，庶吉士編修，今爲侍郎，文行一時推重。余曾通書得，亦奇寶也。太史官不達，身後得吉地，昌其後，豈偶然哉。（明·朱國禎《湧幢小品》卷二十五，頁十二，明史附公鼐傳《中國歷代卜人傳》卷二十三·山東省一，頁809）

　　。亡者藉夢與人通意：囑咐葬事【參四 6】（《湧幢小品》《中國歷代卜人傳》）

　　。異夢相應：一夢解一夢：先夢一人來說事，但不解其中意，經日後又

夢一人來說事，正與前夢應合可解意【參四 6】(《湧幢小品》《中國歷代卜人傳》)

　　。。風水吉作用：葬地佳者福子孫：登科致仕【參四 6】(《湧幢小品》《中國歷代卜人傳》)

五、吉地取於物擇

1、〈龜葬〉

　　濱海素少士人。祥符中，廉州人梁士卜地葬其親，至一山中，見居人說旬日前，有數十龜負一大龜，葬於此山中。梁以為龜神物，其葬處或是福地。與其人登山觀之，乃見有邱墓之象，試發之，果得一死龜。梁乃遷龜他所，以其穴葬親。其後梁生三子，立則、立賢皆以進士登科，立儀亦官於朝廷，徙居廣州，蔚為士族。人謂之龜葬。(《補筆談》清・潘永因輯《宋稗類鈔》卷七・報應)

　　。。取得風水的方法：取龜葬之處葬親【參五 1】(《補筆談》《宋稗類鈔》)

　　。。風水吉作用：葬地佳者福子孫：登科致仕【參五 1】(《補筆談》《宋稗類鈔》)

六、智取風水

甲、偷葬得風水

1、后妃之祥

　　向文簡公父欲葬其母，時開封府城外有地，讖云：綿綿之岡，勢如奔羊，稍前其穴，后妃之祥。術者以穴在一小民菜園中，恐民不肯與，因夜葬其地。民以向橫訴於府尹，尹令重與之價，仍不廢其菜。次年，遂生文簡公。欽聖后，文簡孫也。(清・潘永因輯《宋稗類鈔》卷七・報應)

　　。。取風水的方法：偷葬他人之地以佔風水【參六甲 1】(《宋稗類鈔》)

　　。。風水吉作用：葬地佳者福子孫：出后妃【參六甲 1】(《宋稗類鈔》)

　　。讖記應驗：綿綿之岡，勢如奔羊，稍前其穴，后妃之祥【參六甲 1】(《宋稗類鈔》)

2、〈九疊祠〉

福清西礁山有一座九疊祠，是明朝丞相霍滔所建的。霍滔的母親是堪輿家的女兒，霍滔很小時，她就守寡了。貧困年幼的霍滔一邊爲人放牛，一邊在牛背上看書。一天，一個江湖術士，尋龍到這裏，已找到龍頭龍尾，但未證實。正苦無助手，見到牧童霍滔，便掏出錢請他幫忙，要他站在龍尾的地方，術士自己走到龍頭，跳了九跳，問牧童怎樣，他說地是會動的。再易地爲之，也是一樣。術士把錢給了牧童就走了。牧童拿了錢，開心地向母親報告得錢的經過，他母親一聽，就挖出丈夫的遺骨，埋到龍脈所在的地方。日後霍滔就飛黃騰達起來，位極人臣，並說動了皇上，建起依山勢而建的九疊祠。（《中國傳奇》第六冊《民俗傳說》頁 63～65）

　　。。風水異徵：龍地風水，跳地會動【參六甲 2】（福建福清）

　　。。取風水的方法：偷葬風水師堪輿佳地以佔風水【參六甲 2】（福建福清）

　　。。風水吉作用：葬地佳者福子孫：飛黃騰達，位極人臣【參六甲 2】（福建福清）

3、〈趙匡胤龍口葬父〉

趙匡胤幼時是楊府上的放牛孩子。楊家太翁過逝，楊家重金聘了一位陰陽先生來看墳地，陰陽先生告訴楊家說福地在一個潡潭的懸岩間一個伸出的石頭，石形如龍，龍口在每年天中節的三更三點開，只要把楊太翁的骨灰準時扔進龍口，楊家少爺就可以做皇帝了。放牛娃趙匡胤偷聽到這消息，先拿了自己父親的骨灰在潭邊等著，準時扔進了龍口，龍口快閉時，楊家人才趕到，只掛在石龍的角上。陰陽先生說：「天定不可違。但楊家也不失世世作將相。」因此宋朝一代老是「趙姬天子楊家將」。（林蘭《東方故事1——朱元璋故事》頁 63～64）

　　。。風水異徵：懸岩間石形如龍，龍口在每年天中節的三更三點開【參六甲 3】（《朱元璋故事》）

　　。。取風水的方法：偷葬風水師堪輿佳地以佔風水【參六甲 3】（《朱元璋故事》）

　　。。風水的效果：當皇帝【參六甲 3】（《朱元璋故事》）

　　。。風水吉作用：葬地佳者福子孫：世世作將相【參六甲 3】（《朱元璋

故事》）

乙、計騙風水

1、〈望江二翁〉

舒之望江，有富翁曰陳國瑞，以鐵冶起家，嘗為其母卜地，青烏之徒輻
集，莫適其意。有建寧王生者，以術聞，延之。逾年始得吉於近村，村有章
翁者業之。國瑞治家，未嘗問有無，一以諉其子。王生乃與其子計所以得地，
且曰：「陳氏卜葬，環數百里莫不聞。若以實言，則龍斷，取貲未易厭也。」
於是僞使其冶之隸，如張翁家議圈冢，若以禱者，因眺其山水之美而譽之曰：
「吾冶方乏炭，此可窒以得貲，翁許之乎？」張翁固弗疑也，曰：「諾。」居
數日，復來，遂以錢三萬成。約國瑞始來相其山，大喜。築垣繕廬三閱月而
大備，遂葬之。明年，清明拜墓上，王與子偕，忽顧其子曰：「此山得之何人？
厥直凡幾？」子以實告。又顧王曰：「使不以計勝，則為直當幾何？」曰：「以
時賈商之，雖廉猶三十萬也。」國瑞亟歸，命治具輕馬，謁張翁而邀之。至
則館焉，盛殽醞相與款洽者幾月，語皆不及他。翁既久留，將告歸，復張正
堂而醮之，……告之曰：「予葬予母，人謂其直之脧，請以此為翁壽。」……
翁卒辭曰：「當時固已許之，實又過直。子欲為君子，老夫雖賤，可強以非義
之財耶？」……（宋・岳珂《桯史》卷二）

> 。。取得風水的方法：計騙風水：訛告地主為圈冢以購其地，實為取該
> 地風水以廉價得【參六乙1】（《桯史》）

> 。W. 正直的人：經紀人用計以廉價取得葬地，主人聞之，尋得地主以
> 復償其值【參六乙1】（《桯史》）

2、九龍頭

據王文祿（字世廉，海鹽人，嘉靖十年舉人）《龍興寺古記》載：「泗州
（安徽）有楊家墩，墩下窩，熙祖嘗臥其中。有二道士過，指臥處曰：『若葬
此，出天子。』其徒曰：『何也？』曰：『此地氣暖，試以枯枝栽之，十日必
生葉。』熙祖起。曰：『汝聞吾言乎？』熙祖佯聾，乃以枯枝插去。熙祖候之，
十日果生葉，熙祖拔之，另以枯之插之。二道士復來，其徒曰：『葉何不生也？』
曰：『此必人拔去矣。』熙祖不能隱。道士曰：『但洩氣，非長支傳矣！』謂
曰：『汝有福，歿當葬此，出天子矣。』熙祖與仁祖，後果得葬，葬後土自壅。
其後，陳後孕太祖，皆言此墩有天子氣。仁祖徒鳳陽，生於盱眙縣靈跡鄉。

方圓丈許，至今不生草木。仁祖崩，太祖舁至中途，風雨大作，索斷，土自壅。人言葬九龍頭。」（鐘義明《中國堪輿名人小傳記》頁 140）

　　。。風水異徵：地氣暖能使枯枝生葉【參六乙 2】（《中國堪輿名人小傳記》）

　　。，取得風水的方法：祥聾偷聽風水師論風水秘密【參六乙 2】（《中國堪輿名人小傳記》）

　　。。取得風水的方法：實驗作假取寶地：隱瞞風水古地特徵，吉地能使枯枝生葉，作假者拔去生葉之枝代以枯枝【參六乙 2】（《中國堪輿名人小傳記》）

　　。。風水吉作用：葬地佳者福子孫：世世作將相【參六乙 2】（《中國堪輿名人小傳記》）

　　。。天葬：抬棺出葬，中途遇雨，索斷而棺落，土自壅為墳【參六乙 2】（《中國堪輿名人小傳記》）

　　。。風水異徵：天子降生處，方圓丈許，數年不生草木【參六乙 2】（《中國堪輿名人小傳記》）

　　#風水名稱：九龍頭【參六乙 2】（《中國堪輿名人小傳記》）

3、〈七尺無露水〉

　　古寧頭李姓始祖原是當地大戶張家的長工。張家擇得七尺見方、夜不沾露的「七尺無露水」風水吉地，風水師云葬前可出三宰相，葬後可得萬年丁。李姓長工早年在北方做生意，會聽普通話，聽到了風水先生和員外兩人用普通話討論的內容，得知風水祕密。李姓長工便於夜晚覆席於真風水地旁，使地不沾露；清晨再把草席拿起，並潑水於真風水地上。後來張家主人就葬在李姓長工設計的假風水地，李姓祖先則自己葬了真風水地，至今後代繁衍旺盛，張姓反而沒落。（1990 吳二講述（男 62 歲，農）《金門民間傳說》頁 87）

　　。。風水的效果：葬前可蔭後代出三宰相，葬後可保後代萬年有人丁【參六乙 3】（金門）

　　。。風水異徵：七尺之地，夜不著露【參六乙 3】（金門）

　　。。取得風水的方法：實驗作假取寶地：製造風水吉地特徵，吉地夜不著露，作假者灑水於不著露的真風水地上，覆席於他地使不沾露，令主人誤認假風水地而棄真風水地。【參六乙 3】（金門）

。。風水的作用：葬地佳者福子孫：後代繁衍成大族【參六乙 3】（金門）

4、〈瓊林蔡氏大族的興起〉

瓊林蔡氏祖先遷入瓊林前，當地已有發展成大姓的宗族，蔡氏祖先是當地宗族長老請來服侍風水先生的僮僕。風水先生賞識蔡氏，有意提攜，便告訴他村中某竹叢是蔡氏本命，命他每日澆灌，可以旺族。大族的長老聽說這件事，為避免外姓蔡氏在地發展成大族，便砍去竹叢。沒想到風水先生說的原來是反話，其實竹叢才是該大族的本命，卻會妨礙蔡氏的發達。竹叢砍去後，蔡氏就從在地繁衍成大族，並且世代發達。（《金門民間故事研究》頁 64）

。E. 宗族命運寄竹叢【參六乙 4】（金門）

。。取得風水的方法：以反話誘騙敵人落入圈套：欲幫助某甲的風水先生，告訴某甲云某物（竹叢）為其本命，使某甲加意維護，某乙以為某甲將壯大而不利於自己，遂除去其物（竹叢），然其實某物（竹叢）為不利於甲而利於乙之本命象徵，其物除後，甲遂獨大而乙則沒落【參六乙 4】（金門）

。。風水的作用：在地宗族本命（竹叢）除，本族沒落而外姓壯大【參六乙 4】（金門）

5、〈韓信得風水寶地〉

韓信小時候在一個財主家做活。這天財主請來一個風水先生挑墳地，風水先生看中財主家一塊長毛草的坡地。風水先生為向財主證明這是一塊風水寶地，招來在一旁做活的韓信，請他往前走出一百步，風水先生在一頭輕聲叫喚，問他是不是聽著像打雷，韓信果然聽著像打雷，卻裝著什麼也聽不見。風水先生他對換位置說話，韓信只張嘴沒放聲，讓始終沒聽見聲音的財主以為風水先生看走了眼。風水先生不死心，說在地上埋個橛子（木樁），趕天明橛子能竄出來，能證明這是個風水寶地。百步外的韓信聽到了這話，半夜裡拿著錘跟在財主和風水先生後頭，只要橛子往上竄，他就拿錘子錘下去。到天明，橛子不動了，韓信躲在後面，看著風水先生對著保持原樣的橛子，被財主損一頓走了。韓信從此把工錢存在財主那裡，幾年以後，對財主說不要工錢，只要一塊地娶妻成家，說那塊長草的坡地離家近，財主高興的給他了。韓信就將他爹娘的屍骨移葬到這，沒幾年當兵打仗就當上了元帥。（1991 靳慶

春（男 29 歲）講述《耿村民間文化大觀》頁 2088～2089）

　　。風水異徵：百步聲聞如雷響【參六乙 5】（耿村）

　　。風水異徵：木樁埋地，隔夜長大【參六乙 5】（耿村）

　　。。取得風水的方法：實驗作假取寶地：隱瞞風水吉地特徵（百步聞聲如雷，假裝不聞；木樁埋地隔夜長，持錘打樁使不長），令主人誤以為不是風水地而放棄。【參六乙 5】（耿村）

　　。。風水吉作用：葬地佳者福子孫：後代當元帥【參六乙 5】（耿村）

丙、骨殖調包換風水

1、〈趙家天子楊家將〉

　　五代時，在浙江、福建、江西三省交界的分水嶺腳，有個趙員外，只有一個女兒，十七、八歲還沒結婚。一天，一個俊秀男郎來她繡房，結為夫妻，不久懷了孕，父母很生氣，她只好說出實情。父母教她夜裡那男子來時，把線頭吊在他背後，他們跟著線找到花園池塘中，線頭吊在一個大甲魚背上，員外就把它打死了。趙小姐懷念夫妻之情，悄悄將甲魚骨灰藏起來。不久，她生了一個男孩，特愛玩水，後來趙員外夫婦相繼去世，母子就靠捉魚度日。一天，來一個風水先生，叫楊先平，看到這一帶風水很好，可是龍脈在水底。他正好看到這男孩在水裡捉魚，就問男孩，水裡是不是有三個洞，男孩說洞裡紅如火燒。楊先平告訴男孩，家人如果葬在這裡，家裏一定出大官，並要男孩回家取先人遺骨來。男孩回家告訴母親，母親也跟他說了父親是甲魚精的實情，並將甲魚骨灰交給他。來到水邊，楊先平將兩包骨灰也交給男孩，告訴他三洞中間是武將，左邊是文官，右邊是皇帝，要男孩將他的兩包放進左邊和中間，將男孩的一包放進右邊，他將來可以當皇帝。男孩下水後，自己心想做武將，寧可不當皇帝，就將自己一包丟進中間洞裡。上岸後，楊先平問他如何放，男孩照實說了。楊先平聽了，直呼天意，原來中間的洞，才能出皇帝，兩邊洞只能出大將。後來男孩長大了，就是宋朝開國皇帝，楊先平的後代就是楊家將。（張先庭（男 80 歲，略識字）講述《中國民間故事集成浙江卷》頁 110～111，亦見《中國民間故事集成江蘇卷》頁 75～77，亦見《中國民間文學集成保定市故事卷》卷二頁 68～70，〈趙匡胤出世〉）

　　。針線跡怪【參六丙 1】（浙江、江蘇、河北保定）

　　。人與甲魚（烏龜）生子【參六丙 1】（浙江、河北保定）

。人與水獺生子【參六丙 1】（江蘇）

。。誤打誤撞得風水：一個懂風水的人須靠某人幫忙才能得到天子地，天子地旁是王侯地，懂風水者謊稱該王侯地即天子地，意使某人取得王侯地，自己可得天子地。不料某人想當王侯不當天子，而取其所假稱爲王侯之天子地。後來某人成爲皇帝，懂風水者後代爲其朝中王侯【參六丙 1】（浙江、江蘇、河北保定）

。。風水吉作用：葬地佳者福子孫：出皇帝與王侯【參六丙 1】（浙江、江蘇、河北保定）

。。風水異徵：水底洞，紅如火燒【參六丙 1】（浙江）

。。風水靈物：河裏神牛吃骨灰【參六丙 1】（河北保定）

。。風水靈物：河裏魚龍吃骨灰【參六丙 1】（江蘇）

。。風水的作用：骨灰進牛嘴（魚龍嘴），後代做皇帝；骨灰掛牛角（魚龍角），後代做大臣【參六丙 1】（保定、江蘇）

2、〈乾隆的傳說〉

一戶人家請風水先生看了一塊地，這塊地的風水在海裏面，天亮海水退時會露出一只牛頭，只要把祖先屍骨葬在牛嘴裏，下代就會出皇帝。這家主人就請一個水性好的放牛娃，要他將包好的屍骨在明天潮退時放進牛嘴。放牛娃的母親聽說，就將自己祖宗的骨灰做在饅頭裏，讓放牛娃將饅頭放進牛嘴，將東家的屍骨掛在牛角上。後來放牛娃的下一代就是海寧的陳閣老，他爲了奪權，將自己的兒子與皇后娘娘同一天生的女兒調包，陳閣老的兒子後來就成了乾隆皇帝，東家的下一代則出了一個大臣。（1987 王綠綺（杭州人，64 歲）講述《中國民間文學集成上海卷盧灣區故事分卷（上）》頁 13～14）

。。風水異徵：海水退潮露牛頭，牛嘴即風水穴【參六丙 2】（杭州、上海）

。骨灰做饅頭【參六丙 2】（杭州、上海）

。。風水吉作用：葬地佳者福子孫：出皇帝與王侯【參六丙 2】（杭州、上海）

3、〈石家遷墳〉

石閣老的爹是個苦人，一次撿柴時，看見一個南蠻子圍著他家地轉圈，原來這是個會觀風水的，它看出這是臥龍寶地，祖宗屍骨埋此，後世會出高

官。南蠻子將祖宗骨頭放在小木匣，從南方帶來，埋在石閣老家的九龍口。石閣老的爹看見了，打開木匣，明白了自己這塊地是風水寶地，也把自家祖宗骨頭遷來，把那南蠻子的小木匣供香著。不久，石閣老娶了一個窮人家的醜女子，不到一年懷了孕。他夫妻到地裏看管庄稼，半夜聽到有人說石家小子日後做大官，得小心保護著。這時，懷孕六個月的石閣老母親就生下了一個小子，長大在朝裏當了閣老。南蠻子回家，等著發跡，不知道祖宗骨頭讓石家供著，石家後世是高官，南蠻子受不住他家拜，折騰得不輕。南蠻子又來北方，看墳頭變了，知道挪了墳，自家沒得福份的命，就向石家要回木匣走了。（1987 張長才（男 52 歲，小學文化）講述《耿村民間故事集第一集》頁 73～74）

　　。。取得風水的方法：偷換骨灰佔風水【參六丙 3】（耿村）

　　。。風水吉作用：葬地佳者福子孫：出皇帝與王侯【參六丙 3】（耿村）

　　。。平民難堪貴人拜：高官家人祭拜平民遺骨，遺骨家人受折騰【參六丙 3】（耿村）

4、〈郭璞的故事〉

　　堪輿家郭璞用黃綾包了父親的骨粉，走遍天涯尋找好風水，希望將來子孫飛黃騰達。走到江西，發現一個龜穴出源在河裡，並尋跡找到正穴的龜嘴在一個張姓富家的花園假山陰溝裏。郭璞便毛遂自薦，到這戶人家當教書先生，相機將父骨葬在龜嘴裏，並留在張家，暗中保護父骨。一個中秋夜裏，郭璞走到一座山邊，發現這座山是眞獅穴，而且地靈即將在當晚啓動，他趕緊奔回張家，從龜嘴挖出骨包就走，但等他舉起骨包要投入獅口時，才發現自己的黃綾骨包變成了紅綾包袱，他心知這是張家骨包，但已來不及回頭掉換，因為獅口千年才一開，他仍然保紅綾骨包投入獅口。回到了張家，郭璞向張家坦白了來意，並說明了誤將張家骨包葬入獅口的事，張家很同情他，便將花園送給他，永不動搖郭家的葬地。後來，張家就出了張天師，郭家出了郭子儀。（流傳在浙江蕭山，《民間月刊》第三期，頁 23～25）

　　#風水名稱：龜穴【參六丙 4】（浙江蕭山）

　　#風水名稱：眞獅穴【參六丙 4】（浙江蕭山）

　　。。誤打誤撞失風水：急取骨包搶風水，誤拿別家骨，風水他家得【參六丙 4】（浙江蕭山）

。。風水異徵：地靈千年一開【參六丙 4】（浙江蕭山）

風水吉作用：葬地佳者福子孫：出王侯將相【參六丙 4】（浙江蕭山）

風水吉作用：葬地佳者福子孫：出能人：道教天師【參六丙 4】（浙江蕭山）

5、〈毛狀元的故事〉

明代崑山半山橋，有毛姓客棧一所。有天來一個旅客，每天黎明出門，早飯回來，連續三十餘日。店主對他感到好奇，跟蹤他到馬鞍山下，看他埋下一個黃色包袱。回客棧後這人就結帳回鄉了。店主偷偷去掘開包袱，見是骨骸，知道那人是來看風水，就把自己父母的骨骸埋在該穴，把黃色包袱埋在旁邊。三十多年後，店主人的孫子毛澄中了狀元，同時間那埋黃包袱的旅客又來到馬鞍山下，見當初的墳地變成了大坵墓，尋問之下才知道葬黃包袱的地已被毛姓所葬，自己當時以為家中即將出個狀元，如今卻已家道中落，只能慨嘆是命中註定。（流傳於崑山。周纘善記錄，林蘭《東方故事 3—董仙賣雷》頁 104～106）

。。取得風水的方法：偷換骨灰佔風水【參六丙 5】（昆山《董仙賣雷》）

。。風水吉作用：葬地佳者福子孫：出狀元【參六丙 5】（昆山《董仙賣雷》）

6、〈看風水先生〉

一個看風水老人有個兒子，媳婦討來三年沒孩子。一天，媳婦要求公公找個好風水，埋祖先骨殖。老人出門找到一個好風水，是在一間豆腐店的房門口下。老人回家叫兒子將祖先骨殖磨成粉，裝進盒子，自己帶到豆腐店去借宿，趁夜將盒子埋在房門口。豆腐店老板夫婦發現後，也拿來自己祖先骨殖，放在老人的盒子上面。後來，老人的媳婦懷孕了，老人卻又發現一個更好的風水，在龍虎山的一口沸騰的井。老人回豆腐店帶出盒子，投入井中。不久，媳婦生下一子，又白又胖，老人一看卻唉聲嘆氣。原來骨殖埋在龍虎山，孩子應該又黑又壯，只有在豆腐店門下，孩子才會又白又胖。老人來到豆腐店，正好老板娘剛生一子，正大哭不止，老人一摸，他卻不哭了。老人向老板夫婦說明風水和來意，要求交換孩子，老板夫婦也同意了。多年以後，老人的孫子做了皇帝，豆腐店老板的兒子做了宰相。（1987 施有法（65 歲）講述《中國民間文學集成上海卷金山縣故事分卷》頁 280～282）

　。。取得風水的方法：偷葬他人之地以佔風水【參六丙6】（上海）

　。。取得風水的方法：偷葬風水師堪輿佳地以佔風水【參六丙 6】（上海）

　。。誤打誤撞失風水：急取骨包搶風水，誤拿別家骨，風水他家得【參六丙6】（上海）

　。。風水異徵：沸騰的井【參六丙6】（上海）

　。。奇怪的風水地：在豆腐店的房門口下【參六丙6】（上海）

　。。取得風水的方法：不尋常的交易：交換後代還風水【參六丙6】（上海）

　。。風水吉作用：葬地佳者福子孫：出皇帝或宰相【參六丙6】（上海）

　。。風水的作用：風水特徵符應於人：祖先葬龍虎山，後代子孫黑且壯【參六丙6】（上海）

　。。風水的作用：風水特徵符應於人：祖先葬豆腐店門下，後代子孫白且胖【參六丙6】（上海）

7、〈討風水的來歷〉

有一個老陰陽，追風水的龍脈，追到一個邊遠的山村，借住在一戶人家裡，夜裏出去探龍脈落穴的地方。這戶人家只有母子倆，娃兒有十六七歲，一天夜裏偷偷跟著老陰陽出去，看到河中一個回水沱，半夜拱出一朵銀色的大蓮花，老陰陽正朝盛開的蓮花心一次次地丟石頭，終於有一個石頭進了花心，花瓣就合起來，沉進水裡。一個月後，老陰陽一次就能將石頭投進花心，就向母子倆告辭，並說他不久還會再來。老陰陽走後，娃兒將所見之事告訴親娘，娘聽了知道那就是龍脈落穴之地，要兒子挖出父親骨頭，占了這個風水。一年以後，老陰陽帶著自己父親的骨灰回到這村，在河邊一連等了三夜，沒見著蓮花的影子，便知道尋了十多年的風水寶地已被人占了，推算就是借住人家裡的娃兒，於是就不提風水的事，玩幾天就走了。不久，老陰陽再度造訪娃兒家，帶來　個漂亮的女子，說是自己的姪女，要許給娃兒，以答謝之前數月的招待。母子高興地辦了喜事。不久，女子懷孕了，老陰陽又來了，說接姪女回去玩，卻從此再也沒有回來。老陰陽就這麼用女人討回了被占的風水。（王文治講述《四川風俗傳說選》頁336～338）

　。。風水異徵：水中蓮花半夜開，花心即風水穴【參六丙7】（四川）

。。取得風水的方法：偷葬風水師堪輿佳地以佔風水【參六丙 7】（四川）

。。風水師的詭計：計獻女子討風水：獻女子予葬得風水吉地者之後代，待女子懷孕後取回女子，占有其得風水之蔭的後代【參六丙 7】（四川）

丁、畸地風水巧葬法

1、〈張真人塚〉

張真人之始祖善相地，負其親灰骨，行求十餘年，到龍虎山。睹其崖吉，而峻險不能梯，乃粉其骨為彈丸，以弓發之至若干丸而墮後，復再中至若干丸而止，故其封爵中絕，尋亦復，此其驗也。又其家口號云：傳睛不傳髮，傳髮不傳睛。今子孫襲封者，非鬢髮上指，則目睛仰生云。（明・王圻纂《稗史彙編》卷十三・地理門・陵墓類，頁 235）

。。奇怪的風水地：在高崖峻險處，人不能到【參六丁 1】（《稗史彙編》）

。。取得風水的方法：畸地風水巧葬法：骨灰作彈丸，以弓發至人不能登之崖上吉地【參六丁 1】（《稗史彙編》）

。。風水的作用：風水葬法影響後代：骨灰斷續葬，後代封爵亦斷續【參六丁 1】（《稗史彙編》）

。。風水的作用：風水特性影響後代：祖先葬高崖，後代得風水之蔭者，非鬢髮上指，則目睛仰生【參六丁 1】（《稗史彙編》）

2、鵝肫蕩

無錫華祖塋原結在水中，此故天地之深藏珍祕，以待積德之人。華氏之先為仇人誣以人命，獄卒憐其枉，欲為斃其仇人，華公力止之，云：「我成獄，未必即典刑；我謀彼，先殺一命矣。」是夜夢土神告之曰：「汝積德如斯，與汝一地，在鵝肫蕩。」後華公果為仇阱十餘年。出獄，偶有堪輿流落，無知者，華公遇而延至其家館穀之。堪輿欲覓一地報公，不得。歲暮辭歸，將俟再至，公復厚為齎發。堪輿行，遇大霧，泊舟河干，見霧中一處氣獨清。頃霧收，往登之，果大地，但穴沉水底。堪輿回舟告公，公初遲疑，詢其處，乃鵝肫也，因與夢符，遂信之。堪輿方踟躕無葬法，適有木排失風大至蕩中，買木四圍下樁，中實以土，覆挖至是處葬之。後出學士洪山公，科第幾三人，至今鼎盛。造化留之，以報盛德。吾人卜地，可不留以還造化乎。（宋・李思總《堪輿雜著》，頁 64）

。受惠者爲施惠者指示吉地以爲報答【參六丁2】(《堪輿雜著》)

。夢中徵兆應驗：夢見神告以吉地所在，日後果於該處得地【參六丁2】
(《堪輿雜著》)

。。奇怪的風水地：穴沉水底【參六丁2】(《堪輿雜著》)

。。取得風水的方法：畸地風水巧葬法：水中做墳：木排圍椿於水中，
中實土以造墳【參六丁2】(《堪輿雜著》)

。。風水的作用：葬地佳者福子孫：子孫登第致仕【參六丁2】(《堪輿
雜著》)

3、〈華太師造木排墳的傳說〉

明朝宰相華鴻山清正剛直，與朝中人不合，就告老辭官，回家鄉龍庭鎮，
想建亭台樓閣安享晚年，卻被朝中奸臣向皇帝誣告，說是要在鄉下建龍庭，
準備造反。華太師連忙逃離家鄉，並將龍庭鎮改爲東亭鎮。華太師坐船到一
個蘆葦蕩旁，在湖中掉了一只白玉酒杯，尋到天黑，家人先在酒杯掉的地方
插上竹篙，第二天卻見篙上長了竹葉並開了花。有人便說這湖是寶地，請風
水先生一看，果然是個好風水，若做墳地，子孫將興旺發達。華太師便買下
了湖蕩，準備做墳。正愁沒有陸地，不知如何造墳時，呂洞賓變成一個漁夫，
教他按蘆蕩大小扎木排，放進泥土石塊沉進水裏，疊架起來便可成地以造墳。
華太師死後就葬在這無錫、常熟、蘇州三地交界的湖蕩裏，子孫就在附近河
港交叉的小鎮上世代相傳。(1987 黃鴻生（無錫人，64 歲）講述《中國民間
文學集成上海卷盧灣區故事分卷（上）》頁 147～148)

。。風水的效果：子孫興旺發達【參六丁3】(無錫上海)

。。風水異徵：枯竹插地，生葉開花【參六丁3】(無錫上海)

。。取得風水的方法：畸地風水巧葬法：穴在水中，以木排疊架，填泥
土石塊成地以造墳【參六丁3】(無錫上海)

。神仙（呂洞賓）化人（漁夫）教示葬法【參六丁3】(無錫上海)

七、力爭風水

甲、活埋親人取風水

1、〈韓信活埋親娘〉

韓信九歲時在一井邊玩，一個風水先生經過，見出這是一塊龍地，他告訴韓信，井口是龍頭，井外三丈處的青石是龍尾，如果在龍尾跳動而井水起泡，這就是一塊活龍地，誰死了葬在這裏，他的後人可以大富大貴；如果活著葬下去，他的後人可以封侯拜相。如果井水不起泡，就是死地龍，沒有用。風水先生請韓信幫忙測試，韓信卻在青石上蹲上蹲下假裝跳動，或在風水先生跳動青石使井水起泡時，謊稱沒有見到氣泡，使風水先生以為這是死地龍而黯然放棄，韓信於是獨佔了這塊地。等他十幾歲時，母親生病，韓信將母親騙到潭邊，請母親下潭尋寶，將母親用繩放下後就沒拉她上來，並推土將母親活埋在潭裏了。天帝知道後大為震怒，減了他十年陽壽。（施文琪（47 歲）講述《中國民間文學集成上海卷長寧區分卷》頁 51～53，1988 施福田、金根樣、浦月亭講述《中國民間文學集成上海卷虹口區故事分卷（一）》頁 197～199）

。。風水的效果：葬死人，後代富貴；葬活人，後代封侯拜相【參七甲1】（上海）

。。風水異徵：人在龍地尾處跳動，龍頭之井會起泡【參七甲 1】（上海）

。。取得風水的方法：實驗作假取寶地：隱瞞風水吉地特徵（蹲上蹲下假裝跳動，其實不動，使風水地井水會因跳動而起泡的特徵不見），令主人誤以為不是風水地而放棄【參七甲1】（上海）

。。取得風水的方法：活埋親母取風水【參七甲1】（上海）

2、〈韓信的傳說〉

相傳韓信的爹是個馬猴，原來是韓信的姥姥養的。一天姥爺無聊，馬猴陪他下棋，他對馬猴玩笑說：輸了把女兒嫁給牠。馬猴贏了姥爺，搶了小姐就跑。後來馬猴被姥爺殺了，可是小姐已有身孕，生下了韓信，便自己到外面生活。韓信十幾歲時，在一財主家放馬。一天，一個南蠻子帶著根藤棍在山裏轉，他走來跟韓信說：「你拿我這藤棍站在山灣裡，我到山後唸咒語，你見山開一道縫了，就把這藤棍往上支。」韓信問要知道做什麼，否則不幹，蠻子說這山有風水，老人屍骨葬這裡，後生下輩可以出將軍。蠻子到山後唸咒，山果然開了，韓信沒把藤棍往上支，山又合上了。韓信告訴蠻子山沒開，蠻子不信，換韓信去山後唸咒語。韓信假裝唸了咒語，山門沒開，蠻子以為

咒語不靈，走了。韓信回家問母親要父親的屍骨，母親說出了實情，一起挖出馬猴屍骨，走到山邊，韓信唸咒，母親支棍，山開了，但屍骨老讓風吹回扔不進。韓信要媽拿住骨袋，用力一推，把媽推進山縫裡，山就合上了。韓信後來當到了元帥，可是剛拜齊王就被斬，因爲他害死母親損了壽。（1988 魏志剛（男 28 歲）《中國民間故事集成吉林卷》頁 21～23）

　　。人與猴結婚生子【參七甲 2】（吉林）

　　。。風水的效果：後代封侯爲將相【參七甲 2】（吉林）

　　。。風水異徵：山後唸咒，山前開門【參七甲 2】（吉林）

　　。。取得風水的方法：實驗作假取風水：隱瞞風水吉地特徵（假裝唸咒，其實沒唸，使風水地山門會因唸咒而開門的特徵不見），令主人誤以爲不是風水地而放棄。【參七甲 2】（吉林）

　　。。取得風水的方法：活埋母親取風水【參七甲 2】（吉林）

　　。。風水吉作用：葬地佳者福子孫：出元帥【參七甲 2】（吉林）

異文：

　　……一天，來了兩個南方人，山前山後看，那師傅說：這山有寶。

　　徒弟說：怎麼看出來有寶？師傅說：找根乾樹枝插在半山腰，明早能長出綠葉來。徒弟找來樹枝插上，兩人走了。韓信在一旁全聽清楚了，第二天一早來看，乾樹枝果然長出綠葉來，韓信把它拔下，又找一根乾枝插上。一會師徒兩人來了，師傅看乾枝沒長葉，說：「樹枝若長葉，半夜拿它到山前，左右劃三圈，山門就能開，把老人骨殖扔進去，後人能做高官。可惜時候不到，樹枝沒長葉，明年再來吧。」兩人走後，韓信回家向媽問爹墳，媽怕韓信看見爹墳埋的是猴子骨頭，自己先去挖了墳再跟韓信到山前，但不是人骨扔不進山裡去，韓信媽盼子成龍心切，自己抱了骨包跳進去，山門才關起來。後來韓信眞當了大元帥。（1987 王文學（男 55 歲）《中國民間故事集成吉林卷》頁 23～24）

　　。。風水的效果：後代做高官【參七甲 2】（吉林）

　　。。風水異徵：枯枝插地，隔夜生葉【參七甲 2】（吉林）

　　。。取得風水的方法：實驗作假取風水：隱藏風水吉地特徵（拔除生葉枯枝，以無葉枯枝取代，使風水地能使枯枝生葉的特徵不見），令主人

誤以爲風水地成熟時候未到而放棄。【參七甲2】（吉林）

。。取得風水的方法：母親自葬（活埋）風水地，以求蔭後代得高官【參七甲2】（吉林）

3、〈韓信逼母〉

韓信做了高官回家祭祖，可是他的旗竿老是立不起來，他知道必有內情，追問母親，才知道原來他的父親是個大馬猴。韓信又羞又恨，又怕母親把這事張揚出去，決定要讓母親死了滅口。韓信與母親到父親墳前，他對娘說今日兒子做官，是娘爲父親選了好墳地，只是時運已用完，如果要他升官，除非再埋了娘的屍骨，說完就走了。娘看韓信的臉色，知道他的心思，就一頭撞死在青山石上了。（1987 王玉田（男72歲）講述《耿村民間故事集第一集》頁23～24）

。人與猴結婚生子【參七甲3】（耿村）

。以風水爲藉口，逼母親自殺以掩藏不可告人的身世【參七甲 3】（耿村）

乙、留屍占地

1、〈劉邦占墳〉

劉邦是個無賴，他爹是個風水先生。劉邦要爹給自家占個墳，老爹說劉邦姥姥家的大門口下就是好地，等他死後想辦法把他葬在那裡，劉邦就能當皇帝。老爹還說挖墳坑時，挖到石板就不要再挖，且千萬不能揭開。不久，老爹得病死了，劉邦把爹的衣服剝光，用繩子套在爹的脖子上，半夜掛在姥姥家的大門楔上。第二天，嚇得姥爺姥娘叫人來請還在睡大覺的劉邦趕去，劉邦一到，就大哭大叫，說是姥爺家逼死了他爹，姥爺家也不知怎麼解釋，只能按劉邦的要求，讓他將爹埋在大門口下了事。劉邦在大門口挖坑，果然挖到一塊石板，雖然爹吩咐他千萬不能掀開，他仍好奇地掀開來，裏頭有九條龍，忽然飛出一條龍來，劉邦趕緊蓋上石板。後來劉邦眞的坐了天下，據說，他從石板下放出來的那條龍，就是篡了劉家天下的王莽。（李桂深（男78歲，不識字）講述《中國民間故事集成遼寧卷》頁23～25）

。。奇怪的風水地：在人家門口下【參七乙1】（遼寧）

。。取得風水的方法：懸屍於人家門前，以逼占門下的風水所在地【參七乙1】（遼寧）

。。奇特的葬法：裸葬【參七乙1】（遼寧）

。地裡飛出龍【參七乙1】（遼寧）

。。風水吉作用：葬地佳者福子孫：出皇帝【參七乙1】（遼寧）

。。風水的作用：行葬天子地，不料行葬觸犯風水禁忌（掀開禁忌之門），地靈逸出，致有後來篡位者【參七乙1】（遼寧）

2、〈葛隆鎮的傳說〉

有一個風水先生路過一間肉店，看出砧墩下面是塊龍穴地，就回家對兒子說，只要死後將他肉身葬在那砧墩下面，就能投胎龍身。第二天風水先生到肉店去買肉，當斬肉人舉刀斬肉時，風水先生忽然將頭伸過去，讓來不及收刀的斬肉人劈死在砧墩下。趕來尋父的風水先生兒子一見，知道父親的意思，就要求斬肉人就地掩埋父親，並動手剝去父親的衣裳，只剩一條貼肉褲子，因不忍心讓死者光身裸體，於是就這麼下葬了。三天以後，風水先生的家人都生了疥瘡，一條黑狗跳上屋脊，那兒子以為不祥，將黑狗殺了。京城有個法師，向皇帝報告東南星相出現反王，風水先生家裏黑狗被殺時，烏雲散去，法師看出反王出現的確定方向，官兵追來，搬開肉店的砧墩往下挖，穴中出現一條五爪金龍，身上包著一條褲子不能騰飛，被法師一劍殺了。從此，這地方就叫割龍，後來成了現在的葛隆。（1987 朱喜義講述《中國民間文學集成上海卷嘉定縣故事分卷》頁 187～189，1987 王能秀（男 80 歲）講述《中國民間文學集成上海卷崇明縣故事分卷》頁 115～116〈唐家灣〉）

。。風水的效果：人葬某地，能投胎龍身【參七乙2】（上海）

。。奇怪的風水地：在某肉店砧墩下【參七乙2】（上海）

。。取得風水的方法：在風水所在地自殺，逼使地主準其就地埋葬【參七乙2】（上海）

。奇特的自殺方式：當斬肉人舉刀斬肉時，忽然將頭伸過去，讓來不及收刀的斬肉人劈死【參七乙2】（上海）

。。奇特的葬法：裸葬【參七乙2】（上海）

。地裡飛出龍【參七乙2】（上海）

。。風水的作用：葬地蔭葬者：只穿褲子下葬的人變成穿褲子的龍【參七乙2】（上海）

3、以命換地

……張老哭曰：「不得不休，決以命換。」便告訴兒媳，如他自殺死了，絕不可接受金錢和解，要以得地理葬爲和解條件，當夜即跑去那山麓池塘投水死了。地主見闖下大禍，知道理缺，願以金錢和解，兒媳說亡父爲購地而死，只有將地送給亡父安葬才肯和解，地主怕坐官司，只好答應。張老兒媳即將父屍脫光衣服，伏埋美女獻花穴。葬後數年，兒媳大發財丁，成了木柵望族。筆者曾參觀該穴墳墓，的確龍穴上乘，山水美麗也。（曾子南《台灣地區風水奇談》頁 55～60〈張公爲善得美女獻花穴〉）

#風水名稱：美女獻花穴【參七乙 3】（台灣）

。。奇特的葬法：伏身而埋【參七乙 3】（台灣）

。。取得風水的方法：在風水所在地自殺，逼使地主準其就地埋葬【參七乙 3】（台灣）

。。風水吉作用：葬地佳者福子孫：兒媳大發財丁成望族【參七乙 3】（台灣）

丙、巫術做風水

1、〈風水先生〉

通州有一個姓曹的風水先生，看風水的本領極高明。他生病將死時，兩個兒子請他爲自己找個好風水，好讓兒子能享福。風水先生要他們用草繩抬他的屍體向東走，到草繩自斷的地方，就照屍體落下的方向就地埋葬，在家設的靈台上長明燈用馬桶蓋，屋上蓋一個斗，七七四十九天以後除去，兩個兒子就能做皇帝。兩人果然依言照做。幾天後，全家人都生起病來，筋肉酸痛如火燒。同時間，通州一帶生出許多小孩都有異相，曹家竹園裏生出許多奇異的新竹。四十五、六天以後，曹家舅父來了，一見靈台上的馬桶，怪道難怪全家生病，趕緊把馬桶除去，只見馬桶內一道紅光沖上天去，這風水就破了，曹氏兄弟的病立刻好了。同時間，那些新生異相的小孩無故都死了，曹家後宅的新竹也枯死了，劈開枯竹，每個竹節中都有瞎眼的小孩。這時通州最有學問的陳思孝等也都忽然雙目失明。北京欽天監這時看出通州一條眞龍就快長成了，趕來通州要把曹氏墳中的龍弄死，初用鐵鎗與銅條，總刺不到龍身上，有個秀才獻計說：「這龍祇有兩目未長成，最好用毛竹削尖刺入，必能弄死。」果然泥中透出許多血水。曹氏兄弟不久生病而死。（林蘭《東方故事 3—董仙賣雷》頁 92～95）

。。取（選擇）風水的方法：草繩自斷屍體落，就地埋葬好風水【參七丙1】（通州《董仙賣雷》）

。。風水的效果：死者靈堂燈蓋馬桶、屋上蓋斗，四十九天後死者兒子能做皇帝【參七丙1】（通州《董仙賣雷》）

。。風水巫術：馬桶作燈蓋，保護出帝風水【參七丙1】（通州《董仙賣雷》）

。。風水的作用：死者靈堂蓋馬桶，家人皆生病，除之則病癒【參七丙1】（通州《董仙賣雷》）

。。破風水的方法：墳中眞龍刀鎗不入，毛竹尖能刺死【參七丙1】（通州《董仙賣雷》）

。。破風水的目的：民間風水有眞龍，皇帝命大臣破風水【參七丙1】（通州《董仙賣雷》）

。。風水破壞的結果：巫術風水被破壞，風水受蔭者生病而死【參七丙1】（通州《董仙賣雷》）

。竹節中有孩子【參七丙1】（通州《董仙賣雷》）

＊巫術風水做皇帝【參七丙1】（通州《董仙賣雷》）

2、〈龍穴地〉

劉伯溫發現江南有一道黑光變青光，青光又變紅光，知道江南要出小皇帝，朱元璋就派他去殺孕婦，破掉龍穴地。有一個寡婦，在江南一條河邊作豆腐爲生。有一天，一個道士告訴她，三天內不可有親友探望，如遇災難，要邊撒黃豆邊喊「撒豆成將」。道士走後，寡婦便生下一個男孩。寡婦的兄弟聽說外甥出生，趕來探望，見阿姐草棚太破，上屋頂修棚，見一隻黑狗蹲在那裏，就一棒打死埋了。隔天又發現新草棚上爬滿青藤，又將它連根帶葉拔了。原來孩子是紫微星下凡，道士是太白金星，黑狗和青藤是他派來保護紫微星紅光的，也就是劉伯溫看到的三道光。劉伯溫派來兵將圍住了草棚，寡婦就將黃豆在屋內撒開，草棚擠滿兵將，但門口狹窄，只能一個個出去，結果就一一被殺，寡婦母子也死了。劉伯溫爲防後患，把似龍體的河挖深三尺，意思是將龍開膛破肚。可是每次挖開，水到隔天就漲成原樣，劉伯溫命令將工具釘在河底，隔天滿河都是鮮紅的血，這河就名穿心涇。又在北面龍口造石橋，撐住龍嘴；在南面築大墳，壓住龍尾；將村名改爲鯉魚晒，意思鯉魚

上岸，永世不活。後來就喊成里五庫了。（1983 項德良（66 歲，五庫村民）講述《中國民間文學集成上海卷松江縣故事分卷》頁 119～121）

○D. 撒豆成兵【參七丙 2】（五庫村上海）

○○風水異徵：龍脈有靈挖不斷：風水地脈，其土即挖即復為原狀【參七丙 2】（五庫村上海）

○○破風水的方法：龍脈有靈挖不斷，鐵器置地中，地脈挖開不復原【參七丙 2】（五庫村上海）

○○風水異徵：風水挖破河流血【參七丙 2】（五庫村上海）

○○破風水的原因：民間風水有真龍，皇帝（朱元璋）命大臣（劉伯溫）破風水【參七丙 2】（五庫村上海）

○○破風水的方法：擬象破風水：龍穴地能出天子，挖深龍地之河心作開膛破肚象，在龍口造石橋撐住龍嘴，築墳壓住龍尾，使龍穴地不活【參七丙 2】（五庫村上海）

○○破風水的方法：改地名破風水：龍穴地名鯉魚上岸【參七丙 2】（五庫村上海）

○○風水巫術：黑狗和青藤置屋頂，保護出帝奇光不外洩【參七丙 2】（五庫村上海）

* 巫術風水做皇帝【參七丙 2】（五庫村上海）

3、〈皇王的傳說〉

（西屏鎮）塔寺下的塔，是為了鎮龍建的，因為這裡出了皇王。有個茅棚人家生了一個兒子後，太白金星就拉起一塊雲把這裡遮住，屋邊生石筍，原本要慢慢長成石轅門，因為這出生的是皇王。皇王十八歲時，太白金星變作一個老人，給皇王的娘三升豆，要她在三百天後才收成。有個姑娘洗馬桶時見那石筍，就用刷馬桶的帚量它多高，結果石筍就不長了，天上的那塊雲就破了，京都御天監一下就發現這裡出皇王，皇王知道，就要立刻發兵起事。原來那豆要三百天才能長成兵，皇王一犁豆田，只見人頭滾滾，血流滿地，沒有成兵。皇王只好捏泥成兵，但捏不及來抵抗官兵，皇王急跳上牆，牆變成馬，趕去找猛將。猛將不在家，猛將娘重聽，以為皇王要買醬，皇王無奈，獨自經過界頭、匣頭，地名都不吉利，像是解頭、狹頭，便又逃跑，被追急了，跳進河裡。猛將趕來，救不到皇王，也跳進河裡，太白金星用金鐘把他

們罩起，所以那地方就叫金鐘潭。皇帝擔心出新的皇王，所以在那裡建了一座塔。(《中國民間故事集成浙江卷》頁 268～269)

　　。。風水異徵：石筍會長高【參七丙 3】(浙江)

　　。。風水禁忌：風水地上石筍會長高，有人以馬桶刷量石筍高度，石筍不再生長風水破【參七丙 3】(浙江)

　　。D. 種豆成兵【參七丙 3】(浙江)

　　。D. 捏泥成兵【參七丙 3】(浙江)

　　。D. 牆變馬【參七丙 3】(浙江)

　　。。破風水的方法：建塔鎮出帝風水【參七丙 3】(浙江)

　　＊ 巫術風水做皇帝【參七丙 3】(浙江)

4、〈未出世的皇帝〉

　　很早以前，新場鎮叫石笋鎮，當時皇帝昏庸無能，玉帝遣下一條真龍，潛伏在石笋鎮一條河中，準備等嬰兒出世時附體。嬰兒的母親叫珠英，她丈夫在河上建橋，當時河上最後一根橋椿總是打不下去，卻讓懷孕的珠英一打就下去了。珠英肚子一陣騷動，河中冒出一股殷紅的鮮血，一道金光閃過河面，金光驚動了皇帝，便循著金光要來追殺真龍天子。玉帝化作一個老人，送給珠英三棵瓜種，種在屋後。瓜種數日間蓋滿了屋子，珠英丈夫嫌暗悶，將瓜藤都拔光了。老人又送來一隻黑狗，黑狗整日趴在屋頂上，珠英丈夫以為不祥，一棒將狗打死了。原來那瓜藤是用來護住金光，黑狗是守護的天狗。老人來告訴珠英夫婦，即將大禍臨頭，要他們當夜炒好一袋黃豆和赤豆，次日有人上門時，就將豆一把一把撒出去。次日一早，一群官兵上門，珠英夫婦慌忙中將豆全倒在地上，而沒有照老人吩咐的一把把撒出去，豆都變成了兵將，可是都已斷腿折臂，失去了抵抗能力。珠英夫婦被殺，未出世的皇帝也死了。玉皇大帝大發雷霆，從此沒讓一個皇帝降臨江南土地。(1983 年 11月顧惠良採錄于新場鄉《中國民間文學集成上海市南匯縣分卷》頁 86～89)

　　。。風水禁忌：懷有真命天子的孕婦破了出真命天子的風水【參七丙 4】(新場鄉上海)

　　。。風水異徵：風水被破河流血【參七丙 4】(新場鄉上海)

　　。D. 撒豆成兵，豆倒成殘兵【參七丙 4】(新場鄉上海)

　　＊ 巫術風水做皇帝【參七丙 4】(新場鄉上海)

5、〈林道乾與十八攜籃〉

林道乾不滿滿人的欺壓，就豎旗謀反。曾經有一個神仙變裝爲一個地理師，爲林道乾指了一個眞龍正穴埋葬父親，說埋葬之後，子孫可以做皇帝。不久，林道乾在山中遇到神仙，贈他三枝神箭，教他在某天早晨錦雞初啼時，向西北射去，就可射死皇帝，取而代之。林道乾高興地回家告訴妹妹，妹妹也非常興奮，恐怕錦雞誤時，連去探望錦雞，錦雞受驚而提早啼叫，林道乾因此早發神箭，箭上刻了林道乾的名字，因而遭朝廷緝捕，林道乾只好逃亡。逃亡途中，一個風水師告訴林，由於林祖上缺德，林無福份，不配龍袍加身，所以林父所葬山靈移動，眞穴已經走脫，地下人的龍袍只穿一半。林道乾開墓一看，果然如風水師所說，就將骨骸包起來帶走了。……（十八籃金銀……）（李獻璋《臺灣民間文學集‧故事》頁 31～39）

　　。神仙化爲風水師，爲人指示龍穴地【參七丙 5】（台灣）

　　。神贈三枝神箭，可遠距射殺皇帝【參七丙 5】（台灣）

　　。。助手（妹妹）誤報時（提早喚醒），眞命天子早發神箭刺皇帝招殺身禍【參七丙 5】（台灣）

　　。。無福人不得有福地：無福之人葬龍穴，山靈移走【參七丙 5】（台灣）

　　。。風水的作用：人葬眞龍穴，龍穴脫身走，葬者龍袍穿一半，後代稱帝失敗【參七丙 5】（台灣）

　　＊　（592＊ 魔箭）【參七丙 5】（台灣）

　　＊　冒失助手壞計畫【參七丙 5】（台灣）

6、〈楊六狗踏山〉

一天，楊六狗對他母親說：「附近村莊將要出一個眞命天子，不過我們這裡四面環山，地盤太小，恐怕載不住，所以我想把山崗踏平，地基就廣大了。」母親覺得奇怪，但也允許他踏山。當夜六狗在屋中架起一塊木板，板邊釘著半開毛竹，出口接著豆腐桶。安排好後，六狗對母親說：「我臥在這板上施法，請你到我的汗流到七豆腐桶時喚醒，未滿之前切勿叫喚。」說完就躺在板上，雙眼緊閉，兩腳不斷伸曲，瞬間六狗的汗如潮般流進桶裡，注滿了兩三個桶子。楊母見了非常心疼，禁不住叫喚著六狗，把他推醒。六狗一醒，汗沒有了，大叫「地盤小，載不住」，就死了。因爲他汗沒有出完，閉汗身亡。至今

旌戶至嵩溪仍隔著高山峻嶺，山頂有一部份平的，據說是六狗踏過的。（流傳於浙江浦江，《民間月刊》第三期，頁 68～69）

　　。。取得風水的方法：踏山：環山之地地盤小，恐載不起貴人（皇帝），風水先生做法踏平山岡以擴大地基【參七丙 6】（浙江）

　　。。風水巫術：風水師臥中入夢去踏山（踏平山岡），汗流七桶才喚醒，出帝風水能成就【參七丙 6】（浙江）

　　。。助手（母親）誤犯禁忌（提早喚醒），風水師夢中踏山身亡【參七丙 6】（浙江）

　　。。無福之地難載真命天子【參七丙 6】（浙江）

　　＊冒失助手壞計畫【參七丙 6】（浙江）

7、〈活土地堂〉

　　有一個看風水維生的人，凡請他看風水的，後來都發了財。有一天他對兒子說，我在對河水潭看好一塊龍穴地，把你娘遷葬到那裡吧。風水先生和兒子葬好妻子後，就天天在宅邊竹園做爛泥老爺，天晴在外面晒，下雨就搬進屋。媳婦怪他們把家裏搞髒了，他們仍繼續做。一天，風水先生的親戚死了，報喪人來時，兒子正好不在家，風水先生只好自己去親戚家吊孝，臨走吩咐媳婦，下雨前一定要將泥老爺搬進屋。風水先生走到半路，就下起雷雨來，他趕緊掉頭回家，只見媳婦正用掃帚把泥老爺掃進屋裏，泥老爺都缺手斷腳了。風水先生急倒在地上。原來這些是他和兒子當太上皇和皇上的替身，等它們一乾，就可以藉對河龍穴的風水顯靈。現在泥人被掃帚掃壞，他和兒子的性命就要斷送了。果然風水先生和兒子不久就死了。當地人知道他是半仙，蓋了一座廟供奉他，稱為活土地堂。（1987 鄭孝平講述（40 歲，農民）《中國民間文學集成上海卷嘉定縣故事分卷》頁 143～144）

　　。。風水巫術：捏好泥人當替身，以便藉龍穴風水顯靈【參七丙 7】（上海）

　　。。助手（媳婦）誤犯禁忌（打斷替身泥人），風水師巫術失敗身亡【參七丙 7】（上海）

　　。泥像作替身，像毀人亡【參七丙 7】（上海）

　　＊冒失助手壞計畫【參七丙 7】（上海）

8、〈徐姓生天子〉

　　楊村附近的嵩溪是個大村，村中有個徐家，徐太公剛給兒子完婚，兒子就死了，媳婦正身懷六甲。徐太公把兒子葬在天子地上，希望媳婦生遺腹子能做真命天子。一天，徐太公有事外出，媳婦正巧分娩，第一個出生的是紅面的，一落地就會跑，產婦驚奇，命侍婢用石磨壓死。第二個是黑面的，一出娘胎就爬上床架，也叫侍婢斃了命。第三個生出是白面，一產出就會說話，問：「大、二兩哥哥呢？」侍女答：「壓死了。」又問：「楊軍師在哪裡？」答：「二年前病死了。」嬰孩一聽，一口氣撞死。徐太公知道了，嘆說：「陽基太少，載不住。如果楊公踏平了高山就好了。」（流傳於浙江浦江，《民間月刊》第三期，頁 69～70）

　　　　。初生嬰兒落地跑【參七丙 8】（浙江）

　　　　。初生嬰兒會說話【參七丙 8】（浙江）

　　　　。初生嬰兒撞頭自殺【參七丙 8】（浙江）

　　　　。產婦一胎連生三子，膚色各不同：紅黑白【參七丙 8】（浙江）

　　　　。。風水的效果：父葬天子地，遺腹子能做真命天子【參七丙 8】（浙江）

　　　　。。助手（媳婦）誤殺畸形兒，真命天子落地夭【參七丙 8】（浙江）

　　　　。。無福之地難載真命天子【參七丙 8】（浙江）

　　　　＊ 冒失助手壞計畫【參七丙 8】（浙江）

　　　　＊（三個怪孩子，結伴為真命天子）【參七丙 8】（浙江）

　　9、〈為自家看風水〉

　　一個陰陽先生有三個小子，家裡過得挺苦，小子們要求爹給自家看看風水。一天，陰陽先生要出門，跟小子們說他出門以後不久，他們的娘就會死，死後用蘆席包了放進棺材，該葬那天會下雨，見到三件怪事時，將棺材扔進村南的大水濠裡。三件事是：一個戴鐵帽的人會經過，二是人背牛，三是魚上樹。不久做娘的果然死了，到該下葬的那天，午後下起大雨，一個趕集的買口鍋沿著水濠走，見下雨了，把鍋扣在頭上。一會一個趕集的買頭牛，下雨沒處躲，鑽進牛肚底下躲。又來一個趕集的，買了兩條大鯉魚，蹲在道旁一棵樹下避雨，把魚掛在樹上。三兄弟看情形，就把棺材扔進水濠，雨也同時停了。三天後，水濠底下的淤泥成土丘，把那棺材封在裡面了。三年後，三個小子媳婦都懷孕，大媳婦先生下一個大花臉，鋸齒鐐牙，就把他掐死了。

二媳婦跟著也生一個大花臉，也給掐死了。三媳婦生了白白胖胖的小子，大家喜歡得不得了。陰陽先生回來，聽了這些事，夜晚抱了孫子去睡，也把孩子掐死了。第二天，家人問起，陰陽先生嘆說自家沒福，本來這孩子是當朝廷的命，前兩個孩子是他的左臂右膀，現剩下他有坐江的命沒有坐江山的本事，敗了會連累一家子人，不如趁早掐死了。（1991 靳清華（男 19 歲）講述《耿村民間文化大觀》頁 1989～1990）

　　。卜者預言應驗：偶發的特定狀況：卜者云葬時將雨，會見人戴鐵帽（鍋扣頭上以擋雨），人背牛（人鑽牛肚下以避雨），魚上樹（人在樹下避雨，把魚掛樹上）【參七丙 9】（耿村）

　　。。天葬：棺材置水溝，雨天淤泥堆積埋棺成邱【參七丙 9】（耿村）

　　。初生嬰兒鋸齒鐐牙【參七丙 9】（耿村）

　　。初生嬰兒大花臉【參七丙 9】（耿村）

　　。。助手（媳婦）誤殺畸形兒，真命天子落地夭【參七丙 9】（耿村）

　　＊（三個怪孩子，結伴為真命天子）【參七丙 9】（耿村）

10、〈鯉魚穴〉

　　明末清初，崇明上沙有個年輕人娶了媳婦，過門三個月，就生了一個兒子。婆婆很生氣，丈夫當場把小孩踢死了。過三個月，足不出戶的媳婦又生了個兒子，婆婆和丈夫以為孩子是妖怪，把他餓死了。二個月後，媳婦肚子又大了。一個風水先生路過，婆婆跟他談起這件怪事，風水先生要求看其祖墳。風水先生看了，說這是鯉魚穴，內有三條鯉魚。打開墳穴，果然有三條鯉魚，其中二條大的已經死了。風水先生說這是三國的劉、關、張投胎，但劉、關已死，剩一條小的是張飛。婆婆和兒子掩好墳穴，善待媳婦，三個月後，生下一個黑面男孩，長大後力氣大，做到大將軍。（1987 胡文秀（女 62歲）講述《中國民間文學集成上海卷崇明縣故事分卷》頁 74～75）

　　。人懷胎三月生子【參七丙 10】（上海）

　　。。助手（媳婦）誤殺畸形兒，真命天子落地夭【參七丙 10】（上海）

　　。。風水異徵：墳中有鯉魚【參七丙 10】（上海）

　　。。風水靈物（鯉魚）符應於人：葬者墳中有三鯉，後代三子夭其二，三鯉亦夭二存一【參七丙 10】（上海）

　　。。風水吉作用：葬地佳者福子孫：出將軍【參七丙 10】（上海）

#風水名稱：鯉魚穴【參七丙 10】（上海）

　*（三個怪孩子，結伴為真命天子：黑紅白臉、劉關張投胎）【參七丙 10】（上海）

11、〈白鶴穴連生雙胞胎〉

　　花蓮舞鶴車站附近，有一白鶴形的富貴龍穴，一個山胞因見那裡從地中長出一根石柱，並逐年升高，便以那石柱為中柱，搭建起一間茅屋，正中了真穴，胎胎生雙胞胎，都是將相公侯的貴子。山胞的太太住進房子後不久就懷了孕，四百天後生下一對雙胞胎，其中有一個是黑臉的。彌月不久又懷孕，又懷了四百多天產下一對雙胞胎，其中一個是紅臉。不多久又懷孕，也是四百多天生一對雙胞胎，有一個是白臉的。山胞連生雙胞胎，覺得難以扶養，懷疑是那天生的石柱作怪，決心換支木柱。挖掘石柱至地下三尺有地穴，白煙噴出，有白鶴二十四隻，其中六隻已長翅，山胞急抓住三隻打死，其餘十八隻尚未開眼，片刻氣絕。數月後，黑紅白臉小兒相繼夭亡，山胞驚駭，即遷去，並舉火焚寮。石柱從此不再上長，至今仍兀立其地。（〈白鶴穴連生雙胞胎〉頁 189～191，曾子南《台灣地區風水奇談》）

　　。。風水異徵：地中生石柱，年年長高【參七丙 11】（台灣）

　　。。風水的作用：宅基石柱年年長，屋主連生雙胞胎【參七丙 11】（台灣）

　　。。風水靈物（白鶴）符應於人：宅基地下有白鶴，打死其中三隻，宅主三雙胞胎之有異相（黑紅白臉）者亦夭亡【參七丙 11】（台灣）

　　*（三個怪孩子：黑紅白臉）【參七丙 11】（台灣）

肆、風水與報應

一、前善獲報福地

1、〈糍婆墓〉

　　唐時林母賣糍粿，有藍縷生日逐食粿，母與之不吝。歲久，生謂母曰：「吾受母惠，無以報。吾將去矣。烏石山有大地，母可圖為壽藏，異日富貴無窮。」林母從其言，果葬之，今稱為糍婆墓。福建名林之祖世謂無林不開榜，此地之鍾秀也。自唐宋迄今，科甲之多，海內莫與倫焉。（明·徐善繼、徐善述《地

理人子須知》卷二下‧龍法，頁二二，p.108）

　　。。受惠者（藍縷生）為施惠者（每日施食無吝色）指吉地以為報答【肆
　　一1】（《地理人子須知》）

　　。。風水吉作用：葬地佳者福子孫：世代科甲【肆一1】（《地理人子須
　　知》）

　　＊750B 好施者得到報答【肆一1】（《地理人子須知》）

2、贖誣獲報

　　劉洵之祖，世業醫。忽有徒犯病，臥門首，饑瘠顛連。劉母詢之，知其
誣，罄奩飾代為贖罪。時母方懷妊將產，夜夢神云：「受地之人明早生，看
地先生明晚至。」次日果生洵。晚地師至，引觀此地，即前徒業，因買葬之。
洵後舉會魁，仍出甲科六人。（明‧鄭瑄輯《昨非庵日纂》卷十八，第25條）

　　＊。盡付財金濟人困：罄奩飾代贖貧病受誣之罪犯【肆一2】（《昨非庵
　　日纂》）

　　。神藉夢與人通意：預告「受地之人明早生，看地先生明晚至」，次
　　日所生人即受當日所堪風水吉地之蔭者【肆一2】（《昨非庵日纂》）

　　。。福人報福地：相地者所卜吉地，為昔日曾救助者之地，地主因付
　　地以報恩【肆一2】（《昨非庵日纂》）

　　。。風水吉作用：葬地佳者福子孫：子孫登第致仕【肆一 2】（《昨非
　　庵日纂》）

3、館金濟困夢吉地

　　浙有士人館富家，歲暮得束金八兩。至渡口，見貧民夫婦赴水，士止之。
民言：「歲暮債迫，欲賣婦，婦不肯行，故相率併命。」士惻然，盡捐金與
之。民泣謝，代負擔送士歸家。妻問所得，士言遇貧民赴水事，妻曰：「胡
不周之？」士曰：「已與之矣。」妻欣然。除夜與妻治蝦酒，和以糟，戲口
占云：「紅蝦糟汁煮，清酒水來篘。」夜夢至瓊樓玉宇，有聯云：「門關金鎖
鎖，簾捲玉鉤鉤。」士覺而記於柱，宗人哂曰：「薄命漢，得銀輕以與人，
復為夢語欺人乎！」明春赴館，主人延地師葬母，士以二親未葬，常嗟嘆焉。
主人囑師為卜穴，至一處，見鹿臥其地，人至奔去。師曰：「此金鎖玉鉤形，
吉地也。」士憶與夢合，但未知為誰地。適前與金民至，見士曰：「先生得
非某乎？自得金完債，夫婦稍溫飽，未能報德。今為何來此？」士言求葬地，

曰：「北山一帶皆我有，如可用，當奉獻。」士指鹿眠處。民曰：「正吾業也。」即邀至家厚欵，書契以獻。士葬之。後登第，官至憲副。（明·鄭瑄輯《昨非庵日纂》卷十八，第6條）

　　*。盡付財金濟人困：館金濟困：塾師一年所得，盡濟歲暮貧困將賣妻者（750B.2 窮秀才年關濟窮人）【肆一3】（《昨非庵日纂》）

　　。所夢徵兆應驗：夢中見門聯，與他日所卜葬地名稱應合【肆一3】（《昨非庵日纂》）

　　。寶地異徵：鹿臥其地【肆一3】（《昨非庵日纂》）

　　。。風水吉作用：葬地佳者福子孫：登第致仕【肆一3】（《昨非庵日纂》）

　　。。福人報福地：相地者所卜吉地，爲昔日曾救助者之地，地主因付地以報恩【肆一3】（《昨非庵日纂》）

　　#風水名稱：金鎖玉鉤形【肆一3】（《昨非庵日纂》）

4、〈蝦子〉

舒梓溪先生微時，館於海昏界一湖泊人家。二年許，適其主爲群盜所誣，罄家產求脫，尚不能給，賣其妻以給。先生方歲暮解館歸，其夫婦相向泣甚楚，即辭修儀，并他生所致者盡與之，得免於難。先生既貧甚，其內子以先生歸遲，不舉火者二日，須館金甚切。及歸，恐室人偏責，不敢以捐金事告。內子見先生之歸，爲可恃，喜甚，而無所給。炊以進，先生愈益愧，憂見於色，內子慰勞之，扣得主人鬻妻之故，即問鬻值幾何，何不即捐館金與之，使其夫婦如初。先生輒揖云：「業已與之，今無以食貧，不敢與汝言也。」於是兩相稱快，若身免之殃而去其累，了不知朝夕之計無復之也。內子乃持筐，出於屋旁澗中，漉蝦子少許。歸復持瓶，向鄰家借酒，與先生酌之。時已夜，先生忽見一蝦子甚大，出其兩足，夾於盂外，因偶出聲曰：「蝦子腳兒蹻。」鬼即於門外續曰：「狀元定此宵。銀環金鎖鎖，簾捲玉鉤鉤。」先生與其內兩相錯愕焉。明日雪甚，先生出貸于知親，僅足支數日。有形家者，至其家，先生覺有異，事之謹，形家者感其恭而憐其匱乏，乃問先生有先人未葬者否。曰：「正急此，恨貧無能葬也。」術乃指其近郊某所，語先生曰：「此中有大地，尚無主。余周視數載矣，爲美女梳妝形，前有銀環金鎖，珠簾玉鉤。莫若乘急，余爲君家卜之。」乃爲檢其年月，又只在次日最利。先

生暗喜其與鬼語合，而謝以匱不能舉棺。及封窆，術竟為畫策且出金資其事，而乘夜葬之，四鄰無知者。不數年，先生廷試第一，彼形家者，終無所蹤跡。其鄉人至今能道其軼事如此。（明・朱國禎《湧幢小品》卷二十五，頁十一左）

　　　　*。盡付財金濟人困：館金濟困：塾師一年所得，盡濟歲暮貧困將賣妻者（750B.2 窮秀才年關濟窮人）【肆一 4】（《湧幢小品》）

　　　　。。受惠者（形家）為施惠者（謹事形家）指吉地以為報答【肆 ・4】（《湧幢小品》）

　　　　。。風水異徵：美女梳妝形，前有銀環金鎖，珠簾玉鉤【肆一 4】（《湧幢小品》）

　　　　。。風水吉作用：葬地佳者福子孫：科考致仕【肆一 4】（《湧幢小品》）

　　　　。夜中鬼語先兆將來之事：與他日所卜葬地名稱應合【肆一 4】（《湧幢小品》）

　　　　#風水名稱：美女梳妝形【肆一 4】（《湧幢小品》）

5、陰功致吉

　　吳都憲誠，其父濟人利物，孳孳不倦。同里一百戶，欠官銀無措，議出妻以償。翁聞而嘆曰：「伉儷中道相背，彼夫妻子母間，何以為情。吾幸不饑寒，且力尚能輾轉措辦，顧袖手以觀人離拆乎！」遂曲處代為完官，百戶感泣而去。後數年尋地葬親，地師擇一穴，詢之正百戶產也。翁復備價買葬。當時尚葬高一穴，後雷雨送下一穴，即生都憲公。兄弟四五人，皆巍科，人咸謂陰功所致。（明・鄭瑄輯《昨非庵日纂》卷十八，第 26 條）

　　　　。。天葬：天象助葬福地：雷雨助下，使葬者得風水正穴【肆一 5】（《昨非庵日纂》）

　　　　。。風水吉作用：葬地佳者福子孫：登第致仕【肆一 5】（《昨非庵日纂》）

　　　　。。福人報福地：相地者所卜吉地，為昔日曾救助者之地，地主因付地以報恩【肆一 5】（《昨非庵日纂》）

　　　　*。盡付財金以濟困：（濟助歲暮貧困將賣妻者）【肆一 5】（《昨非庵日纂》）

6、〈八卦獻地〉

蕭齊，唐宰相復之後。家廬陵，楊行密割據稱吳王，用爲武寧令。時縣令握兵，故稱將軍。吳私茶禁嚴，過客袁八卦，犯令當死，蕭釋之，乃獻墨潭、石牛潭爲葬地，石獅潭以居。潭今吉水螺陂是也。後之子孫貴盛，廬陵舊宅，爲蕭將軍祠。然則袁乃地仙，蕭遇而釋之，必有仁德得天，非偶然者。（明·朱國禎《湧幢小品》卷二十五，頁十三左）

　　。。受惠者（死因袁八卦）爲施惠者（武寧令蕭齊）獻吉地以爲報答【肆一6】（《湧幢小品》）

　　。。風水吉作用：葬地佳者福子孫：子孫貴盛【肆一6】（《湧幢小品》）

7、〈坏土善祥〉

張弘範，滁人。建炎中，劇賊李成掠淮南，遺骸蔽野，張躬負畚錘埋瘞之。一夕，夢四人前告曰：「某等避難死，淪某所瞀井中，人無知。今闔郡被公德，而某等獨不得一坏土，幸公哀憐收之。」覺視瞀井，得骸瘞之。未幾，復夢四人者前致謝。張居鄉逡巡，懷人樂善，人有病予藥，死予棺，即貧不能婚姻予財，無吝。不樂仕，出監揚之柴墟鎮，尋謝病免。樂其風土，家焉。將葬其父，有田叟迎立問曰：「若非求地者耶？」曰：「然。」因問之故。叟曰：「余晨起田，見前溪兩暨相撲，往觀無覩，既還復然。已而更往，闃如也。是必善祥，子曷往試。」乃見後山隱起綿長，左右兩溪，匯流其前，屈曲逝。卜之吉，遂以葬焉。他日，郡守趙善仁，通堪輿家言，以其地肖浮牌，須水溢即應。未幾，官浚濠堰下流，東堤潴水，會雨暴漲，水環墓。是歲範子嚴登第。範妻鄭氏尤賢，常先意佐範施子，如不及。里屋有病不能自食者，爲糜置門，俾自取，不問所從也。後嚴爲參政，至太子太師，推恩範如其官。少子嵩，力學知名，出作守，貴盛繁衍，人皆以爲隱德報云。（明·朱國禎《湧幢小品》卷二十五，頁13～14）

　　。。亡靈藉夢與人通意：請人代葬遺骨【肆一7】（《湧幢小品》）

　　。。天葬：風水地肖浮牌，須水溢即應。葬後未幾，官浚濠堰，會雨暴漲，水環墓，風水吉勢遂成【肆一7】（《湧幢小品》）

　　。。風水吉作用：葬地佳者福子孫：科第致仕【肆一7】（《湧幢小品》）

8、館金濟困報吉地

承庵公未遇時，授徒於鄉。歲暮辭歸，脩脯不過十數金。途遇夫婦二人，抱持痛哭，旁觀靡不嗟歎。公叩其故，知爲負勢家子母金，將鬻妻以償。公

惻然，盡出囊中金予之，拂袖而歸。其人狂奔問姓名，公遙答曰「姓姚」而已。及滈庵公歿，求葬地，公往來於橫山門，見山環水抱，知爲吉壤，而未得結穴之所。一日，正徘徊審視間，雷雨驟至，山凹有茅棚數間，趨入避雨，一婦出，諦視公而去。雨稍止，一人負薪跟蹌來，亦諦視公，急入與婦偶語。移時，延公入室，見一木主，書恩主姚公之位，不省何故。其人忽詢曰：「尊客得無姓姚？」公曰：「然。」應未畢，婦趨出羅拜於前曰：「公忘二十年前揮金之夫婦乎？」公始恍然，亟令毀木主，夫婦相顧曰：「既得恩公，可無用遙祝矣。」乃毀之，止公宿，問入山遇雨故。公告以爲先人營葬而未得穴，其人曰：「某居此久，徑路熟悉，明且當導公求之。」閱數日，公已得穴，而不言其所，但咨嗟浩歎，將辭歸。其人曰：「得無即在某茅店之下乎？」公瞿然曰：「誠如子言。斷無令爾毀巢讓穴之理，我將舍是他求耳。」夫婦泣告曰：「我兩人感公大德，憾無以報，區區一橡安足惜？公即不受，某夫婦亦棄而他適矣。」公見其意誠，乃爲另購數橡於善地，且置膏腴予之，而葬滈安公、馮太孺人於茅棚基。地名金蓋山，子孫繁衍、科第聯綿，已及七世。爲先人求吉穴者，當法承庵公之盛德焉。（清・姚世錫《前徽錄》）

　　*。盡付財金濟人困：餾金濟困：塾師一年所得，盡濟歲暮貧困將賣妻者（750B.2 窮秀才年關濟窮人）【肆一8】（《前徽錄》）

　　。報恩方式：朝夕焚香，遙祝恩人福壽【肆一8】（《前徽錄》）

　　。。風水吉作用：葬地佳者福子孫：子孫繁衍、科第聯綿【肆一 8】（《前徽錄》）

　　。。福人報福地：相地者所卜吉地，爲昔日曾救助者所居店地，地主因付地以報恩【肆一8】（《前徽錄》）

　　#風水名稱：金蓋山【肆一8】（《前徽錄》）

　　9、〈天下良心〉

　　有一位教書先生叫陳有諒，年底得到三十兩銀的報酬，要回家過年。途中向山路上的一戶人家求宿，門內老婦告云即將搬家，不便留客而拒絕。陳有諒在屋簷下一覺醒來，發現所宿之處竟是老墳。有一人荷鋤走來移墳，教書先生問知是窮戶無錢過年而將墳地典賣，心裡爲老婦人將無葬生知地而生同情，便將自己一年所得贈之。教書先生回家後，寫了「天下良心」四字向當鋪換錢過年，當鋪老闆同情其處境，請他在過年期間代看當鋪以換取酬

勞，並交代年初一來典當者，一定有急用，須給人方便。年初一果然有人抬了棺材樣的東西來當，又不肯說明其內容，教書先生遵從老闆交代，但又惟恐老闆因此蒙受損失，遂將老闆預付給自己的酬勞支付了典當金，並將棺材樣的木箱抬回家裡。待老闆回來，一開箱，裡面原來是黃金塑的金人，背後刻著「陳有諒所得，他人不得紛爭」。其實這是教書先生挽救那門老婦人的風水所得的報應。(〈湖口盧慶興先生講述〉，周青樺《臺灣客家俗文學》頁73～81)

      *。盡付財金濟人困：塾師一年所得，盡濟歲暮貧困將典賣先人墳地者（750B.2 窮秀才年關濟窮人）【肆一9】（台灣）

10、〈潘封翁〉

吳縣潘相國之封翁，性好善，喜施捨。人有婚喪事，以緩急告者，無弗應，闔城以善人稱之。一日，閒步郊外，見涼亭中有一老者飲泣，解帶將自經，翁遽前止之。詢其故，其人曰：「數日間，將爲子娶婦，貸於戚友，得三十金。今日進城市衣裙，爲剪絡賊掏摸去，無顏見家人，故覓死耳。」翁曰：「此小事，吾償爾金以成其美，毋遽輕生也。」拉之入城，向所熟店舖，假三十金予之。其人感泣叩謝，問翁姓名，不告而去。後數年，翁爲先人覓葬地，久之不得。偶偕地師至光福鎮，見水中有一墩，左右環以兩堤，若二龍搶珠狀。地師詫曰：「此吉壤也！葬之後，必有大魁，而位登宰輔者。」顧無從得主者姓氏，姑至一酒肆訪之。坐定，見當爐一叟，似即向所贈金者。叟見翁，喜曰：「吾恩人也！奚爲而至此？」翁告之故，叟益喜曰：「此某之廢地。囊承拯救，厚施久不忘，欲報無由，惟朝夕焚香，祝公福壽。今以是地爲可用，謹以奉貽。」翁不可，與議值，叟不肯受，推讓至再，即以前所贈三十金署券歸之。既葬，相國之顯達，果如地師言。識者曰：「此所謂陰地不如心地也。心地善，則陰地隨之矣。」（清·（烏程）陸長春《香飲樓賓談》卷二）

      *。盡付財金濟人困：借貸濟助歲暮貧困將賣妻者【肆一 10】（《香飲樓賓談》）

      。報恩方式：朝夕焚香，遙祝恩人福壽【肆一 10】（《香飲樓賓談》）

      。卜者（地師）預言應驗：吉地葬之出大魁，並位登宰相，後果然【肆一 10】（《香飲樓賓談》）

。。風水吉作用：葬地佳者福子孫：子孫登第致仕【肆一 10】（《香飲樓賓談》）

。。福人報福地：相地者所卜吉地，爲昔日曾救助者之地，地主因付地以報恩【肆一 10】（《香飲樓賓談》）

#風水名稱：二龍搶珠【肆一 10】（《香飲樓賓談》）

〈德延壽〉

　　昔眞州一巨商，每歲販鬻至杭。時有挾姑布子卿之術曰鬼眼者，設肆省前，言皆奇中，故門常如市。商方坐下坐，忽指之曰：「公，大富人也。惜乎中秋前後三日內，數不可逃。」商懼，即戒程。時八月之初，舟次揚子江，見江濱一婦，仰天大號。商問焉，答曰：「妾夫作小經紀，止有本錢五十緡，每買鵝鴨過江貨賣，歸則計本於妾，然後持贏息易柴米，餘資盡付酒家，率以爲常。今妾偶遺失所留本錢，非惟飲食之計無所措，亦必被箠死，寧自沉。」商聞之，歎曰：「我今厄於命，設令鑄金可代，我無虞矣。彼乃自夭其生，哀哉！」亟贈錢一百緡，婦感謝去。商至家，具以鬼眼之言告父母，且與親戚故舊敘永訣，閉門待盡。……踰期無它故，富之杭，舟阻風，偶泊向時贈錢處，登岸散步。適此婦襁負嬰孩，遇諸道，迎拜，且告曰：「自蒙恩府持拔，數日後乃產，妾母子二人沒齒感再生之賜者，豈敢忘哉。」商至杭，便過鬼眼所，驚顧曰：「公中秋胡不死？」乃詳觀其形色而笑曰：「公陰德所致，必曾救一老陰少陽之命矣。」商異其術，捐錢若干以報之。（元‧陶宗儀《南村輟耕錄》卷十二，頁 153～154）

11、〈虞文靖朱宜人墓碣〉

　　虞文靖公爲秘書少監日，著朱宜人吉氏墓碣，其略曰：「征東行省儒學提矩朱德潤嘗爲余言其母夫人吉氏之孝也，祖母施夫人甚愛之。至原甲午十二月，吉宜人將就館，而施夫人疾病，嘆曰：『吾婦至孝，天且賜之佳子，吾必及見之。』既而疾且革，治後事，其大父卜地陽抱山之原，使穿壙，以爲藏。施夫人曰『異哉！吾夢衣冠偉丈夫來告云「勿奪吾宅，吾且爲夫人孫。」』既而役者治地，深五尺許，得石焉，刻曰『太守陸君績之墓』，別有刻石在旁，曰『此石爛，人來換』，石果斷矣。其祖命亟掩之，而更卜兆。施夫人又夢偉衣冠者復來，曰：『感夫人盛德，眞得爲夫人孫矣。』德潤生，其大父字之曰順孫，而施夫人沒，人以爲孝感所致。」（明‧葉盛《水東日記》

卷十一，頁121）

。亡者藉夢與人通意：請將營葬於其墓地者勿奪其宅，並自諾將爲其孫【肆一11】（《水東日記》）

。石刻預言應驗：舊墓有石刻曰「此石爛，人來換」，人發其墓時，石果然斷【肆一11】（《水東日記》）

。所夢應驗：病革者夢人（陸績）來告將爲其孫，果然得孫之後方歿【肆一11】（《水東日記》）

＊ 。德行獲報：不奪人墓宅，獲報得孫【肆一11】（《水東日記》）

12、曾鞏托生報德

國朝顧孝直云：「成化間，故高祖贈尚書公誠，爲始祖處士公海卜地樊家山。穴既定，葬且有期矣，夜夢朱衣象簡者曰：『我故宅也，能相讓五尺乎？』已贈公穿穴下丈許，堪輿家執之不聽。葬後，復夢前人謝曰：『毋壞我宅，甚善。無以報德，當托生爾家以亢爾宗。我有宋曾子固鞏也。』越一年而尚書公伯祖璘生。」（明・鄭瑄輯《昨非庵日纂》卷十八，第48條）

。亡者藉夢與人通意：請將營葬於其墓地者勿奪其宅，並允爲其子孫【肆一12】（《昨非庵日纂》）

。所夢應驗：夢人（曾鞏）來告云將爲其子孫，越年果然生子【肆一12】（《昨非庵日纂》）

＊ 。德行獲報：不奪人墓宅，獲報得孫【肆一12】（《昨非庵日纂》）

13、見棺不遷

……顏氏本由吾閩龍巖州遷居粵之連平州，其始祖秉亨翁年百有四歲，群呼爲百歲翁，素精堪輿之術。距城二十里，土名鴻坑，有人送墳一穴，百歲翁用錢數千買得之，因葬其祖。臨時掘土，四寸下即見一棺，翁曰：「此地前人已葬，何忍遷移，使前人暴骨？」急命掩之。夜間，夢有古依冠人來謝曰：「掘土見棺者，即我也。我葬此，不得眞穴，致有此厄。其眞穴在左畔，汝何不擇某字向葬之？念見棺不遷，仁人用心，特爲指示。但使我墳能春秋附汝祭掃無闕，受賜多矣。」翁覺，如所指葬之，仍樹碑於畔，立約後人附祀，春秋祭掃不絕。厥後翁家漸起，至元孫瀞亭中丞希深由同知起家，仕至貴州、湖南巡撫……其旁支之成進士、入翰林，由縣令歷牧令者踵相接。相傳百歲翁尚見瀞亭中丞爲臬司云。粵中國朝二百年來，衣冠之盛，未有如

連平顏氏者。（清・張培仁《妙香室叢話》卷十一）

　　。。風水負作用：葬地不佳遭凶：葬處不得真穴，致被人發墳之厄【肆一 13】《妙香室叢話》

　　。亡者藉夢與人通意：向不遷其棺者致謝並請求祭祀，另示吉地以謝之【肆一 13】《妙香室叢話》

　　。。受惠者（古墳之亡者）為施惠者（見自購葬地有棺而不遷其棺）指示吉地以為報答【肆一 13】（《妙香室叢話》）

　　。。風水吉作用：葬地佳者福子孫：子孫登第致仕【肆一 13】（《妙香室叢話》）

　　＊　。德行獲報：不奪人墓宅，獲報吉地【肆一 13】（《妙香室叢話》）

14、〈陰騭地〉

　　浙鄞文淵，前明大學士也，住居府城。其祖某翁，壯年時，下距城八十里之小溪山會友。次早還家，有山民私與船戶約，趁船而來。到門時，街燈已起矣。山民欲寄宿於船，船戶不允，癡立岸上。翁憐其山僻孤民，詢無親友在城，止之宿，食以飯。山民黎明而起，正城民熟睡之候也。欲謝主而走，候之已久，主人不出。自思昨晚宿而食，心已不安，茲晨不可再在此過早也。遂出門，進飯肆食之，再來作謝。誰知轉回，忘其門戶，又未通姓名，無人可問。往來上下三四次，不得其門而入。翁起，告僕曰：「山民即與之飯，路遠可使早歸。」僕登樓而望，不見山民。告主人曰：「已去矣。」翁上樓視，睡處枕旁，有一布包，啟而視之，白繩百兩，納糧單一紙。曰：「此必小溪地保，承催錢糧，進縣完納也。今遺在此，苦人焉能賠之？當買舟送去，以解其結。」其僕曰：「不知若人姓名，送歸何處？」主人曰：「糧單內載有都圖，到此即知地保之名也。」又思誤糧違公，必受官責，即進縣，照單為之代納，得有糧照，即上船飛駛而去。更後上岸，詢之村中，問得姓名及其住處，迨至其門，但聞號咷不輟。叩門而問之，其妻曰：「吾夫上城完糧，忘銀于止宿之家，因貧而充役，不能賠此重銀，畏禍懸樑，幸已救生。」翁曰：「汝夫昨夜宿在寒舍，吾為此特來送還爾。」地保聞之，出而叩謝。翁出糧照，曰：「路途遙遠，代完以省往返。」地保益感其情，命妻子同出叩謝。因通姓名，殺雞為黍而食之。自此山民進城，必到翁家，時饋山鄉土儀。數年，山民歇役，亦不來翁家矣。後翁年邁擇地，為身後計，延堪輿，串夷

載路，度其陰陽。尋至小溪某山，師稱佳城。翁見山下有種植者，往之，指山而問曰：「誰氏之業？可與售否？」若人曰：「長者乃某處之某翁乎？」翁曰：「子何以知之？」曰：「吾即遺銀在府之地保也。」翁曰：「爾之者，何以如此之速也？」山民曰：「賴翁之恩，值役三年，頗堪自依農業，不進城，已近二十年矣。雖少過尊府，而戀念之忱，未嘗稍息。今何幸而又得瞻慈顏也！請至茅舍，暫為小憩。既愛是地，亦易商量。」翁見門景不同，曰：「子已富有乎？」曰：「可無慮饑饉矣。」告妻子曰：「救命之翁，復到吾家，即治飯。」翁曰：「爾為我籌地，已感深情，豈可作擾。」山民曰：「食此飯，即有此地。不食則無。」翁然之。食畢，山民曰：「是山乃我新置之產，撿券揖而送之，以報昔時之恩。」翁曰：「吾乃有錢之家，豈肯葬無錢之地，以博人笑？」翁看契價銀十六兩，即照數與之。曰：「我家離此過遙，將來造葬，統煩襄成。」得意而回。後鳩工購料，悉藉山民就近經理，所省甚巨。至嘉靖時，文淵顯遠，實出此地而來也。（清・慵訥居士《咫聞錄》卷八）

　　。拾金不昧，辛苦路遙送還原主【肆一 14】（《咫聞錄》）

　　。。福人報福地：相地者所卜吉地，為昔日曾救助者之地，地主因付地以報恩【肆一 14】（《咫聞錄》）

　　。。風水吉作用：葬地佳者福子孫：子孫登第致仕【肆一 14】（《咫聞錄》）

　　* 。德行獲報：不昧遺金千里還，獲報吉地並治塚【肆一 14】（《咫聞錄》）

15、〈桐城張氏陰德〉

　　桐城張息耕與家大人壬戌同年，……嘗問息耕：「君家韋平濟美，至今尚簪紱相承，其先必有莫大之隱德。」息耕曰：「余家有竹立城，君聞之乎？余家先代某翁，文端公之祖也。嘗於雪夜，見盜隱屋脊間，憫其凍，以梯拔之下，視之，則鄰也。攜入書齋，挈壺飧以食之，並贈數金遣之去。初不令家人知也。鄰感翁某，常思所以報。後夫婦以力耕置田五、六畝。一日往田間，見富家子與葬師詣一所相度，良久曰：『佳哉！此卿相城也。』問有何相驗，葬師曰：『試插竹其間，竹越宿則萌矣。』鄰聞之，歸述於妻，妻曰：『向者急於圖報於張翁，今其可矣。』鄰問其故，妻曰：『如是如是，不亦可乎？』鄰諾之。且赴其地，竹果萌，乃去之，易以枯枝。頃葬師復來，訝

其言之不應也。爽然去。鄰以計買之,而歸之翁,翁曰:『不可貪,天必厚禍。』鄰曰:『非公盛德不足當此。』敦請不已,乃受之,而償其直。後人遂呼此穴爲竹立城云。」……（下接李文貞公事）（清·福州梁恭辰《北東園筆錄》三編·卷一）

　　。見盜不發,贈金濟之使向善（＊958A1 寬大使賊改邪歸正）【肆一 15】（《北東園筆錄三編》）

　　。受惠者（夜盜鄰家之賊）計取他人風水吉地以贈施惠者（不發盜行並贈金者）爲報答【肆一 15】（《北東園筆錄·三編》）

　　。。取得風水的方法:計取風水:隱藏風水吉地特徵（拔除生葉枯枝,以無葉枯枝取代,使風水地能使枯枝生葉的特徵不見）,令主人誤以爲效用不驗而放棄（K1840. 藉代替詐騙）【肆一 15】（《北東園筆錄三編》）

　　。。風水異徵:插竹其地,竹越宿而萌【肆一 15】（《北東園筆錄三編》）

　　。。風水吉作用:葬地佳者福子孫:子孫登第致仕【肆一 15】（《北東園筆錄三編》）

　　＊ 。德行獲報:見盜不發並贈金,獲報吉地（958A1 寬大使賊改邪歸正）【肆一 15】（《北東園筆錄三編》）

16、潘世恩祖墓

吳縣潘大冢宰世恩,其先世歙人,上祖某居鄉有盛德。嘗以除夜人定後,秉炬至廳事,見一人蒲伏黑暗中,迫視之,鄰子也。呼而詢之,良久始言曰:「某不肖,好摴蒱,家盡落,且負人纍纍。今除夜,索逋者甚亟,不得已,欲爲肧篋之行。素習公家,門戶甚熟,故乘夜至此。今猝遇公,有死而已。」翁曰:「汝得若干可了諸負?」曰:「須十金。」翁曰:「十金事不難,何不早告?」命之坐,出二十金予之,曰:「十金償負者,十金權子母作小經紀,勿再蹈故智,我亦誓不以向者之事告人也。」其人感泣叩頭去。隔十餘年,翁入山卜地,得一古壞,而未知主其地者爲誰。因就一村店飲,有男女兩少年,見翁至,羅拜於前,諦視之,即除夜贈金之鄰子也。蓋其人得金後,爲旗亭業,居數年,頗獲利,娶婦且生子矣。翁大喜。其人欵洽倍至,殺炊黍,留翁宿其家。翁詢以向所卜地,其人曰:「此我所買欲以葬先人者,今大恩人以此爲佳兆,請獻之。」翁不可,其人再三懇,始立券,仍厚給其直。遠

中國風水故事資料類編

近地師相度之，皆以爲此鼎元地也。數世後，遷吳冢宰。伯父農部奕雋、比部奕藻先後成進士。冢宰暨其從兄編修世璜，俱得鼎甲。古語云：「吉地非遙，根於心地」，良不誣也。（清·錢泳《履園叢話》卷十七·報應，頁447）

　　。見盜不發，贈金濟之使向善（＊958A1寬大使賊改邪歸正）【肆一16】（《履園叢話》）

　　。。福人報福地：相地者所卜吉地，爲昔日曾救助者之地，地主因付地以報恩【肆一16】（《履園叢話》）

　　。受惠者（夜盜鄰家之賊）獻贈自家風水吉地以報施惠者（不發盜行並贈金者）【肆一16】（《履園叢話》）

　　。。風水吉作用：葬地佳者福子孫：子孫登第致仕【肆一16】（《履園叢話》）

　　＊　。德行獲報：見盜不發並贈金，獲報吉地（958A1寬大使賊改邪歸正）【肆一16】（《履園叢話》）

17、〈五房六宰相〉

　　百菊溪先生與先大父資政公及先叔祖太常公爲乾隆戊子鄉試同年，在春明時，有唱和之雅。……時家大人由京員乞假里居，與公寓館只一街之隔，過從始密。家大人在張蘭渚中丞幕中，公與中丞敘同宗之好，家大人嘗疑之。公曰：「汝不知我本漢軍張姓乎？我先世係江西人，自元以來積德累世，人無知者。某公精堪輿，嘗卜一地葬其先人，葬畢歎曰：『吾子孫如不墜先業，後必出三公。』有鄰某私聞之，謀佔某地，以祖骸裝一小罐偷瘞於墳前。公知之，語鄰某曰：『分我美蔭，所不敢辭，但願稍遠而偏，使兩家並享其利，則幽明均感矣。』鄰某感公之盛德，一一如約而行。其家人有誚讓公者，某公曰：『此大風水地，恐我家不克獨當，必有暗分之者，庶幾其應愈遠，其發愈長耳。』葬後生子五人，……分居五處，其一居湘廣，後爲江陵相國……。其一居四川，入本朝爲遂甯相國……。其一居江南，爲京江相國……。其一居安徽，爲桐城兩相國……。其一居長白山，入漢軍，即吾先代也。」按公於嘉慶十八年以兩江總督協辦大學士諡文敏，合計一支五房而出六宰相。江陵一房最先發，而先生最後起，最盛者爲桐城一房，今尚科甲蟬聯，卿貳接踵。其初亦以盛德坐獲吉壤，世所傳爲竹立城者，事已詳三錄中。諺稱福地福人來，信不誣矣。（清·福州梁恭辰《北東園筆錄》四編·卷一，事亦見

－158－

清・錢泳《履園叢話》卷十七・報應，頁 443）

　　。見盜不發：人盜葬祖墓風水吉地，不發其盜，但請其稍遠而偏，使兩家並享其利（＊958A1 寬大使賊改邪歸正）【肆一 17】（《北東園筆錄四編》《履園叢話》）

　　。。風水吉作用：葬地佳者福子孫：子孫登第致仕，五房六宰相【肆一 17】（《北東園筆錄四編》《履園叢話》）

　　。。取得風水的方法．偷葬他人墓地以分享風水【肆一 17】（《北東園筆錄四編》《履園叢話》）

18、照天蠟燭穴

　　張九朝奉一日往鄉莊至城外二里許，于路旁登廁，見廁屋內青布包裝束甚整，自度必商人遺物，開看，內有衣一件、簿一扇、銀二十錠，又碎銀一包。遂不往莊，候至日旲，毋有尋著，乃書字于廁曰「張九今日辰刻在此獲青包，失主見字，可往東莊來認」。次日，其人尋至，見字，至莊所，拜告願分一半，張寔對悉還之，分毫不取。其人拜天，祝君長壽富貴。張旬日忽夜夢其祖與之曰：「汝有陰功，天與吉地。可往十里橋邊，必有所遇。」覺而天曉，即日至十里橋，坐候至日西。有二人押一人至，其人到橋邊，抵死不去，指曰：「此內我有山一片，願與還谷債。」其二人不受山，定要谷，張即扣之曰：「谷價幾何？」曰：「二十石。」張與銀而受其山。歸于，語妻曰：「我夜夢獲吉地，果應。」次日觀山，全身皆石，毋下穴處。乃偏請明師點穴，十餘年經師百數，莫有能下穴者。又自訟曰：「昔夢以爲陰德之賜，今無穴可托，是吾德薄。」仍捨棺木，修造橋路。又三年，其妻夢神人語曰：「照天蠟燭穴居巔。」後句似言富貴不能記。張喜曰：「山頂必有土！」即往察之，果然。乃葬父于高頂。今五十餘年，有三貢舉，鄉稱陰德地也。（明・徐善繼、徐善述《地理人子須知》卷四下・怪穴，頁三一，傳奇，p.256～257）

　　。所夢應驗：夜夢祖先來告往某處必遇吉地，明日果然於該處得地【肆一 18】（《地理人子須知》）

　　。神仙藉夢與人通意：爲人指示葬地【肆一 18】（《地理人子須知》）

　　。。福人得福地：路不拾遺、代人還穀，得石山爲償，不料石山之頂，正是所求風水吉地【肆一 18】（《地理人子須知》）

　　。。風水吉作用：葬地佳者福子孫：子孫登第【肆一 18】（《地理人子

須知》）

。。殊地奇葬：照天蠟燭穴，滿山皆石，唯山之頂巔有土可葬【肆一18】（《地理人子須知》）

#風水名稱：照天蠟燭穴【肆一18】（《地理人子須知》）

＊。德行獲天報：拾金不昧還原主，天與吉地【肆一18】（《地理人子須知》）

19、施食獲報

莆田林氏，先世有老母好善，常作粉團施人。來取者即與之，無倦色。一仙來試其誠否。化一道人，每旦索食六、七團，母日日與之，終三年如一日。因謂之曰：「吾食汝三年粉團，何以報汝？府後有一地，葬之，子孫官爵至一升麻子之數。」其子依所點葬之。初世即生子九人登第。今傳福建無林不開榜是也。（明・鄭瑄輯《昨非庵日纂》卷十八，第50條）

。神仙化道人，指示風水吉地以酬好善施食者【肆一19】（《昨非庵日纂》）

。卜者（神仙）預言應驗：「葬某地，子孫官爵至一升麻子之數」，後代子孫世代登第【肆一19】（《昨非庵日纂》）

。。風水的效果：葬某地，子孫官爵至一升麻子之數【肆一19】（《昨非庵日纂》）

。。風水吉作用：葬地佳者福子孫：子孫世代登第【肆一19】（《昨非庵日纂》）

＊。德行獲天報：每日施食無厭色，神仙為指吉地【肆一19】（《昨非庵日纂》）

＊750B 好施者得到報答【肆一19】（《昨非庵日纂》）

〈玉田〉

羊公雍伯，洛陽人。性篤孝，父母歿，葬無終山，遂居焉。山上八十里無水，公汲水做義漿於阪頭，行者皆飲之。三年，有一人就飲，以石子一斗與之，使至高平善地，有石處種之，當生美玉，聘得好婦。公如言種之，數歲玉子果生。有北平著姓徐氏者，女甚有名，公試求之。徐氏戲云：「以白璧一雙來，當聽為婚。」公至種石中得白璧五雙為贄，徐氏大驚，遂以女妻公。後名種石地為玉田。（明・鄭瑄輯《昨非庵日纂》卷十八）

20、代弟受死

宋丞相鄭昭先之祖，弟嘗殺人抵死，祖奮曰：「吾弟未有子，吾當代死。」自首於官，囚死獄中，而釋其弟。弟出不德其兄，反凌其孤，寡其子，子乃攜母賣酒嶺上。母死，子遇一仙人指山下地曰：「白羊眠處鷓鴣啼，此貴穴也。葬之，五世出宰相。」於是奉柩遍覓。至一處，有鹿起鷓鴣鳴，因停其柩。天忽大雨，湧沙擁其棺。五世果生昭先，至平章事。（明‧鄭瑄輯《昨非庵日纂》卷十八，第 2 條）

　　。神仙爲人指示吉地以酬孝悌之後【肆一 20】（《昨非庵日纂》）

　　。。風水異徵：白羊眠處鷓鴣啼【肆一 20】（《昨非庵日纂》）

　　。。風水吉作用：葬地佳者福子孫：出宰相【肆一 20】（《昨非庵日纂》）

　　。卜者（神仙）預言應驗：「葬某地，五世出宰相」，後第五世子孫果爲宰相【肆一 20】（《昨非庵日纂》）

　　。。天葬：天雨湧沙埋棺【肆一 20】（《昨非庵日纂》）

　　*　。德行獲天報：兄代弟贖罪受死，弟反凌兄嫂孤子，神仙爲孤子指吉地葬母，後世出宰相【肆一 20】（《昨非庵日纂》）

21、〈鬼神默護吉壤〉

　　……吳塘山濱臨太湖，兩峰夾峙，爲吾錫形勝之地，謂之吳塘門。鈐記有云「吳塘東，吳塘西，玉兔對金雞，代代出紫衣」。鄉先輩尤文簡公表之封翁，實葬得其穴。……相傳封翁葬時，文簡廬於墓側。一夕，隱隱望見神燈無數，有金甲神擁一貴人從空中過。貴神忽問曰：「近有何人葬此？」金甲神對曰：「無錫人尤時亨也。」貴神詫曰：「此大地將發福三百年，誰敢葬此！速告雷部明日發之。」文簡公大感涕泣，望空遙拜且祝曰：「父既葬此，誠不忍見雷擊之慘，願身受其罰，以保父墓。」金甲神爲請曰：「尤氏累世積德，且其子眞孝子也。彼既願贗其罰，盍許之？」貴神曰：「尤氏之德，尚不足當此地。念其子之純孝，姑許葬之。然彼既矢受罰之願，俟三百年後，再議可也。」俄而寂然，神燈亦冉冉而沒。文簡既卒，卜葬於無錫孔山灣。尤氏子孫，自元迄明入國朝，掇科第入宦途者，蟬聯不絕。……（清‧薛福成《庸盦筆記》卷三，頁 78～79）

　　。。風水的效果：代代出紫衣【肆一 21】（《庸盦筆記》）

　　。。風水的作用：大福德之地，福德不足者葬之，則將遭雷擊發之【肆

一 21】（《庸盦筆記》）

。孝感動天：孝子願代父墓受雷擊而感動神，使神不發其父墓【肆一21】（《庸盦筆記》）

。。風水吉作用：葬地佳者福子孫：子孫登第致仕【肆一21】（《庸盦筆記》）

＊。孝行獲天報：孝子願代父墓受雷擊而感動神，使神不發其父墓，因獲其父墓葬地風水之蔭而科第不絕【肆一21】（《庸盦筆記》）

22、〈潘善人〉

潘翁，粵東香山人。談者忘其名字，生在前明中葉。家貲千萬，席豐履厚，有善必為，如刷印經文、創修廟宇、造橋鋪路、掩骼埋胔，以及贈親朋、濟鄰里，猶不足以盡其心，乃日食千百人，不使邑有乞丐。當博施濟眾時，有嫗旦暮必至，索食飯之，索飲茗之，無倦色。如是者久，無如旱澇之年，聞善人之名者，遠近就哺，日以萬計。翁雖富，力漸不支，然不肯中止，猶去質庫，賣田宅為之。迨時和年豐，災黎散而善人貧矣。前嫗尚日詣之，翁猶自減口糧以為之食，始終不怠。嫗不自安，謂翁曰：「我孤獨無歸之嫠也。今汝業已敗，我何忍累汝。曷以住宅施我作大士閣，我願為優婆夷，自主香火，藉以常得溫飽，無求於汝矣。」人皆怒叱之，翁曰：「諾。」即謀遷妻孥，舉宅以施。嫗曰：「汝舍去，將何所依？得無怨我乎？」翁曰：「否。北郭外有山地數頃，因歷年旱澇，寸草不生，無人肯售。去結茅廬，亦足棲止，何怨之有？」嫗曰：「此地吾前見之，有大風水在。汝因歷年為善，未及葬汝父母，今既已遷此，我當為卜宅。其山之陽，枯木之下，天生石穴一區，真佳城也。窆穸於此，不但舊業可復，將億萬斯年，喫著不盡。汝信之乎？」翁曰：「謹受教。」嫗執引送之。指牛眼穴，坎山離向，以羅浮為案，以大海為陰。曰：「此凡夫之所見不及者也。」且使廬墓而居，乃出異果數斗，給之曰：「以此通撒荒田，俟其生長勿伐，三年乃成。三年後，必有蛇虺守此，汝當別遷。欲得此異物者，唯五月五日，可使健男子身塗雄黃，醉飽來伐取。行將獨擅天下之妙葉矣。」翁曰：「將為何物，必先教之？」嫗笑曰：「汝將來觀其形狀，似何物即為何物，何必先知？但我所與者，菩提果也，勿以與人。縱予人，無益。」嫗乃去。翁於是安廬種果，半載方休。入城視己舊居，已成觀音堂，香火甚盛。有尼住持，嫗已不知去向矣。翁歸不數月，

其物萌茁，形似芭蕉，遍山皆是。愛護之，勿敢伐。歷三年，葉形成扇。翁
乃剝其粗者，賤售之，人皆爭市，一夏得數萬錢。時已有巨蛇出沒，毒氣射
人，翁不能存身，仍遷城市。……以是復業。傳至子孫，至今三百餘年，家
益富。……親友乞其種，亦未嘗吝，但樹他處，變爲美人焦，葉小而脆，不
堪作扇。然後知媼即觀自在菩薩，傳翁絕業，爲天下後世爲善者示勸。（清‧
吳薌厂《客窗閒話》續集‧卷三）

　　。盡付財金濟窮人：去質庫、賣田宅以博施濟眾，自減口糧以施食【肆
　　一 22】（《客窗閒話》）

　　。受惠者（旦暮索食之媼）爲施惠者（自減口糧以施食者）指吉地以
　　爲報答【肆一 22】（《客窗閒話》）

　　。神的考驗：以不合理的要求考驗行善者的誠意：丐婦請博施濟眾至
　　貧匱者，捨其僅存之宅爲寺【肆一 22】（《客窗閒話》）

　　。捨宅爲寺施丐婦【肆一 22】（《客窗閒話》）

　　。神仙（觀自在菩薩）化人爲人指示吉地以酬好善樂施不惜家業散盡
　　者【肆一 22】（《客窗閒話》）

　　。異種植物葉形成扇，易地而植則變尋常焦葉不成扇【肆一 22】（《客
　　窗閒話》）

　*　。德行獲天報：博施濟眾不惜家業盡，猶減口糧以施食，神仙贈異
　　果及佳地以致富數代【肆一 22】（《客窗閒話》）

　*　750B　好施者得到報答【肆一 22】（《客窗閒話》）

23、〈姑嫂墓的傳說〉

　　番禺沙灣何姓人家有一對姑嫂，感情十分相得。一次嫂嫂病重，小姑爲
她收拾葬衣時墜樓而死，嫂嫂聽說便一痛而絕，家人決定把她們葬在一起。
嫂嫂的兒子到處去找葬地，可是一直找不到適合的地方。一天，他走到一座
山裡，天忽然下起大雨，一個老婆婆淋著雨經過，他趕緊把自己的傘給老婆
婆，老婆婆便問起他的來歷，聽完後便指著一個土穴對他說：「這地雖不致
富貴，可是子孫綿綿，福祿也不爲過。」說完並告訴他一個地址，要他隔日
去取傘。他按址尋去一看，原來那不是一般人家，而是一座廟宇，廟中土地
婆正拿著他昨日借出的傘。他便將這對姑嫂葬在土地婆所指的地方，墳左有
一山像一隻手臂，所以叫「隻手抱孩兒」。據說從此沙灣何氏歷代福祿都不

錯。（劉萬章編《廣州民間故事》頁 160～164）

　　。神仙化人，爲人指示吉地以酬雨天讓傘與老人者【肆一 23】（廣州）

　　。神仙化人借物留住址，按址尋著原是廟，方知是神仙【肆一 23】（廣
州）

　　。。風水吉作用：葬地佳者福子孫：子孫綿綿多福祿【肆一 23】（廣
州）

　　#風水名稱：【肆一 23】（廣州）

二、貴人不在乎賤地

1、〈陰陽先生搗鬼〉

　　有個陰陽先生出門算命，三伏天下，口渴得很，看見路邊一個老人在揚
麥子，就走去向老人要水喝。老人把水罐遞給他，他抱起罐子要喝時，老人
呼地往水罐揚起一把麥糠，他心頭便不高興，但渴得很，就一邊吹麥糠一邊
喝。喝了水，陰陽先生對老人說要幫他看宅，老人正好要修宅，就領了陰陽
先生到宅上，讓他幫著把宅子蓋上了。陰陽先生爲喝水時老人給他揚上一把
麥糠，心裡也要讓老人好不了，暗中捏了一個泥小鬼，擱到老人的房子底下，
讓小鬼把財給搬走，要敗老人的家。過了幾年，陰陽先生轉回這個地方來，
打聽起老人家裡的生活，日子竟是過得好。風水先生覺得奇怪，到老人家裡
探看，聽到鄰人叫老人名字是閻王，他大吃一驚，便對老人說了因爲氣他喝
水揚糠而捏小鬼要敗他家的實話，沒想到老人名叫閻王，正是閻王管小鬼，
所以小鬼搬財只進不出。老人對陰陽先生說，喝水揚糠是因爲天熱人渴，怕
他立時喝了傷肺，一邊吹著麥糠就會一口口慢慢喝了。（1991 靳清華（男 19
歲）講述《耿村民間文化大觀》頁 1986）

　　。被人誤會的善行：揚糠止急飲，以防飲者內傷，飲者卻誤以爲作弄
之舉【肆二 1】（耿村）

　　。。誤打誤撞得風水：弄拙成巧：陰陽先生置小鬼鎮宅，要使小鬼搬
光宅主家財。不料宅主名字叫閻王，閻王管小鬼，因此小鬼搬財只進
不出【肆二 1】（耿村）

　　。。風水巫術：懷恨宅主之風水師暗置小鬼於其宅，欲使小鬼搬財敗
其家【肆二 1】（耿村）

。。風水吉作用：姓名閻王者住小鬼鎮宅屋，越住越發財，因閻王管小鬼，故小鬼搬財只進不出【肆二1】（耿村）

* 善心人不受風水左右命運【肆二1】（耿村）

2、〈風水先生服輸〉

保定有個善心人叫王洛善。一年夏天，麥收剛過，王洛善在門前滑麥糠，南邊來一個矮小老頭，上氣不接下氣地直奔王洛善，要一碗涼水喝。王洛善立刻舀來一大碗涼水，見老人劈手要奪，趕緊從地上抓起一把麥糠撒進碗裡。老頭兒十分納悶，一面吹糠一面喝水，恨恨地暗罵王洛善給水不爽快。喝完水後，他心苦嘴甜地說：難得你一碗水救命，我是風水先生，給你看看宅院風水，照辦了，不出三年，必有好處。便給他出了個五鬼鬧宅的主意，王洛善不知是計，便照辦了。從這以後，王洛善手更勤，不出三年，便添車買馬，生了二大胖小子。一天，風水先生算計著王洛善該倒了霉，要來看他笑話，沒想到卻見到人歡馬叫，王洛善則一見他就千恩萬謝。風水先生不禁對自己的陰陽術起了懷疑，就把當初碗內撒糠的事講出來，王洛善一聽，說是當時怕你渴壞了，一口灌進一大碗涼水炸了肺，沒想到讓你疑惑錯了。風水先生聽了面紅耳赤，心服口服的說：看來，只要人心善，神鬼不敢犯；不在庄宅不在人，謀事全在人。從此，風水先生不看風水，拜王洛善為師，勤儉持家，到老幸福。（1984 趙老三（男，不識字）講述《中國民間文學集成保定市故事卷》卷三頁 431～433）

。被人誤會的善行：揚糠止急飲，以防飲者內傷，飲者卻誤以為作弄之舉【肆二2】（河北保定）

。。風水巫術：懷恨宅主之風水師暗置小鬼於其宅，欲使五鬼鬧宅敗其家【肆二2】（河北保定）

* 善心人不受風水左右命運【肆二2】（河北保定）

3、〈風水墩〉

一個風水先生看到江邊一個土墩是塊敗家絕子的絕地，及時阻止了原本打算葬於該地的人家。為免再有人選做墳地而遭遇不幸，風水先生決定做為自家墳地，以一家斷根換來千家香火。有一天，潮水大漲，風水先生猛然從土墩跳入江心。後來堤岸崩落，河水分流，土墩成為江心島，跟著河水隨漲隨落。人們說風水先生心地好，這絕地變成風水寶地，稱為雙龍搶珠，他的

後代子孫滿堂。（1987 潘水達講述《中國民間文學集成上海卷金山縣故事分卷》頁 127～128）

　　。風水師自葬絕地【肆二 3】（上海）

　　。。福人得福地：風水師自葬絕地以妨他人葬之絕後，不料自然現象改變環境特徵，風水凶地竟變吉地【肆二 3】（上海）

　　#風水名稱：雙龍搶珠【肆二 3】（上海）

　　* 善心人不受風水左右命運【肆二 3】（上海）

4、〈雙龍搶珠〉

　　鴛鴦溪畔有一處風景叫雙龍搶珠。從前有一位窮寡婦帶著一個兒子住在溪畔的一個山樓裡。有一天，一個風水先生經過山樓來討茶吃，寡婦見風水先生滿頭汗，拿水瓢把缸裏的水攪渾了，倒水給他喝。風水先生見了火冒三丈，但口渴得很，只好按住氣，等水清了再喝。喝水之後，風水先生爲報復寡婦的刻薄，爲她指了一個「雙蛇鎖口」的凶地以遷葬公婆，要讓寡婦斷子絕孫，但卻向她謊稱是「雙龍搶珠」的吉地。幾年後，寡婦的兒子考上進士，當了知府，寡婦也受風做太夫人，在回鄉途中遇到風水先生，向他千恩萬謝。風水先生很驚奇，但暗中試探，問當年爲何要將水攪渾，寡婦說：大熱天走長路的人心血旺，喝了水會得沖水病，要等心跳平了，水也清了，喝了水才沒事。風水先生聽了，才知道善人有善報。（《中國民間故事集成福建卷》頁323）

　　。被人誤會的善行：揚糠止急飲，以防飲者內傷，飲者卻誤以爲作弄之舉【肆二 4】（福建）

　　#風水名稱：雙蛇鎖口【肆二 4】（福建）

　　#風水名稱：雙龍搶珠【肆二 4】（福建）

　　* 善心人不受風水左右命運【肆二 4】（福建）

5、〈風水的改變〉

　　一個老人在山坡上種田，常備茶水奉給過路人。一個地理師經過，向老人乞茶，老人在茶中撒下些許草末遞給他，地理師心中大惡，以爲老人故意作弄他，但仍不動聲色地吹開草末，喝完了茶。地理師臨走時，指點一個「兩狗拖屍」的惡地，向老人謊稱是佳穴，以懲罰老人的存心不良。數年後，地理師再經該地，訪知老人果然葬在該穴，但看風水形勢卻變成了「雙龍搶珠」

的吉地。地理師大惑不解，明察暗訪下，才知道老人在茶中撒草的原因，是為了讓剛爬上坡不及喘氣的路人，藉吹開草末調整呼吸，以免急飲傷身。地理師這才明白風水也會因人的福德而改變。(《金門民間故事研究》頁 99)

　　。被人誤會的善行：揚糠止急飲，以防飲者內傷，飲者卻誤以為作弄之舉【肆二 5】(金門)

　　。。福人得福地：善心人葬絕地，風水凶地竟自動變為吉地【肆二 5】(金門)

　　#風水名稱：兩狗拖屍【肆二 5】(金門)

　　#風水名稱：雙龍搶珠【肆二 5】(金門)

　　＊善心人不受風水左右命運【肆二 5】(金門)

6、〈好心有好報〉

　　從前，在一個山坡上有一塊茶田，茶婦每天煮一些茶放在路邊給路人喝，有人要喝時，她會把一些米糠放進茶杯裡，喝的人都不知道是什麼意思。一個風水師經過那裡，覺得茶婦是壞心腸在作弄人，就問她要不要風水地，茶婦答要，風水師就替她找了個絕地，讓她家三年後絕掉。三年後，風水師又經過那裡，發現茶婦家不但沒有絕，且變得非常有錢，茶婦直向風水師道謝。風水師問茶婦，為什麼給人喝茶放米糠，茶婦說是因為路人走上坡來，氣息急急，馬上大口喝水會內傷，米糠浮在上面，會吹開米糠再喝，氣也順了，就不會內傷。風水師才明白茶婦是好心有好報，壞風水對她沒影響。(1997彭統妹講述(女，81 歲)《台灣桃竹苗地區民間故事》頁 105～106)

　　。被人誤會的善行：揚糠止急飲，以防飲者內傷，飲者卻誤以為作弄之舉【肆二 6】(台灣)

　　＊善心人不受風水左右命運【肆二 6】(台灣)

7、〈貴人不在乎賤地〉

　　有個人叫福來，找來一個風水先生幫他看地。風水先生指了福來家一塊地，可以出大官，但福來問墳在那兒有沒妨礙到人，風水先生說東鄰會背興，福來就說不要了。風水先生又給福來找了個地方，在那兒扎墳西鄰會窮，福來又不要了。風水先生生氣了，隨便指了個髒地方給他就走了。幾年以後，風水先生有些後悔，覺得過意不去，回來探望福來，福來已成了財主，見到風水先生直向他道謝。風水先生懷疑福來看了另外的地方，到墳上一看卻是

老地方，就說這是貴人不在乎賤地。（1988 王發禮（男 25 歲）講述《耿村民間文化大觀》頁 2105）

　　。善心人尋葬地，凡妨礙他人風水之吉地皆不用【肆二 7】（耿村）

　　＊ 善心人不受風水左右命運【肆二 7】（耿村）

8、〈踩地理〉

　　一個看風水的老頭，有一年冬天凍在雪地裡，被一個財主救起，養到春天，身體好後，老頭想報答財主，要為他踩地理遷祖墳。先是看到了一塊盆地，後邊的石頭像個大元寶，祖墳在此，子孫將大富大貴。但財主說：我現在的錢糧夠多了，這地留給吃不上飯的窮人吧。老頭又發現一塊地，一隻野雞正和一條大蛇在那裡打架，稱作龍鳳鬥，祖墳在此，子孫世世做大官。財主說：好人做了官，心兒就黑了，我只想做個平民百姓。老頭心裡很不高興，又走到一座山岡，山前的平原像鋪錦一樣，祖墳在此，世世多子多孫。財主說：樹大分杈、兒大分家，兒子多了，分家產不好辦，我的祖墳不埋這地。老頭氣極了，來到一片河灘前，順手指了一塊河灘，財主倒高興了，說：這地不長庄稼又沒樹木，正好埋墳。老頭哭笑不得，這裡造墳，夏天雨水一大，祖墳準被沖走，家業非敗不可，但財主總不聽他，老頭就要讓財主吃點苦頭再回來幫他，於是什麼也沒說就走了。五年後，老頭想，財主的家業應該敗得差不多了，回來準備幫他遷個好地場。不想財主家仍和先前一模一樣，財主迎出門來，對老頭千恩萬謝，原來財主在當初老頭指定的地裡，先是挖到了金元寶，下葬不久後，夏天一場大雨，河邊一個懸崖掉下來堵住了河水，河便改了道，財主的祖墳不但沒被河水沖走，還成了一塊綠油油的沃土，如今年年豐收，兒子也赴考成了知縣。老頭聽了，知道富貴貧窮，不是塋地管，是人的品行能感動天地，從此就再也不給人看風水了。（1986 老李頭（男 70 歲，不識字）講述《中國民間故事集成遼寧省卷》頁 872～875）

　　。。受惠者（路倒之風水師）為施惠者（救人之財主）指佳地以為報答【肆二 8】（遼寧）

　　。。風水地異徵：石頭像元寶【肆二 8】（遼寧）

　　。。風水異徵：雞蛇打架龍鳳鬥【肆二 8】（遼寧）

　　。。善心人尋葬地，凡妨礙他人風水之吉地皆不用【肆二 8】（遼寧）

　　。。福人得福地：善心人葬惡地，不料自然現象改變環境特徵，風水

凶地變寶地【肆二 8】（遼寧）

＊ 善心人不受風水左右命運【肆二 8】（遼寧）

三、惡人不得吉地

1、鬼罩地師之眼

國朝莆中，有甲科嚴姓者，與殿元柯潛同榜，生平歷仕，吸民膏脂，勢燄彌天，曾任江右廉憲。聞顧陵岡名師，厚幣聘之，爲母覓地。顧入閩關，即夢二鬼以罩其眼。及抵莆，與扦葬畢，將復度關，仍夢二鬼持去原罩。顧公方悟向所扦者爲凶壤，返而勸嚴改之。嚴疑謂禮薄故詆也，重謝辭之，顧亦付之無可奈何之天。後果零落。顧又與嚴扦一陽基，嚴禱九里湖，但夢是地種瓜，嚴以爲瓜瓞之兆。及構成，滿室畫瓜以符之。詎知莆之鄉語，瓜云柯也。夢是地多瓜，係柯地。後此室竟歸柯狀元。（明‧鄭瑄輯《昨非庵日纂》卷十八，第 32 條）

　　。異夢相應：地師相地前夢鬼罩其眼，相地畢又夢鬼撤其眼罩，有感於夢乃知所相之地爲凶壤【肆三 1】（《昨非庵日纂》）

　　。所夢徵兆意外應驗：卜地後得夢是地多瓜，以爲瓜瓞之兆，不料是地後爲柯姓所有，其土言「瓜」「柯」同音【肆三 1】（《昨非庵日纂》）

　　。。風水負作用：葬地不佳禍子孫：子孫零落【肆三 1】（《昨非庵日纂》）

　　＊ 。。天遣惡行不授吉地：貪官偍請風水名師堪吉地，風水師夢鬼罩其眼，堪地後又夢鬼持去罩，方悟所堪吉地原爲凶壤，果然貪官付葬後不久零落【肆三 1】（《昨非庵日纂》）

2、貪官不得受吉壤

六合尹林克正，延地師仰思忠營地。其姻方氏，父爲知縣，未葬，因薦思忠卜其窀穸。連日尋求，得吉地矣。方點穴間，雨驟下而止，約天晴再往。是夜思忠夢一老者曰：「此地切勿與之。此人爲考官，賣三舉子，當有陰禍。若葬此地，法當榮其子孫，非天意矣。」覺而問克正曰：「昨大尹居官何如？」曰：「先爲教諭，轉此官不久遽卒。聞爲考官時，關節得賄，鄉評頗少之。」思忠惕然，因托故歸家。越二、三年，遇其鄉人，問方大尹葬未，人曰：「因與勢家爭墳，至死人命，官司牽纏，至今未葬，家業亦漸凋落云。」（明‧

鄭瑄輯《昨非庵日纂》卷十八，第 10 條。亦見清‧褚人穫《堅瓠集》秘集‧卷四引《聞然錄》。亦見清‧福州梁恭辰《北東園筆錄》續編‧卷六）

　　。神藉夢與人通意：告風水師勿將吉地與貪官【肆三　2】（《昨非庵日纂》《聞然錄》《堅瓠集》《北東園筆錄續編》）

　　。所夢應驗：夢神告云某人爲官劣行，覺而察訪果屬實【肆三 2】（《昨非庵日纂》《聞然錄》《堅瓠集》《北東園筆錄續編》）

　　。。風水的效果：榮其子孫【肆三　2】（《昨非庵日纂》《聞然錄》《堅瓠集》《北東園筆錄續編》）

　　* 。。天遣惡行不授吉地：貪官僱請風水名師堪吉地，風水師夢神告貪官罪狀，誡其勿與吉地以逆天意。後貪官與人爭墳地致訟而家敗【肆三 2】（《昨非庵日纂》《聞然錄》《堅瓠集》《北東園筆錄續編》）

　3、〈地因人勝〉

　　……然富貴之地，天地所秘惜，神物所護持，苟非其人，見如不見。昔李唐龍圖蒞政酷虐，楊公得數代宰執之地，欲以與之，夢二使叱之而止。孫鍾孤孝，種瓜爲業，三仙人乞食畢，示之葬地，後四世爲吳帝。觀此豈非陰德必報之驗與。然則不務積德而廣求計取美地以圖富貴，其亦不達天人之故矣。（明‧王圻纂《稗史彙編》卷十三‧地理門‧堪輿類，頁 224）

　　。神藉夢與人通意：風水師得吉地欲與惡官，夜夢二使叱之而止【肆二 3】【肆三 3】（《稗史彙編》）

　　。。風水的效果：數代宰執之地【肆三 3】（《稗史彙編》）

　　。。風水的效果：四世爲吳帝【肆三 3】（《稗史彙編》）

　　* 。。天遣惡行不授吉地：貪官僱請風水名師堪吉地，風水師夜夢二使叱之而止【肆三 3】（《稗史彙編》）

　4、〈地師〉

　　徽州程某，精堪輿之術，名聞四遠，吾鄉林某延之相地。林某，惡人也，姦盜邪淫，無惡不作。程某爲卜一穴，眞穴也。程某於定穴後，夢郡城隍召之入廟，令其毋點此穴。醒而惡之，既復以爲夢幻難憑，復貪林某重利，仍爲點穴。未幾而陰雨晦冥三日夜，震雷一擊而穴破矣。程某遂潛逃，未到家而死，林姓亦寖衰。僉謂陰地不如心地好，相地者每舉以爲戒云。按此吾鄉近事，嘖嘖人口者，初亦不知何家，觀因果錄，始知爲林姓，亦未詳其何郡

縣也。（清‧福州梁恭辰《北東園筆錄》四編‧卷六）

　　。神藉夢與人通意：風水師得吉地欲與惡官，夜夢城隍召之入廟，令
　　其毋點穴【肆三4】《北東園筆錄四編》

　　。欺神遭懲：風水師違神命而為惡人卜吉地，隨即無病而亡【肆三4】
　　《北東園筆錄四編》

　　＊。。天遣惡行不授吉地：貪官倔請風水名師堪吉地，風水師夢神誡
　　勿點吉穴，師貪重利仍為點穴，葬後雷擊破其穴，風水師無病而亡，
　　官家亦浸衰【肆三4】《北東園筆錄四編》

5、〈嚴泗橋〉

　　嚴嵩做了明朝宰相，權勢嚇人，但他還不滿足，想篡奪皇位。有人向他
說，要先尋得龍穴地，葬上祖先屍骨，才能坐上龍廷。嚴嵩就派風水先生四
處找龍穴地。找到安亭這地方，沿漕塘河向南的十字河口，風水先生說這是
龍穴地，建議在十字河口造四座橋，組成一個龍口，稱嚴泗橋天井。橋建好
後，嚴嵩要下葬祖先屍的前夜，八仙經過這裡，發現四橋中黑氣沖天，為免
奸臣做皇帝，八仙合力將其中一座橋往南抬，抬了一里，何仙姑一鬆手，橋
就落在小安亭。十字龍口漏了氣，嚴嵩的皇帝夢就沒有實現。（1987　丁雪緊
講述《中國民間文學集成上海卷嘉定縣故事分卷》頁159～160）

　　。。風水的效果：龍穴地能坐龍廷當皇帝【肆三5】（上海）

　　＊。。天遣惡行不授吉地：奸臣造橋做龍穴地欲葬祖先，圖謀篡奪皇
　　位，神仙（八仙）路過抬走橋，洩漏龍地氣，奸臣難為皇【肆三　5】
　　（上海）

四、圖佔他人陰地受報

1、〈魯肅墓〉

　　王伯陽家在京口，宅東有大冢，相傳云是魯肅墓。伯陽婦，郗鑒兄女也，
喪亡，郗鑒平其冢以葬。後數年，伯陽白日在廳事，忽見一貴人，乘平肩輿，
與侍從數百人，馬皆絡鐵，逕來坐，謂伯陽曰：「我是魯子敬，安家在此二
百許年。君何故毀壞吾冢？」因顧左右：「何不舉手！」左右牽伯陽下床，
乃以刀環擊之數百而去。登時絕死。良久復蘇，被擊處皆發疽潰，尋便死。
一說王伯陽亡，其子營墓，得一漆棺，移至南岡，夜夢肅怒云：「當殺汝父。」

尋復夢見伯陽云：「魯肅與吾爭墓，若不如我不復得還。」後於靈座褥上見血數升，疑魯肅之故也。墓今在長廣橋東一里。（《搜神後記》第 62 條（卷六第 5 條），頁 38。《太平廣記》卷三百八十九‧塚墓一，第 14 條。明‧王圻纂《稗史彙編》卷十三‧地理門‧陵墓類，頁 229）

‧所夢應驗：亡魂託夢擊打壞其墓者，夢者覺醒，被擊處潰爛而死【肆四 1】（《搜神後記》《廣記》《稗史彙編》）

‧亡者藉夢與人通意：某子爲父營墓見舊棺而移之，夜夢其棺主怒云將殺其父，又夢其父云將殺其棺主，後於靈座褥上見血數升【肆四 1】（《搜神後記》《廣記》《稗史彙編》）

2、夏英公墓

夏英公素好術數，陰陽山水，古說無不收。迨其薨於洛中，得善地以葬。時其子龍圖安期已貴顯，當開塋域，不自督役，委之幹者。其地乃古之一侍中葬穴也，其故槨碑刻具在。幹者以大事迫期，遂諱不白而易之，取棺碑於旁近埋之。既葬未幾，龍圖死，其婦挈家資數萬改適。其次子又得罪，廢焉。（宋‧吳曾《能改齋漫錄》卷十八。明‧朱國禎《湧幢小品》卷六，頁 7 清‧《宋稗類鈔》卷七‧報應）

‧‧佔人陰地受報：移人棺木而葬其風水佳地，後代隨即遇禍衰亡【肆四 2】（《能改齋漫談》《湧幢小品》《宋稗類鈔》）

3、前賢名墓

前賢名墓，不可謀葬，多遭奇禍。揚州高尙書大鵬展翅形，乃董德彰所卜。後葬時，其親夢朱衣紗帽人云：「我秦少游也，令親欲用我地，前後皆可發福，不可在我之上。」開穴果見一棺，俗師云：「官上加官。」遂葬，後邁凶禍，先有仙人摘掌形，祖地大發，葬此頓歇。慈谿劉主簿墳，葬時亦夢緋衣人云：「前數尺可發，不可動我穴。」點穴後，劉公移前一柩葬之，子孫科第不絕。（宋‧李思聰《堪輿雜著‧覆驗》六四葉左中）

‧亡者（秦少游）藉夢與人通意：夢告卜葬於其棺上之地者，云其前後皆可發福，勿葬其棺上。覺而開穴，果見有棺【肆四 3】（《堪輿雜著》）

‧‧佔人陰地受報：卜葬得風水佳地，該地舊棺之亡者夢告將葬其地者勿復葬其棺上，營葬者卻違亡者之請而葬其棺上，後邁凶禍【肆四

3】（《堪輿雜著》）

#風水名稱：大鵬展翅形【肆四 3】（《堪輿雜著》）

#風水名稱：仙人摘掌形【肆四 3】（《堪輿雜著》）

4、蛇報

天台方孝孺先生未生時，其父將葬其祖，已預羅某日矣。忽夜夢一朱衣人，前跪曰：「聞執事要尊翁之藏卜某山之原，然吾九族居此已數百年，子孫蕃衍，不知其數。望執事再緩二月，吾當徙而避之。願以仁恕為心，俯從所請。」言訖辭去。明日起工，即得一穴，闊六丈許，中有赤蛇千餘尾共一穴，其長數尺，蓋所夢之赤衣也。先生之父，素不信鬼神事，見蛇不願，亦不憶夢中之言，積薪縱火焚之。有煙一道，直掬先生之家。是時母方孕數月，先生生焉。厥扶甚異，舌前餂人鼻中。幼穎悟，長師宋景濂。為文滂沛，官至學士，盡忠于君，遭赤九族，蓋蛇之報云。按孤樹衰談所記如此，雖其害物之報，實亦山川毒氣所鍾，故孕育多蛇，從而葬之，亦召奇毒之禍，錄之并以為鑒。（明・徐善繼、徐善述《地理人子須知》卷四上・穴法，頁二，傳疑 p.197）

　　。精魅（蛇精）藉夢與人通意：夢告卜葬其穴居之地者，請緩延葬期以待其徙，明日開穴果見中有赤蛇如所夢之朱衣者【肆四 4】（《地理人子須知》）

　　。。佔人陰地受報：蛇精夢告卜葬其穴居地者緩葬以待其徙，營葬者卻焚其穴並穴中之蛇，蛇投生其家為官而遭赤九族【肆四 4】（《地理人子須知》）

　　。。風水的作用：山川毒氣所鍾，故孕育多蛇，從而葬之，亦召奇毒之禍（夷九族）【肆四 4】（《地理人子須知》）

　　。奇人異相：舌前餂人鼻中【肆四 4】（《地理人子須知》）

5、〈擇風水賈禍〉

河南孝感縣張息村明府，葬先人於九峻山。事畢，別買隙地五畝許，將造宗祠。工人動土豎柱，得一朱棺，蓋已朽壞，中露一尸，骷髏甚大，體骨長過中人，胸貫三鐵釘，長五六寸，腰有鐵所，環繞數匝。工人不敢動，告知明府，一時賓客盡勸掩埋，另擇豎柱之所。張不可，曰：「我用價買地，本非強占，且風水所關，尺寸不可移。此古墓也，可以遷葬。」乃自作祭文

具牲勞祭之。祭畢仍令遷棺。工人鍬方下，遽撲地噴血罵曰：「我唐朝節度使崔洪也。以用法過嚴，軍人作亂，縛我釘死。國家衰亂，不能為我洩忿誅凶，葬此八百餘年，張某何人，敢擅遷我墓，必不能相恕也。」言畢，工人起而張明府病矣。諸賓客群為祈請，病竟不減，舁歸數日而卒。（清·袁枚《子不語》卷十二）

　　。亡靈藉他人之口與人說話：藉工人之口自述身世並責罵壞其墳墓之主事者【肆四5】（《子不語》）

　　。。佔人陰地受報：卜建宗祠之地有舊棺，主事者因風水所關，堅持立柱其埋棺之地，棺中亡者藉他人之口責喝，主事者隨即因病不起【肆四5】（《子不語》）

　6、〈積善三異〉

　　明徐蒙六墓士名上向，有別宗其謀佔其穴，訟之官。當事夢老人衣冠甚偉，率英髦分庭抗禮，言曰：「願乞靈一掃門庭之寇。」上堂果見持訟，堂下如夢狀，異一。又仇首謀埋偽誌於墓，為堪驗地，皓月中忽轟雷擊散，異二。及庭訊時，公座上頂格軋軋作欲墜聲，搦管則然，擱筆則止，當事驚訝，遂正奸佔之罪，異三。人以為積善之報。今其子孫果多科甲云。（清·李調元《尾蔗叢談》卷三，頁15～16）

　　。亡靈藉夢與人通意：某人將佔人墓穴，欲訟官，墓主託夢其官請掃門庭之寇，明日上堂果見持訟，堂下如夢狀【肆四6】《尾蔗叢談》

　　。。佔人陰地受報：某人謀佔他人墓穴，埋偽誌於墓而訟官，官為堪驗地，皓月中忽轟雷擊散【肆四6】《尾蔗叢談》

五、以風水惑人受報

　1、〈風水客〉

　　袁文榮公父清崖先生，貧士也，家有高曾未葬。諸叔伯兄弟無任事者，先生積館穀金買地營葬。叔伯兄弟又以地不佳、時日不合，將不利某房為辭，咸捉搦之。先生發憤集房族百餘人，祭家廟畢，持香禱於天曰：「苟葬高曾有不利於子孫者，惟我一人是承，與諸房無礙。」眾乃不敢言，聽其葬。葬三年，而生文榮公。公面純黑，頸以下白如雪，相傳烏龍轉世，官至大學士。文榮公薨，子陞升，將葬公，惑於風水之說，常州有黃某者，陰陽名家也，

一時公卿大夫，奉之如神。黃性迂怪，又故意狂傲，自高其價，非千金不肯至相府。既至則擲碗碎盤，以爲不屑食也；拆屋裂帳，以爲不屑居也。陞升貪其術之神，不得已曲意事之。慈溪某侍郎墳在西山之陽，子孫衰弱，黃說袁買其明堂爲葬地。立券堪度畢，從西山歸，已二鼓矣。入相府，見堂上燭光大明，上坐文榮公，烏帽絳袍，旁有二僮侍，如平生時。陞升等大駭，皆俯伏。文榮公罵曰：「某侍郎我翰林前輩，汝聽黃駕奴指使，欲奪其地。昔汝祖葬高曾，是何等存心？汝今葬我，是何等存心？」某不敢答。公又怒睨黃，叱曰：「賤奴以富貴利達之說誘人財、壞人心術，比娼優媚人取財，更爲下流。」令左右唾其面，二人皆惕息不能聲。文榮公立身起，滿堂燈燭盡滅，了無所見。次日陞升面色如土，焚所立券，還地於某侍郎家。黃受唾處，滿身白蟻，緣領嚙襟，拂之不去，久乃悉變爲虱。終黃之世，坐臥處虱皆成把。（清・袁枚《子不語》卷十一）

　　。奇人異相：面純黑，頸以下白如雪，相傳烏龍轉世，官至大學士【肆五 1】（《子不語》）

　　。卜人行徑違反常情，以神其術而惑雇主：擲碗碎盤，以爲不屑食也；拆屋裂帳，以爲不屑居也【肆五 1】（《子不語》）

　　。。奇怪的風水地：在他人墳前之明堂【肆五 1】（《子不語》）

　　。亡靈現形與人言：責子孫惑於風水而奪人墓地，並叱風水術士【肆五 1】（《子不語》）

　　。。以風水惑人受報：受鬼唾而滿身白蟻，久而爲蟲，終生不去【肆五 1】（《子不語》）

2、〈地師身後劫〉

　　豫章王晉，清明日挈眷上冢。冢後舊有荒墳，低土平窪，棺木敗露，未識誰氏。王有兒昭慶，見其地野花聖開，戲往摘之。踏棺陷足，骸骨碎折，驚而大號，王抱之出。既而歸家，兒寒熱交作，王就床撫視。兒忽色變，怒目直視曰：「吾羅漢章，堪輿大名家也。生前軒冕貴人，無不奉爲上客。爾一式微寒族，輒縱乳臭小兒，踐我墳墓、躪我骸骨，罪何可宥？」王急謝罪，許以超薦。曰：「此恨已入骨髓，必索其命乃止。」王伏地哀泣，終無回意。不得已，保福於都城隍廟。夜夢城隍神召之去，曰：「爾束子不嚴，應罹此禍。然厲鬼擅作威福，亦干陰司法紀。」命拘羅。亡何，一鬼至，侈口齆頸，

殊非善類。神責其何以作祟，鬼滔滔辨答，不絕於詞。繼問其生前何業，曰：「地師。」神拍案大怒曰：「爾生前既作地師，何不能擇一善地，自庇朽骨？想此事爾本不甚明了，在生時無非串土棍、賣絕地，被害者不知幾千百萬家。今日斷骨折骸，實由孽報，非其子之罪也。」鬼力辨其無，亡何階下眾鬼，紛來愬告，有謂葬如雞棲而傷其骨骸者；有謂元武藏頭、蒼龍無足，而滅其宗嗣者；有謂向其子孫高談龍耳，以至停棺五六十年，尚未入土者。神勃然變色曰：「造惡種種，罪不容誅。」命鬼役押赴惡狗村，受無量怖苦。眾其聲稱快，叩首盡敬。神諭王曰：「幸渠自有業報，否則爾子亦不能無罪。義方之訓，後不可不嚴也。」王拜謝而出。下階傾跌，忽焉驚醒。起視其子，言笑如初，而病已愈矣。後聞羅棺中朽骨，被野犬銜嚼，狼籍滿地，始信惡狗村即人間現報，陰司原無此地獄也，遂嘆息者累日。（清‧沈起鳳《諧鐸》卷九）

　　。。風水靈異：誤踏土中朽棺而染無名惡疾【肆五 2】（《諧鐸》）

　　。亡靈藉他人之口與人說話：責人踏棺，將索人命【肆五 2】（《諧鐸》）

　　。神靈（城隍）藉夢與人通意：審陰陽糾紛：陽間小兒踏壞朽棺之骸，棺主欲索其命，小兒之父請城隍保福【肆五 2】（《諧鐸》）

　　。所夢應驗：夢神示拘惡靈於惡狗村，覺而察其惡靈之棺墓，已被野犬銜嚼【肆五 2】（《諧鐸》）

　　。。以風水惑人受報：風水師死後受生前業主狀告城隍種種惑人之罪，城隍判其押赴惡狗村，受無量怖苦；其棺中朽骨，被野犬銜嚼【肆五 2】（《諧鐸》）

　3、〈堪輿被責〉

　　七匯村王豫川，習撥沙技。己巳冬，小西門外洋涇盧姓，邀其擇地葬親。有附近蔡大者喪妣，招他地師相之，云：「盧姓葬三煞上，恐禍不止此。」適鄰楊某，見事風生，欲覘蚌鷸之勢，唆蔡讎王。蔡果誘王來綑縛之，將加摧辱。王浼交好啗楊多金，寫票手授，始得脫歸。至縣訴冤，縣公杜昭曰：「汝妄談禍福，藉騙賺以自肥，不知凡幾，合受小小償報。」又喚另相者，問三煞之名，更與講宗師心法，陰喝不得對。杜曰：「汝甯識青烏術！不過王某奪汝生理，捏造黑白，為中傷計耳。生死大數，豈汝輩所能致耶！此番訟端，皆緣汝起。」因責二十，撕去錢票。（清‧諸晦香《明齋小識》卷十

一，頁9）

　　。。以風水惑人受報：假風水師爲人卜葬，識風水者指云凶地，假風
　　水師被雇主摧辱而告官。官當堂考諸風水師陰陽之理，不得對，均受
　　責【肆五3】《明齋小識》

六、其他──以風水趨吉竟遭凶

1、斂錢厭勝

　　陰陽占候人杜元紀爲義府望氣，云所居宅有獄氣，發積錢二千萬乃可厭
勝。義府信之，聚斂更急切。……於是右金吾倉曹參軍楊行穎表言義府罪
狀，……按皆有實，……並除名長流廷州。（《舊唐書·李義府傳》卷八十二）

　　。卜者（陰陽占候人杜元紀）預言意外應驗：卜云某官居宅有獄氣，
　　須發積錢乃可厭勝，某官於是聚斂更甚，因而犯罪下獄【肆六1】《舊
　　唐書》

2、〈趨吉奇災〉

　　趙上舍者，梗陽富人。爲父母求善地遷葬，同邑羅生術堪輿，得一地名
九龍窩，常云非大福德，不能享其地。傳有山桃一株，身尺許而臃曲，高僅
三尺，枝九股，左紐有龍，從一枝起，樹因震損。土人取其身雕刻龍母搆廊
一間，并刻九龍爲子祠焉。九龍窩之名以此也。祠年遠荒圮，羅與趙姻親，
因舉此以應，言穴不可草草點，必須年月日時會局方盡美。趙屬羅擇吉。至
期，羅來言：「少頃破土，惟相地者不可在側。」預以羅盤定穴而去。趙如
法取土，甫下鍬，忽微雲中迅雷一聲，更掘得二石毬，深紫色膩而潤，持回
家漸堅漸燥。七日後，有雲從西山出，抵暮濃雲四合，雷聲隱隱，大雨如注。
俄雷大震，趙居縣之南關，電光如虹霓萬道，連閃不斷，倒掛簷頭，霹靂如
著頂上，居鄰悚懼。趙妻宿樓下，己與子臥樓上。夜二鼓，趙妻見火球從窗
飛入，如斗大，自頭至足，連滾數次，若尋擊狀。夫從樓上呼女使名，聲甫
脫口，火球與雷應響而升，後漸雨收雷息。次日，家人鄰眾視之，見其婦雖
斃，胸尚溫，急拳跼救之得生。兩耳實以土，述所見，雷升狀後，不復知矣。
登樓見趙身有爪痕如煙炙者，通體無骨；子方十二歲，傷同父，遂無後。家
業析於親族，趙父母仍速歸舊地，將所得石毬還故掘處瘞焉。每雷，羅生則
惶恐避匿，久之稍自安。（明·李中馥《原李耳載》，頁）

。。風水的效果：非大福德，不能享其地【肆六2】《原李耳載》

。。風水異徵：破土甫下鍬，忽微雲中迅雷一聲，更掘得二石毬，深紫色膩而潤【肆六2】《原李耳載》

。。風水負作用：強求風水非常之地，遭非常之禍至喪命：火球自飛，尋聲襲人致死【肆六2】《原李耳載》

#風水名稱：九龍窩【肆六2】

3、〈損人益己〉

桐城光孝廉某，行五。卜葬古塘馬家玉屏菴左，地鄰方氏墳地。師曰：「此地若葬，大不利于有墳者之家，其家必絕。改卜之便。」光曰：「但期我吉，何必問人家之絕不絕也。」葬之。方氏兩代孀居，只一子，年十五，未數月而夭，將死呼曰：「我死終不放光五也。」時光在城內，寓其戚李宅。日中出溺，久不返，其僕異而覘之，曰喃喃若辨葬地事，駭入室奔告，眾人趨視，則已仆地絕矣。有弟游幕浙江龍泉署，未半年亦亡。此事有戚何氏先慫恿之，一年而何氏子亦亡。（清·梁恭辰《北東園筆錄·三編》卷三）

。。風水的作用：風水剋應：兩家墳地相鄰，一家落葬則另一家絕後【肆六3】（《北東園筆錄三編》）

。卜者預言應驗：卜者云若葬某地，該地有墳者之家必絕。果然葬後其家兩代孀居之孤子未數月而夭【肆六3】（《北東園筆錄三編》）

。。佔人陰地受報：某人已知卜葬之地將不利臨墳之家使之絕後，而仍葬其地。其家孤子果然不久即夭，自稱必報此怨而亡，不久其所怨者相繼皆亡【肆六3】（《北東園筆錄三編》）

4、〈縣署風水〉

吾邑縣署，建自前明，歷來惟修葺之而已。至乾隆甲午，邑令武進湯公，始詳奉部文重建之，內外煥然一新。繼其後者，為湖南某公。其所親有知堪輿者，以縣堂前敞廳太卑，無以示威，遂改為高敞，作猛虎踞坐而昂首狀；又於署後園中，豎一高竿，象虎尾以應之。次年，公緣事告病回籍。今敞廳雖如故，而後園之竿，已不復存矣。嗚呼！公改建不及一年，即以事罷。風水之說，其足信乎？然公初蒞吾邑時，遇事極有擔當，聽斷亦甚明允，民有召杜之稱。無端為惑於小人，以致官罷名裂，狼狽而去，可惜也！（清·清涼道人《聽雨軒筆記·續紀》卷二）